北条《ほうじょう》氏康《うじやす》

大願成就篇

富樫倫太郎

中央公論新社

目次

北条氏康の世界
16世紀前半ごろ

【主な登場人物】

北条氏康《ほうじょううじやす》……新九郎《しんくろう》改め氏康。北条氏綱の嫡男で、祖父は一代にして伊豆《いず》・相模《さがみ》の大名となった「北条早雲《そううん》」こと伊勢宗瑞《いせそうずい》。

氏綱《うじつな》……亡き宗瑞の志を継ぎ、関東制覇を狙う北条氏当主。

風摩小太郎《ふうまこたろう》……氏康の軍配者。少年の頃に宗瑞に見出され、足利《あしかが》学校に学ぶ。法号は「青渓《せいけい》」。

福島孫九郎綱成《くしままごくろうつなしげ》……福島正成《まさしげ》の遺児。九歳で駿河《するが》から小田原《おだわら》に逃れてきて以来、氏康の側に仕える。

志水太郎衛門盛信《しみずたろうえもんもりのぶ》……氏康の乳母子。綱成とともに氏康の側に仕える。

伊奈十兵衛《いなじゅうべえ》……宗瑞の時代から伊勢家に仕える。

大道寺盛昌《だいどうじもりまさ》……氏綱の重臣筆頭。

松田顕秀《まつだあきひで》……大道寺盛昌と並ぶ氏綱の重臣筆頭。

根来金石斎《ねごろきんこくさい》……氏綱の軍配者。のちの大藤信基《だいとうのぶもと》。

風間慎吾《かざましんご》……伊勢家の間諜を務める「風間党」の棟梁・六蔵《ろくぞう》の息子。小太郎の従兄弟。

あずみ……慎吾の妹。

四郎左《しろうざ》……足利学校での小太郎の学友で、法号は「鷗宿《おうじゅく》」。俗名・山本勘助《やまもとかんすけ》。

曾我冬之助《そがふゆのすけ》……足利学校での小太郎、四郎左の学友。法号は「養玉《ようぎょく》」。扇谷上杉《うえすぎ》氏に仕える。

今川氏輝《いまがわうじてる》……駿河の守護。先代の氏親《うじちか》と宗瑞とは固い絆で結ばれていた。妹・瑞穂《みずほ》が氏康の妻に。

梅岳承芳《せんがくしょうほう》……氏輝の同母弟で、のちの今川義元《よしもと》。

太原崇孚雪斎《たいげんそうふせっさい》……名僧で聞こえた義元の臣。

山内憲寛《やまのうちのりひろ》……関東の領有をめぐって争う両上杉の一・山内上杉氏の第十四代当主。足利高基《たかもと》の子。

五郎丸《ごろうまる》……前当主・憲房《のりふさ》の嫡男。のちの憲政《のりまさ》。

扇谷朝興《おうぎがやつともおき》……関東の領有をめぐる両上杉の一・扇谷上杉氏の当主。

五郎《ごろう》……朝興の子。のちの朝定《ともさだ》。

藤王丸《ふじおうまる》……前当主・朝良《ともよし》の男子。

装画
森 美夏

装幀・地図
bookwall

北条氏康

大願成就篇

第一部　鶴岡八幡宮

一

享禄《きょうろく》三年（一五三〇）六月十二日、北条《ほうじょう》軍は小沢原《おざわがはら》で扇谷上杉《おうぎがやつうえすぎ》軍を破った。

これを小沢原の戦いという。要衝《ようしょう》・小沢城を巡る攻防戦である。

双方合わせて六千にもならないほどの、さして規模の大きな合戦ではなかったが、この合戦が歴史に名を残しているのは、北条家の嫡男《ちゃくなん》・新九郎氏康《しんくろううじやす》の初陣《ういじん》だったからである。

氏康の父・氏綱《うじつな》が小沢原に向かうことになっていたが、小田原《おだわら》を出発する直前、氏綱は病に倒れた。

急遽《きゅうきょ》、氏康が氏綱の名代として総大将の地位に就いたものの、何の経験もない十六歳の若者が采《さい》配《はい》を振ることができるはずもないから、実際には重臣の大道寺盛昌《だいどうじもりまさ》が指揮を執《と》ることになっていた。

小沢城に着くと、扇谷上杉軍の援軍として山内《やまのうち》上杉の大軍が南下していることがわかった。

氏康は、おろおろする重臣たちに、小沢城を出て戦うことを提案した。両上杉軍が合流する前に、まず扇谷上杉軍を叩いてしまおうというのだ。

氏康は、軍配者《ぐんばいしゃ》・風摩小太郎青渓《ふうまこたろうせいけい》の献じた奇策を取り上げ、扇谷上杉軍を撃破した。

撃破はしたものの、致命的な打撃を与えるには至らなかった。兵力が足りなかったこともあるし、山内上杉軍がすぐ近くに迫っていたせいでもある。

扇谷上杉軍の総大将・朝興《ともおき》は、合流した山内上杉軍と共に反撃しようとしたが、氏綱が小田原から駆けつけたのを知り、攻撃を諦めた。

両軍は玉川《たまがわ》を挟んで対峙《たいじ》した。

まず山内上杉軍が去り、次いで扇谷上杉軍が去った。それぞれの本拠である上野《こうずけ》との国境近くにある鉢形城《はちがたじょう》、武蔵《むさし》中部の河越城《かわごえじょう》に戻ったのである。


帰城してから、ずっと朝興は不機嫌だ。小沢原で負けたのが悔しくてならないのである。氏綱に負けたのなら、これほど悔しくはなかったであろう。氏綱は名将と言われた宗瑞《そうずい》の子で、宗瑞から引き継いだ領国を着々と広げている。今では氏綱にも名将という評価が定着している。その氏綱を、朝興は白子原《しらこはら》で撃破した。もう一歩で息の根を止めるというところまで氏綱を追い詰めた。名将である氏綱を破ったとなれば、当然ながら、朝興も名将であろう。そう自負しているし、近臣たちもちやほやする。

その朝興が氏康に負けた。氏綱の子とはいえ、まだ十六歳で、しかも、小沢原が初陣だった。そんな小僧に負けたという事実が、朝興の誇りをいたく傷つけた。

白子原ですべての作戦を立てたのは曾我冬之助《そがふゆのすけ》であって、朝興ではない。その冬之助が小沢原にはいなかったのだから、小沢原で氏康に負けたところで何の不思議もないのだが、曾我兵庫頭《ひょうごのかみ》が亡くなってから冬之助は冷遇され、軍配者としての扱いを受けていない。朝興の周辺では冬之助の名前を出すのは禁句である。なぜなら、本来、冬之助が受けるべき白子原における栄誉をすべて朝興が奪い取ったからだ。

朝興に賢さと謙虚さがあれば、冬之助をそば近くに呼び、なぜ、小沢原で敗れたか、その見立てを聞き、その上で、今後の作戦を検討したことであろう。

しかし、今の朝興にあるのは傲慢《ごうまん》さと、根拠のない自信だけである。謙虚さなど、かけらもない。

そんな朝興だから、

（鎌倉《かまくら》を奪ってやろう。そうすれば、小沢原の負けなど、どうでもいいことになる）

と突拍子もないことを考えた。

白子原で勝利して以来、朝興は外交に力を入れ、山内上杉氏、武田《たけだ》氏、里見《さとみ》氏などの周辺諸国と手を組んで北条氏に圧力をかけてきた。彼らの力を借りて軍事的にも着々と成功を収めてきた。その積み重ねがあって、朝興は小沢城攻めに出かけたのだ。

それが失敗した。

となれば、改めて、外交と軍事で北条氏を圧迫し続けるべきだったが、その過程を飛ばして鎌倉攻めをしようと決めた。

それができるくらいなら、そもそも小沢城を攻める必要などなかった。まず小沢城を、次いで玉縄《たまなわ》城を攻め落とすことによって、初めて鎌倉を窺《うかが》うことができるのである。なぜなら、鎌倉を守るために、氏綱の父・宗瑞は玉縄城を拵《こしら》えたのであり、その玉縄城の前進基地として小沢城を位置付けている。もし朝興が一路鎌倉を目指すような動きを見せれば、小沢城と玉縄城の北条軍が一撃を食らわせる手筈《てはず》になっている。

朝興にも、それはわかっている。だからこそ、小沢城を攻めようとしたのだ。

にもかかわらず、無茶な鎌倉攻めを決めたのは、小沢原の敗北を拭《ぬぐ》い去るために華々しい戦果を必要としたからである。平たく言えば、頭に血が上ったのだ。

八月になってすぐ、朝興は五千の兵を率いて河越城を出た。小沢原に出陣したときに率いたのは三千だったから、朝興とすれば、かなり思い切った動員と言っていい。山内上杉氏から援軍要請を断られたので、単独で鎌倉を攻めなければならなくなり、それには、どうしても五千くらいの兵力を必要としたのである。

これほどの兵を動員すれば、その動きはすぐさま北条氏に察知されてしまう。北条氏が関東一円に張り巡らせた諜報《ちょうほう》網は実に優秀なのである。

朝興が河越城を出たのと同じ日、氏綱も小田原を出た。しかも、扇谷上杉軍を上回る八千という大軍である。

朝興が真の名将であれば、氏綱の出陣を知った時点で、さっさと河越城に引き揚げたであろうが、名将の振りをしているだけだから的確な状況判断ができない。氏綱がやって来る前に鎌倉を攻めようと行軍を急いだ。鎌倉の北、大船《おおふな》あたりまで迫ったとき、そこに氏綱が手ぐすね引いて待ち構えているのを知って驚愕した。さすがに慌てたが、もはや引き返すこともできない状況である。退却しようとすれば、背後を北条軍に襲われることになるからだ。

やむを得ず軍を進め、なし崩しに合戦を始めた。

　この大船の戦いは、わずか半刻（一時間）で終わった。北条軍の第一波の攻撃を受けて扇谷上杉軍は陣形が崩れ、第二波の攻撃で崩壊した。

　朝興は兵を見捨て、わずかな近臣だけを連れて河越城に逃げ帰った。無残なほどの敗北であった。

　いつもの氏綱であれば、朝興を撃退したことに満足して小田原に引き揚げるのだが、今回は、そうしなかった。江戸《えど》城に兵を進めた。

（この際、一気に河越城を攻めてやろう）

と考えたのである。

　朝興が頼みとする山内上杉氏では、当主の憲寛《のりひろ》と先代の子・五郎丸《ごろうまる》の間で家督を巡る争いが起こり、その争いが次第に激しさを増しているという状況で、朝興に援軍を送る余裕などない。

　そういう事情を、氏綱は正確に把握している。

　周囲を見回しても、すぐに朝興に救いの手を差し伸べられるような大名はいない。

　朝興が集めた五千の兵力は、大船で敗れたとき散り散りになった。

　しかも、総大将である朝興が真っ先に逃げたのを知って配下の豪族たちも呆れてしまい、手勢をまとめて領地に引き揚げてしまった。

　朝興の後を追って河越城に戻ったのは、一千五百ほどに過ぎない。城の守りに残しておいた兵を合わせても二千ほどである。

　一方の氏綱の軍勢八千は、ほぼ無傷である。

　この時代、大砲のような大型火器がないので、城攻めは容易ではないが、四倍もの兵力差があれば話は違う。力攻めで落とすことも不可能ではない。

もちろん、手っ取り早いのは裏切りである。城に籠もっている者を寝返らせることができれば話は早い。どれほど堅牢な城だとしても、中にいるのは損得勘定で動く生身の人間である。四倍もの敵に包囲されて、もはや勝ち目がないと見れば、わが身だけでも守ろうとするのが人間心理というものだ。

それ故《ゆえ》、氏綱は、江戸城を出ると、わざとゆるゆると行軍し、

「小田原さまは情け深い御方である。修理大夫《しゅりのだいぶ》（朝興）殿の首さえ手に入れることができれば、それ以外の者はすべて許し、領地を安堵するというお考えだ。この言葉に嘘はない。江戸にいる者たちを見よ。岩付《いわつき》にいる者たちを見よ」

と宣伝させた。

河越城に籠もっている武蔵北部の豪族の心に迷いを生じさせるのが狙いだが、実際、江戸城や岩付城を朝興から奪った後、氏綱は臣従を誓った豪族たちを許し、領地を安堵しているから、この宣伝に嘘はない。

その効果があって、密かに氏綱に臣従を申し出る敵方の豪族たちが何人もやって来たものの、肝心の城に籠もっている者たちからは音沙汰がない。

「どうなっている？」

氏綱は風間慎吾《かざましんご》を呼んで訊《き》いた。

「修理大夫殿は豪族たちから人質を取っており、少しでも怪しいと見るや、ためらうことなく処刑するそうなのです。それを怖《おそ》れて、城に籠もっている者たちは裏切りの誘いに耳を貸そうとしません」

「なるほど、そういうやり方か」

氏綱はうなずくと、おまえは、どう思う、と傍《かたわ》らに控える氏康に訊く。

「よいやり方とは思えませぬ。よほど追い詰められているのではないでしょうか。人質を守るために、今はおとなしくしている豪族たちも、いずれは修理大夫殿に愛想を尽かすでしょう」

「それを待てばよいというのか？」

「修理大夫殿が勝手に転ぶのを待てば、兵を失うこともなく河越城を手に入れることができるかもしれませぬ」

「そうだな。強引なやり方をすれば、こちらも痛手を被《こうむ》ることになる。時には無理をしなければならぬこともあるが、どうやら、今は、そのときではないようだ。よいことを言うではないか」

氏綱が氏康を褒《ほ》める。

「小沢原のやり方がよくなかったと父上に叱られてから、自分なりにあれこれ反省したのです。背伸びした真似をしてはならぬ、と己を戒めております」

「うむ、よい心懸けだな。しかし、今回は城攻めをする。無理をするつもりはないが、やはり、一度は攻めておく必要がある。それが後々、役に立つであろうよ」

九月十三日、氏綱は河越城を包囲し、城攻めを始めた。と言っても、無茶な突撃をするのではなく、遠くから矢を射るような、ある意味、悠長な戦い振りである。

それでも籠城《ろうじょう》する者たちには十分すぎるほどの脅威である。城を包囲する北条軍は八千、城兵はわずか二千、しかも、孤立無援で、どこからも援軍が来る当てはない。堅固な城だから、そう簡単に攻め落とされることはないだろうが、長期の包囲戦になれば、いずれは武器や食糧が尽き、自滅することは明らかである。

九月十五日の早暁《そうぎょう》、一千の扇谷上杉軍が城を出て、北条軍の陣地に突撃してきた。捨て身の攻撃である。本陣をつき、氏綱の首をあげて、一気に形勢を逆転させようという賭博《とばく》的な試みだ。

もちろん、うまくいくはずがない。

本陣に辿《たど》り着く前に北条軍に包囲され、北条軍に飲み込まれるように壊滅した。這々《ほうほう》の体《てい》で城に逃げ帰ることができたのは五百ほどに過ぎない。

その翌日、氏綱は城の包囲を解き、兵を退いた。

北条軍の兵たちは誰もが驚いた。

もうすぐ城を落とすことができそうだし、そうなれば扇谷上杉氏は滅亡し、北条氏は武蔵北部を支配下に収めることができる。それは武蔵全域が北条氏のものになるということである。

それなのに、なぜ、兵を退くのか？

それが解《げ》せないのだ。

もっとも、それをあからさまに口に出す者はいない。氏綱の方針に異を唱えることができる者などいないからである。


「さすが父上だ、そう思わぬか？」

馬首を並べて進む小太郎に氏康が話しかける。

「先々まで見通した見事なご決断だと思います」

「わしには真似ができぬなあ。もうひとがんばりすれば、河越城が手に入ったのだからな」

「若殿であれば兵を退かずに城攻めを続けましたか？」

「わしだけではあるまい。誰でもそうするのではないかな」

「そう思います。そして、しくじってしまう」

「やはり、そうなるかな？」

「城の中から手引きする者がいれば、もしかすると、うまく城を落とせるかもしれませぬ。そうでなければ、ひと月で落とすのは難しいでしょう。恐らく、ふた月くらいはかかると思います」

「ふた月か。十一月になってしまうな」

「冬になれば、兵たちが寒さに震えることになりましょうし、食い物を手に入れるのも難しくなってしまいます。それに、もうひとつ」

「山内上杉か」

「はい」

今は憲寛と五郎丸が争っているが、その争いがいつ決着するのか誰にもわからない。長引くかもしれないし、案外、早く決着するかもしれない。決着すれば、山内上杉軍がやって来る。

山内上杉氏の動員能力は優に一万を超えるし、本拠である鉢形城から河越城までは、それほど遠くない。包囲戦に疲れた北条軍が、冬の寒さの中で山内上杉軍と戦えば、不覚を取る怖れもある。

そういう可能性をすべて吟味した上で、氏綱は兵を退くことを決めたのに違いなかった。

「御屋形《おやかた》さまは、いずれ扇谷上杉が自壊すると見越しておられるのでしょう。北条家に仕えたいと申し出る豪族も増えているようですし、ここは修理大夫殿を追い詰めたことに満足して兵を退くのが得策とお考えになったのだと思います」

「目先の勝ち負けにこだわることなく、先々を見据えて重い決断を下さなければならぬ。見習わねばならぬなあ。しかし、簡単ではなさそうだ」

氏康が苦笑いをする。

二

河越から小田原に戻って半月ばかりした頃、小太郎は氏綱に呼ばれて登城した。

座敷に通されると氏綱が寛《くつろ》いだ様子で待っており、傍らに氏康もいる。てっきり戦《いくさ》の相談でもされるのかと思っていたが、そういう雰囲気ではない。

「まあ、坐《すわ》れ。堅苦しくする必要はない」

「はい」

小太郎が下座に正座する。

「六蔵《ろくぞう》が隠居することになった。慎吾が後を継ぐ」

「そうですか」

意外な言葉ではない。

六蔵は五十四歳で、この時代とすれば、老人の部類である。しかも、最近は痛風が悪化して立ち居振る舞いが不自由になっているという噂も耳にしている。言葉もうまく話すことができないというし、それでは風間党の棟梁《とうりょう》としての務めを果たすことはできない。今現在、実質的には慎吾が棟梁として風間党を率いているといっていい。それを正式に追認し、慎吾を棟梁の地位に据えるということなのであろう。

「慎吾はまだ独り身だ。風間党の棟梁がいつまでも一人でいるのはおかしい。年齢《とし》も二十五だから、今まで妻を娶《めと》らなかったのが遅すぎたほどだ。そう思わぬか？」

氏綱が訊く。

「おっしゃる通りだと思います」

「そこで、ふと気がついた。慎吾と同い年で、まだ独り身の者がそばにいるとな」

「え」

「風摩という名家の当主で、しかも、当家の軍配者でもある。いつまでも独り身ではおかしかろう」

「ああ……確かに、そうではありますが、なかなか、そのようなことを考える余裕がなく……」

小太郎が慌てる。

「自分のことだけでなく、あずみのことも考えてやらねばなるまいぞ」

氏康が口を挟む。

「新九郎から聞いたぞ。あずみというのは慎吾の妹だな。良縁ではないか。かつては、風間党の棟梁の座を巡ってごたごたしたこともあったが、今では風間家、風摩家として、どちらも北条を支える大切な家になっている。そのふたつの家が婚姻で結びつけば、これまでのわだかまりも溶けよう」

氏綱が諭《さと》すように言う。

「あずみは、もう二十三だぞ。行かず後家と陰口を叩かれてもおかしくない年齢ではないか。この年齢までどこにも嫁がぬということは、小太郎の嫁になると決めているのであろう」

氏康が言う。

「そんなことはわかりませぬ」

「いや、わかる。奈々《なな》がそう言っていたからな」

氏康がにやりと笑う。

「奈々が……」

小太郎が赤くなる。

「気が進まぬのならば、はっきりそう言うがよいぞ。他の家臣と違い、軍配者というのは普通ではない仕事をするわけだし、もしかすると、妻を迎えることができぬ理由があるのかもしれぬ」

氏綱がぐいっと身を乗り出して訊く。

「そのようなことはございませぬ」

小太郎が首を振る。

足利《あしかが》学校で学ぶ者は僧形《そうぎょう》になる習わしだが、正式に得度《とくど》して僧になるわけではない。だから、学校を去るときに俗体に戻る者が多いのだが、なぜか、小太郎は今でも僧形で過ごしている。深い理由があってのことではなく、その方が気楽だからというだけのことである。

「ならば、この話、進めてよいか？」

「……」

一瞬、小太郎が思案する。

身の回りのことは奈々がしてくれるから特に不自由はないが、奈々も十六歳だから、いつまでも小太郎のそばにいるわけではない。わが身のことだけを考えれば一人きりでもやっていけるだろうが、北条家の軍配者であり、風摩家の当主という立場を考えれば、妻を持ち、子をなすことも考えなければならないであろう。そういう責任が伴う立場にいるのだ。

あまりにも二人の距離が近すぎるために、あずみがそばにいるのが当たり前になっており、これまで強く異性として意識したことはなかったが、妻にするとすれば、なるほど、あずみ以外には思い浮かばない。

（そうか、あずみも二十三になるのか……）

そんな年齢になるまで放っておいたことが今更ながら申し訳ない気がする。

「あずみが承知すれば妻に迎えたいと思います」

小太郎が言うと、氏康が、ぷっと吹き出す。

「何がおかしいのですか、若殿？」

「承知に決まっているではないか。誰よりも学問ができるし、軍配者としても優れているが、女の気持ちはわからないのだな。わしも鈍い方だと思うが、おまえは、わしより、ずっと鈍いぞ」

氏康が笑う。

「めでたいことじゃ。慎吾と小太郎が共に妻を娶る。これで風間も風摩も安泰じゃのう」

氏綱も満足そうである。

三

その夜、小太郎の屋敷を慎吾が訪ねて来た。座敷で二人で向かい合う。奈々が酒肴の支度をした。

「ほら」

慎吾が徳利を手にする。

「うむ」

小太郎が酒を受ける。

「おれは手酌でいいんだ」

自分の盃《さかずき》に酒を注ぐ。

「おまえはあまり飲まないんだろう？」

「飲まない」

小太郎が首を振る。

「真面目な奴だ。昔から、そうだったな。何を楽しみに生きているのかわからぬ」

ぐいっと酒を一気に飲み干し、また盃に酒を注ぐ。

「力を手に入れた者は金をほしがる。その金で酒と女に溺れる。みんな同じだ」

「おまえもか？」

「金はほしい。酒も好きだ。女も……まあ、嫌いではない。おまえの楽しみは何だ？」

「軍配者の仕事にやり甲斐を感じている。仕事をしていないときは学問をする。それで不満もない」

「つまらぬ男だ。まるっきり坊主ではないか。いや、違うな。近頃は生臭坊主が増えて、臭うものを平気で口にし、酒を飲み、隠し妻を持ったりするそうだ。得度した坊主どもは腐っている」

「みんながみんな、そうではあるまい」

「伊豆《いず》や相模《さがみ》にそういう坊主は少ないかな。他の国とは、ちょっと違う。治めている領主によって、その国に住む者たちの心懸けも違ってくるのだろう。下々の者は上にいる者を真似るからな。上にいる者がだらしない暮らしをしていれば、下々の者もそれを真似る。北条家は生真面目な家だから、軍配者までクソ真面目なのだな。もっとも、妹を嫁にやるのなら、その方がいい。酒や女に溺れるような者にはやりたくない」

「聞いたのか？」

「昨日、御屋形さまに呼ばれた。妻を娶るように言われ、あずみを小太郎の嫁にすることを、どう思うかと訊かれた」

「どう答えた？」

「どちらも承知したさ」

慎吾が肩をすくめる。

「御屋形さまが取り持って下さる縁談に否応はないし、おまえとあずみの縁談に異を唱えれば、おれがあずみに殺されてしまうわ」

「あずみは承知なのか？」

「正直に言えば、いつまであずみを放っておくつもりなのか、おれも腹を立てていたところだ。あいつは子供の頃から、おまえ以外の男を見ていなかった。まさか気が付かなかったとは言わないよな？」

「それならよいが……。叔父御《おじご》と叔母御は、どうだ？」

「喜んでいるさ。親父もあんな体になってしまったし、少しでも早く孫の顔が見たいのだろう。年齢のせいなのか、やたらに昔話をしたがるし、昔話をすると、すぐに泣き始める。おふくろも気が強くて嫌な女だったが、今ではだいぶ丸くなった。二人とも人間が変わってしまったよ。気兼ねせずに遊びに来い。歓迎してくれるさ」

「もちろん、きちんと挨拶には出向くつもりだ」

小太郎が生真面目な表情でうなずく。

「不思議なもんだな……」

慎吾が真っ赤な顔で溜息《ためいき》をつく。もう徳利が二本空《から》になっている。小太郎はほとんど飲んでいないから、慎吾が一人で飲んだようなものだ。

「おれとおまえが兄弟になるんだぞ。考えられるか？」

「確かに、これまでいろいろなことがあったな」

「おれはおまえを憎んでいた。おまえが早雲庵《そううんあん》さまに目をかけられるようになって、ますます憎くなった。本気で殺してやろうと思っていた」

「命を狙われたことがあったな」

「水に流せるのか？」

「流すも何も、遠い昔の話じゃないか。今では何とも思っていないよ」

「本心か？」

「ああ、本心だよ」

「じゃあ、おれも許してやる」

「おまえが何を許してくれるんだ？」

「おれの弟になるということを、だ」

慎吾がにやりと笑う。

四

　享禄四年（一五三一）九月、関東享禄の内乱と呼ばれる関東における騒乱が終結した。

　元々は山内上杉氏の家督を巡る争いに端を発している。

　山内上杉氏の第十三代当主・憲房《のりふさ》が亡くなったとき、嫡男の五郎丸が幼少だったため、五郎丸が一人前になったら家督を譲《ゆず》るという約束で、養子の憲寛が第十四代の当主の座に就いた。憲寛は古河《こが》公方《ぼう》・足利高基《たかもと》の四男である。

　ところが、憲寛と、その取り巻きに横暴な振る舞いが多く、憲房に仕えた家臣たちを冷遇したので、これに怒った者たちが五郎丸の擁立《ようりつ》に動いた。

　これだけなら、この時代、あちこちの大名家で見られた御家騒動に過ぎない。享禄の内乱と呼ばれるほどの大騒動に発展したのは、憲寛が実父の高基に助けを求めたせいである。

　高基は助力を承知し、古河公方家は総力を挙げて、憲寛を支えることになった。

　五郎丸を支持する者たちは窮地に陥《おちい》った。

　彼らは、高基と高基の嫡男・晴氏《はるうじ》（亀若丸）の不仲に目を付け、五郎丸の擁立を助けてくれるならば、高基に代わって古河公方になれるように力を尽くしましょう、と晴氏に持ちかけた。相互援助の盟約を結ぼうというのである。

　普通なら断るのだろうが、晴氏は、これに乗った。

　よほど高基と不仲だったということであろう。

この結果、山内上杉氏、古河公方家という関東における ふたつの大勢力が分裂して争うことになった。この争いに関東の諸豪族が否応なしに巻き込まれたために内乱状態に陥ったのである。

この内乱は三年続き、最終的には五郎丸と晴氏が勝利して決着した。

五郎丸は、わずか九歳で元服《げんぷく》し、山内上杉氏第十五代当主、関東管領《かんれい》、上杉憲政《のりまさ》となった。

晴氏は、古河公方にこそなっていないものの、二十四歳にして古河公方家の実権を握った。

内乱の決着は、扇谷上杉氏の朝興には追い風となった。

当主になったとはいえ、憲政はまだ子供である。その地位は盤石《ばんじゃく》とは言い難い。

晴氏は憲政を支持してくれているが、それだけでは心許ない。憲政の近臣たちは、朝興も味方にしようとした。朝興が何よりも欲しているのが軍事的な支援だとわかっているから、憲政への支持と引き替えに朝興に兵を貸すことにした。その数は三千である。

朝興は大いに喜び、山内上杉の三千に扇谷上杉の二千を合わせ、五千という大軍で岩付城を攻めた。元々は太田資頼《おおたすけより》の城だったが、六年前、重臣・渋江三郎《しぶえさぶろう》が寝返ったことで、北条氏に奪われた。

資頼は、このときの恥辱と恨みを忘れず、事あるごとに朝興に岩付城の奪還を願い出ていた。

河越城の東に位置する岩付城の戦略的な重要性は朝興にもわかっていたが、今までは鎌倉にばかり目を奪われていて岩付城にまで手が回らなかった。

その朝興が岩付城攻めに踏み切ったのは、危うく氏綱に河越城を落とされそうになったことで、河越城周辺にある城の重要性を再認識したせいであった。

岩付城は堅固な城で、まともに攻めたのでは、そう簡単に落とすことはできない。

復讐心に燃える太田資頼が、時間をかけてじっくり内通者を増やしてきたという地道な努力がなければ、わずか二日で城が落ちることはなかったであろう。

両上杉軍五千が城を厳重に包囲する中で、二日目の夜、城から火の手が上がった。これで城中が大混乱に陥った。内通者の手引きで門が開かれ、両上杉軍が乱入したとき、勝敗は決した。

城主の渋江三郎以下、数多くの渋江一族が討ち死にした。

結果的に氏綱は渋江三郎を見殺しにした格好になった。

両上杉軍の動きが早かったこともあるが、氏綱の動きも鈍かった。小沢原の戦いのときのように、氏綱が大軍を率いて小田原を発して岩付に駆けつけるということもなく、江戸城にいる遠山直景《とおやまなおかげ》に援軍を送るように指示しただけである。援軍は五百で、しかも、岩付城に向かう途中で落城を知ったので、そのまま江戸城に引き返した。

氏綱の腰が重かったのは、代替わりした山内上杉氏の実力をつかみきれなかったからである。

両上杉と並び称されてはいるものの、実際には、軍事的にも経済的にも山内上杉氏が扇谷上杉氏を凌駕している。家督を巡って分裂状態だったから、憲寛の頃は本来の力を出すことができなかったが、一枚岩になれば、どれほど手強《てごわ》い敵か、憲房に氏綱は嫌というほど思い知らされている。不敗の名将と言われた早雲庵ですら、権現山《ごんげんやま》城を巡る戦いで憲房に苦杯を嘗《な》めさせられているのである。

憲政はまだ子供だが、その周りに侍しているのは憲房に仕えた歴戦の強者《つわもの》たちである。彼らの力を氏綱は怖れ、岩付城を守るために両上杉氏と全面戦争を始めることはできぬ、と判断したのである。

結果として、この判断は間違っていた。

氏綱が自重して岩付城を扇谷上杉方に渡してしまったことが、朝興を生き返らせることになる。

五

鎌倉に押し寄せた里見氏の軍勢が鶴岡八幡宮《つるがおかはちまんぐう》を焼き払ったのは、今から六年前、大永《だいえい》六年（一五二六）十二月中旬である。

自分たち一族は鎌倉幕府の執権を務めた北条氏の後裔《こうえい》であり、それ故、関東管領として関東全域に号令する資格があるのだと主張する氏綱にとって、鎌倉武士の心の拠り所である鶴岡八幡宮の焼失は大打撃であった。

氏綱を成り上がり者と蔑《さげす》む者たちからは、

「鎌倉すらまともに守ることができぬくせに関東管領になりたいなどとは片腹痛い」

と罵声《ばせい》を浴びせられることになった。

鶴岡八幡宮の焼失は氏綱の生涯における最大の痛恨事であり、その再建が氏綱の悲願になる。

氏綱は再建を始める時期を慎重に探った。周辺諸国と絶え間なく戦に明け暮れているようでは、とても再建に手を付けることはできないし、一度再建工事を始めたら、決して中断などできない。万が一、中途半端な形で再建工事を投げ出せば、それこそ笑いものになるだけであろう。

それに鶴岡八幡宮の再建は北条氏だけでは、とてもできない。途方もない労力と財力が必要だからである。関東諸国の大名や豪族たちに協力を仰ぐ必要がある。

古代より、神社を祀《まつ》ったり修復したりするのは国家としての最も重要な役割と考えられており、律令にも、そう定められている。

鎌倉幕府の執権・北条泰時《やすとき》が定めた御成敗式目でも、その第一条で、神社を修理し、祭祀を専《もっぱ》らにすべき事、と定めている。国を治める者が第一に考えなければならぬことは神社の修復だというのである。

つまり、氏綱が真に関東の支配者となるためには、何としてでも鶴岡八幡宮を再建しなければならないということである。それを成し遂げてこそ名実共に関東の覇者になり得るのだ。

享禄五年（一五三二〔七月二十九日に天文に改元〕）四月六日、氏綱は大草丹後守《おおくさたんごのかみ》、太田兵庫助《ひょうごのすけ》、蔭山図書助《かげやまずしょのすけ》を奉行に命じた。再建計画が具体的に始まったのである。

五月十八日には、鎌倉代官を務める大道寺盛昌と小机《こづくえ》城主・笠原信為《かさはらのぶため》の二人が樹木調査を行った。鶴岡八幡宮を再建するには膨大な数の樹木を必要とする。鎌倉周辺で、どの程度を賄《まかな》えるか調べた。予想はしていたものの、樹木の数はとても足りず、周辺諸国からの搬入が必要だということが明らかになった。良木を産するのは上総《かずさ》である。上総から良木を船で運ぶことができれば、それが一番いい。それには上総を支配する真里谷武田《まりやつたけだ》氏の協力が必要だが、この時期、北条氏と真里谷武田氏の関係は良好とは言えない。

氏綱は小弓公方《おゆみくぼう》・足利義明《よしあき》に仲介を頼もうと、鶴岡八幡宮の小別当・大庭良能《おおばよしただ》を義明のもとに派遣した。小別当は、事務方の責任者である別当の下役で、境内の清掃や社殿の修理を担当している。義明とも旧知の仲であった。

足利義明は第三代古河公方・高基の弟である。

一年前の享禄四年、高基と嫡男の晴氏が家督を巡って争った関東享禄の内乱が終結し、勝利した晴氏が古河公方家の実権を握った。

高基が古河公方になるときも、父の政氏《まさうじ》との間に軋轢《あつれき》が生じ、永正《えいしょう》の乱と呼ばれる、関東諸大名を巻き込んだ騒乱を引き起こしている。代々、内紛の多い家門なのである。

古河公方家の内紛が関東全域に広がって諸大名が抗争を始めるのは、簡単に言えば、内紛に乗じて、己の勢力を広げよう、日頃から目障りな敵対勢力を古河公方家の力を借りて叩き潰してやろうという私利私欲のせいである。それ故、関東享禄の内乱にしろ、永正の乱にしろ、何が正しく何が間違っているのかという正邪の区別がまったくつかず、誰かが損をし、誰かが得をしたというだけに過ぎない。そこに正義などは存在していない。

関東全域で私利私欲にまみれた思惑が交錯する中で、上総の雄・真里谷武田氏の第五代当主・恕鑑《じょかん》（信清）は、古河公方家の内紛を関東制圧の足掛かりに利用しようと画策した。恕鑑が目を付けたのは高基の弟・空然《こうねん》である。

恕鑑は空然を還俗《げんぞく》させて義明と名乗らせ、下総《しもうさ》の小弓城を原《はら》氏から奪って義明に与えた。義明が小弓公方と呼ばれるのは、これにちなんでいる。永正十五年（一五一八）七月のことである。

恕鑑とすれば、政氏と高基が相争って共倒れになったら、義明を担いで武蔵に乗り出し、義明を古河公方に据えて、自分が関東諸国に号令を発するつもりだった。

だが、事の推移は恕鑑の思惑から外れ、高基が政氏を隠居させて自らが古河公方となった。恕鑑がつけいる隙《すき》はなかった。

恕鑑は肩透かしを食った格好になったが、いずれ義明を利用できるときがまた来るだろうと考え、義明を丁重に遇した。

古河公方家では、たびたび家督を巡る争いが起こっているが、それすなわち、古河公方家の男子には血気盛んで野心家が多いということである。

義明も例外ではない。

恕鑑が元気な頃はおとなしくしていたが、恕鑑が老齢となり、政治に興味を失うに従って、本来の野心家としての素顔が徐々に現れてきた。下総や上総の豪族たちを盛んに小弓に招いてもてなし、

「いずれ、わしが古河に戻ることになれば、その方《ほう》らを悪いようにはせぬぞ。忠勤を励んでくれた者のことは決して忘れぬ。望むままに官位や領地を与えようぞ」

そんな気前のいい約束をした。何の裏付けもない空手形に過ぎないが、その言葉を素朴に信じる者も少なくなかった。

義明の存在感は日増しに重くなっていった。

そんなときに、大庭良能がやって来たのである。

義明には、さして興味のある話ではない。再建に力を貸せば、北条氏と誼《よしみ》を結ぶことができるとわかっているが、江戸湾の向こうにいる北条氏は遠い存在であり、義明の勢力拡大に役立つとは思えなかった。それ故、鶴岡八幡宮の再建に協力するともしないとも明言せず、

「まあ、直《じか》に頼んでみるがよい」

と、大庭良能を恕鑑の元に行かせた。体《てい》よく追い払ったのである。

恕鑑は本拠である真里谷城にいる。現在の木更津《きさらづ》市である。

恕鑑は、大庭良能に会うには会ったものの、病がちで臥《ふ》せっていることが多いせいか、意識が朦朧《もうろう》としていて思考が曇っている。

大庭良能が鶴岡八幡宮再建の必要性を熱心に説いても、

「うむうむ」

と生返事を繰り返すばかりである。

そのうちに容態が悪化し、面会すらかなわなくなった。やむなく、大庭良能は鎌倉に戻った。

報告を聞いた大道寺盛昌は落胆し、義明からも恕鑑からも何の協力も得られなかったことを小田原の氏綱に伝えた。

氏綱は大して気落ちしなかった。そう簡単に協力など得られるはずがないと思っていたからだ。今回は、北条氏が鶴岡八幡宮の再建に取り組むことを宣伝すれば、それで十分だと考えていた。

十月中旬、氏綱は氏康と氏康の弟・為昌《ためまさ》を伴って小田原を発し、その日のうちに玉縄城に入った。

武蔵、相模にいる主立った家臣たちを集め、その場で、為昌を玉縄城の城主にすること、大道寺盛昌を後見役として城代にすることを発表した。このとき為昌は十三歳である。

更に鶴岡八幡宮の再建工事を本格的に始めることを告げ、盛昌を造営総奉行に任じた。

十七日、氏綱は鶴岡八幡宮に参詣し、荒れ果てた境内を熱心に歩いて回った。

（急がねばならぬ。このままにしておくことはできぬ）

と己に言い聞かせた。

二十二日にも氏綱は参詣し、別当らと再建計画について話し合った。この話し合いには大草丹後守や笠原信為も加わった。

鶴岡八幡宮の再建には腕のいい職人たちを大勢必要とするが、関東では、そう簡単に職人たちは集まらないのではないかという意見が出た。

それなら関西から呼べばよいし、どうせ呼ぶのなら最も腕のいい職人を呼ぶべきではないか、とい

うのが氏綱の考えで、

「奈良番匠《ばんじょう》がよかろう」

と言った。

奈良番匠というのは、奈良の大寺・大社の修理や造営に従事する専門家集団である。

その中でも、氏綱は興福寺《こうふくじ》が抱える奈良番匠に期待した。興福寺は摂関家の氏寺だが、氏綱の後妻は先の当主・近衛尚通《このえひさみち》の娘であり、現在の当主・稙家《たねいえ》の姉である。そのコネを利用すれば、奈良番匠を鎌倉に派遣してもらえるだろうと期待したのである。

六

岩付城を奪い返して、扇谷朝興はひと息ついた。すぐに北条軍に河越城を攻められる怖れがなくなったからだ。万が一、北条軍が攻めてくれば、北条軍の背後を岩付勢が脅かしてくれるはずである。

だが、朝興の表情は冴えない。

山内上杉氏の家督を巡る内紛を眺めているうちに不安が芽生えてきたのである。

憲房が亡くなった後、嫡男の五郎丸がすんなり家督を継げば内紛など起こらなかったはずだが、五郎丸が幼かったため、古河公方の子で、憲房の養子になっていた憲寛が家督を継いだ。先々、五郎丸が元服する頃に家督を譲り渡すという約束だった。

ところが、憲寛のやり方に不満を持つ憲房の旧臣たちが五郎丸を押し立てて憲寛に反旗を翻《ひるがえ》した。

結果的に五郎丸側が勝利し、五郎丸は憲政と名を改め、当主の座に納まった。

内紛が続いている間、山内上杉氏は朝興からの援軍要請に応じることができず、そのせいで朝興は氏綱に軍事的な圧迫を受け続け、一時は河越城すら脅かされた。内紛が終結し、援軍要請に応えてもらえるようになったことで、朝興は念願の岩付城奪還に成功した。喜ぶべきであった。

が……。

朝興の表情は冴えない。

なぜなら、実は朝興も憲寛と同じような立場にいるからである。

叔父・朝良《ともよし》の養子となっていた朝興が扇谷上杉の家督を継いだのは、二十七年前、十八歳のときだ。朝良が山内上杉氏と争い、その争いに敗れたため、山内上杉氏の圧力で強制的に隠居させられたせいである。隠居してからも朝良は陰で権力を握り続けたので、朝興が実質的に当主として振る舞うようになったのは、朝良が亡くなってからで、そのとき、朝興は三十一歳になっていた。

朝良は四十六歳で亡くなったが、亡くなる直前、男子が生まれた。藤王丸《ふじおうまる》である。

死の床についていた朝良は驚喜し、朝興と重臣たちを枕辺に呼び寄せると、

「藤王丸が元服したら家督を譲るように。それまでは汝《なんじ》が親代わりとなって後見せよ」

と命じた。遺言である。

不運だったのは、このとき、朝興に男の子供がいなかったことである。後継ぎが決まっていれば、話は違っていたであろう。

朝興としては黙って承知するしかなかった。

その七年後、朝興に待望の男子が生まれた。後の朝定《ともさだ》である。幼名を五郎という。

今は五郎が八歳、藤王丸が十五歳になっている。

この当時の慣習からすれば、十五歳ともなれば、元服の適齢期である。そろそろ藤王丸を元服させなければならないが、元服させれば、朝良との約束で、藤王丸に当主の座を譲り渡さなければならない。朝興とすれば、できることならわが子に家督を譲りたい。朝興自身、四十五歳という壮年で、体に衰えはなく、隠居する必要もない。隠居したいとも思っていない。

しかし、藤王丸のそば近くで仕えている者たちからは、

「元服の儀は、いつになりましょうや」

と、せっつかれている。

藤王丸のそばにいる家臣たちというのは、つまり、先代の朝良に重んじられた者たちである。自然、朝興の代になってからは、あまり日の目を見ていない。自分たちが返り咲くために、彼らが藤王丸の家督継承を切望するのは当然であった。

このあたりの構図が、憲寛と憲政が争った山内上杉氏の内紛とまったく同じなのである。だからこそ、朝興は、内紛の結末を目にして不安を覚えたのだ。同じことが扇谷上杉氏でも起これば、朝興は先代の子・藤王丸に当主の座を追われるであろうし、成り行きによっては、朝興も五郎も殺されるかもしれない。

憲寛の失敗は、憲政を擁する一派が着々と支持者を増やし、勢力を拡大するのを手をこまねいて放置したことである。気が付いたときには、手に負えないほどの大勢力になっており、ついには山内上杉氏を二分するほどの争いに発展したのだ。

（そんなことにはならぬ……）

対応を誤れば、己の立場が揺らぐことになるだけに朝興も慎重に熟慮を重ねた。できるだけ穏便に

解決したいと思うが、そんなやり方が思い浮かばない。

藤王丸の方から、

「今後は家臣として仕えたい」

とか、

「政《まつりごと》には興味がないので、仏門に入りたい」

とでも言ってくれれば、朝興とて鬼ではないから、それなりの処遇を考えてやりたいと思うが、藤王丸の方にそんな殊勝な気持ちはなさそうである。

そうなると、朝興の選択肢は限られる。

考えれば考えるほど、

(殺すしかない)

という結論に至る。

藤王丸さえいなければ、何の波風も立たず、朝興の地位は安泰なのだ。いずれ五郎が元服したら家督を譲ればいい。それで何もかも丸く収まる。

二年前、小沢原で北条軍に敗れた頃から、朝興のやり方に批判的な意見を吐く者が増えている。もちろん、面と向かって朝興に意見するわけではない。陰口である。そんな陰口が朝興の耳に入るということが、朝興には危険な兆候に思えるのだ。

朝興の立場が盤石であれば、そもそも、そんな陰口を口にする者もいないはずだが、いずれ藤王丸が家督を継ぐのだろうという見通しがあるから、朝興を軽んじて批判するのであろう。

時間が経てば経つほど、藤王丸を支持する者は増えていく。少しでも早く何とかしなければならない。憲寛の轍《てつ》は踏んではならぬ、と朝興は己に言い聞かせている。さっさと憲政を殺せば、憲寛は当主の座を追われることはなかったのだ。

（やるとすれば、今しかない……）

今ならば、たとえ藤王丸を殺したとしても、それに怒って蜂起する豪族の数は大して多くはないだろうし、むしろ、朝興に従わない者たちを一掃する好機として利用することもできる。

（やるぞ）

そう決めると、翌日から朝興は病の床についた。

その上で、

「御屋形さまは重い病に罹《かか》っているらしい」

という噂を流させた。

使者が藤王丸のもとに発せられた。元服の儀を執り行い、それが済み次第、扇谷上杉の家督を譲る、と伝えるためである。

もちろん、藤王丸の方でも油断はしていない。

罠ではないか、と疑った。

そもそも重要な儀式を同じ日にふたつも行うというのが普通ではない。

しかし、日にちを空けると朝興の命がもちそうにないし、朝興が死ねば、五郎を推す一派が藤王丸の家督継承に異を唱えるであろうから、朝興の目が黒いうちにふたつの儀式を行わなければならないのだと使者が説明すると、なるほど、そう言われればその通りだ、と藤王丸側も納得した。

十二月三日、藤王丸は、忠誠を誓う数人の豪族たちと共に河越城にやって来た。三百人の兵が随行した。

藤王丸と豪族たち、警護の武士など三十人ほどが城に入り、それ以外の者たちは長屋で待たされた。大広間では元服の儀を行う準備が粛々と進められている。元服の儀が終わったら、休憩を挟んで、家督相続の儀を行う……そう藤王丸は聞かされていた。

藤王丸も着替えをしなければならない。着替えをして朝興に挨拶するのだ。汚れた姿で挨拶するわけにはいかない。

着替え部屋は狭いので、三人だけが一緒に入り、藤王丸の着替えを手伝うことにした。外の廊下に七人が控えた。警護のためである。

それ以外の二十人は用意された板敷きの間で待つことになった。その部屋は着替え部屋から少し離れている。

「われらも、おそばにいたい」

彼らは、自分たちも着替え部屋の前で警護したいと訴えたが、それではあまりにも物々しすぎて、御屋形さまの心証を害することになりかねぬ、と藤王丸が許さなかった。

「御屋形さまか……。明日からは若君を御屋形さまとお呼びすることになるのですなあ」

藤王丸に従ってきた古老が涙を流す。

「いやいや、明日からではない。今日の夜には若君が新しい御屋形さまじゃ」

「さよう、さよう」

着替え部屋にいる者たちが声を揃えて笑い合っているとき、廊下とは反対側の板戸が不意に開き、隣室で息を潜《ひそ》めていた刺客たちが抜刀して乱入した。

彼らは藤王丸と三人の側近を膾《なます》のように切り刻み、あっという間に首を奪った。四人は悲鳴を上げる余裕すらなかった。廊下に控えていた七人も斬られた。

控えの間で待っていた二十人には酒肴が振る舞われたが、酒肴には毒が盛られていた。口から泡を吹いて悶《もだ》え苦しんでいる者たちを、刺客たちがすべて殺した。

長屋で待たされている二百数十人の兵たちにも酒肴が出されたが、同じように毒が盛られていた。この者たちもすべて殺された。

その直後、河越城から五百人の兵が出発し、藤王丸の屋敷を焼き払い、藤王丸に仕えていた者たちが五十人ほど殺された。半分は女だった。

朝興は、扇谷上杉氏に従う豪族たちに使者を発し、藤王丸が北条氏と手を結び、朝興と五郎を亡き者にしようと企《たくら》んだので成敗した、と告げた。

そんな説明を信じる者などいなかったが、藤王丸が殺されてしまったとなれば、何を言ったところで後の祭りである。ほとんどの豪族たちは黙って説明を受け入れた。

藤王丸と共に殺害された豪族の一族が、

「そんなことがあるはずがない。納得できぬ」

と反発した。

そういう者たちに対し、朝興はそれ以上の説明をしようとはせず、直ちに大軍を送って、彼らを討伐した。

十二月三日に藤王丸を殺し、それから二週間ほどで藤王丸一派を一掃することに成功した。

朝興の地位は盤石となり、五郎に家督を譲るという道筋が整った。

曾我冬之助は、扇谷上杉氏の軍配者でありながら、朝興に嫉妬され、ずっと冷遇されている。食うには困らない身分だから、不満を表に出すこともなく、酒や女を楽しみつつ、浮き世離れした生活を楽しんでいる。

とは言え、隠退したつもりはなく、いずれまた自分が必要とされるときまでのんびりしていようと考えているだけなので、情報収集には熱心である。

氏康の初陣である小沢原の合戦についても、合戦に出た多くの者たちから話を聞いた。敵と味方の布陣を絵図面に書き込み、時間の経過と共に、どのように合戦が推移したかを詳しく検討した。その上で、自分だったら、どう軍配を振っただろうかと思案を重ねた。

(なるほど、北条もかなり追い込まれていたな。そうでなければ、こんな無茶なことをするはずがない……)

北条軍の焦りを察知できれば、戦などする必要はなかった。山内上杉軍の到着を待ち、じっくり腰を据えて小沢城を攻めればよかったのだ。

つまり、朝興の采配の何が悪かったというのではなく、そもそも戦をしたこと自体が悪かったということになる。

関東では、日々、どこかで合戦沙汰が起こっている。そういう合戦話を聞くことを冬之助は好み、屋敷にやって来て合戦話をする者を酒肴でもてなしたり、時には金品を与えたりする。褒美を目当てに、冬之助を訪ねてくる者が少なくない。

藤王丸暗殺の一件も、彼らの口から聞かされた。

軍配者という仕事にはあまり関係のない話ではあったが、扇谷上杉氏の行く末を左右しかねないことだから、冬之助も強い関心を持った。どういう口実を設けて藤王丸たちを河越城に呼び寄せ、どういうやり方で彼らを暗殺し、いかにして藤王丸一派を壊滅させたか、その陰険な顚末《てんまつ》を知るにつれ、冬之助の心は冷えた。

（むごいことをなさるものよ）

そうしなければ自分の立場が危うい、他に手立てがなかった、と朝興が考えたのはわからないではないが、悪辣《あくらつ》な手段を朝興自身が立案して、家臣たちに実行させたというのが、どうにもまずい気がするのだ。誰かに汚れ役を引き受けさせるべきだった。

かつて太田道灌《おおたどうかん》が扇谷定正《さだまさ》に憎まれたとき、定正の意を汲《く》んで道灌を暗殺したのは冬之助の祖父・兵庫頭だった。道灌暗殺の黒幕が定正であることは誰もが承知していたが、それでも表向きは、

「あれは兵庫が勝手にやったことだ」

と嘯《うそぶ》くことができた。本来、定正が負うべき罪をすべて兵庫頭がかぶったおかげである。

今度は、そんな言い逃れはできない。

（どうやら御屋形さまの周りには、おじいさまのような者は一人もいないらしい）

政治においても軍事においても氏綱に大きく劣っている朝興がお山の大将になってしまい、頼るべき家臣が誰もいないとすれば、

（河越城を北条に奪われる日も、そう遠くないかもしれぬなあ……）

冬之助は暗澹《あんたん》とした気持ちになる。

七

小太郎の屋敷を氏康、綱成《つなしげ》、盛信《もりのぶ》の三人が訪ねた。

小太郎も綱成も盛信も氏康の家来筋である。厳密に言えば氏綱の家臣だが、いずれ氏康が氏綱の後を継ぐのだから、氏康の家臣のようなものだ。

だが、この四人の関係は、そう簡単に割り切れるものではない。

氏康、綱成、盛信にとって、小太郎は学問や兵学の師であり、主筋の氏康は「小太郎」と呼び捨てるが、綱成と盛信は「青渓先生」と敬う。

氏康の乳母は盛信の母・お福《ふく》で、だから、この二人は乳母子《めのとご》であり、実の兄弟よりも親しい関係だ。

幼い頃に駿河《するが》からやって来て北条家に仕えることになった綱成も、氏綱に見込まれて、常に氏康と行動を共にしてきた。氏綱の期待に応えて、綱成は氏康を支えてきたから氏綱の「綱」という一字までもらっている。

いずれ代替わりしたとき、小太郎には軍配者として、綱成と盛信には重臣として氏康を補佐してほしいというのが氏綱の願いである。

すなわち、この四人が次世代の北条家を背負っていくことになるということだ。

そういうと何やら堅苦しい関係のようだが、実際にはそんなことはなく、頻繁に顔を合わせては、一緒に飯を食ったり酒を飲んだりしながら賑やかに過ごすことが多い。

この日も、そうだ。

小太郎に息子が生まれたというので、三人が祝いに駆けつけた。二十八歳にして、小太郎も父親になったわけである。独り身の頃は僧形で過ごしていたが、あずみを妻に迎えてからは俗体に戻った。髪も伸ばし、総髪にしている。

四人が座敷で歓談していると、奈々が赤ん坊を抱いて入ってくる。

「妻はまだ床払いできませぬ。ご容赦下さいませ」

小太郎が氏康に詫びる。

「気にすることはない。ゆっくり養生すればよい。わしらは赤子を見に来たのだしな。どれどれ……」

襁褓《むつき》にくるまれた赤ん坊の顔を氏康が覗《のぞ》き込む。

「ふうむ、真っ赤な顔をしておるな。まるで小猿のようじゃ」

「ま、口の悪い」

奈々が氏康を睨《にら》む。

「すまぬ、すまぬ」

氏康が慌てて謝る。

「若殿、赤子とは、このように皺《しわ》くちゃで真っ赤な顔をしているのが普通なのですよ。かわいいではありませんか」

盛信がにこっと笑う。

「そうなのです。とてもかわいいのです」

盛信の言葉で、奈々が機嫌を直す。

「もう名前は決めたのですか？」

綱成が訊く。

「うむ、かえで丸とした」

「かえで丸？　秋になると紅葉する、あのかえでですか」

「亡くなった父と母が好きだったのだ」

「それはよい名前ですね。そう思いませんか、若殿？」

盛信が氏康を見る。

「かえでとは、何となく……」

何となく女につけるような名前だなあ、と言いそうになり、ふと、奈々が目を細めて氏康を見つめているのに気が付いた。

「優しげな名前だ。とてもよい名前だと思うぞ」

咄嗟《とっさ》に違うことを口にする。

「ありがとうございます」

奈々が嬉しそうに頭を下げる。

かえで丸がむずかって泣き出したので、

「もう連れて行け。乳がほしいのかもしれぬ」

小太郎が言うと、

「若殿、かえで丸を抱いてやってもらえませんか」

と、奈々が頼む。

「わしに抱けるかのう」

「大丈夫ですよ。そっと抱けばよいのです」

「こうか」

氏康が恐る恐る赤ん坊を奈々から受け取る。両手で優しく抱き、よしよし、よしよし、と声をかける。

するとと赤ん坊がぴたりと泣き止み、にこにこと嬉しそうに笑い出す。

「おおっ、笑っておる」

氏康が驚いたように赤ん坊を見下ろす。

「若殿は赤子をあやすのが上手でございますね。きっと、いい父親になりますね」

奈々が感心する。

「そうかのう……」

氏康は満更でもない様子で微笑む。

「若殿より先に孫九郎《まごくろう》がよき父親になりましょう。のう？」

盛信がにやにやしながら綱成を見る。

「そんなこと、わからぬわ」

綱成の顔が赤くなる。

「どういうことだ？」

小太郎が訊く。

「ここに来る前に、孫九郎は父上に呼ばれたのだ。縁談の話で、な」

氏康が綱成に顔を向ける。

「ほう、縁談ですか。お相手は、どなたですか？」

「何と、わしの妹だ。孫九郎は、わしの弟になるのだ」

「姫様とですか」

小太郎は驚いた。

氏康の適齢期の妹といえば、ひとつ年下の耀子《ようこ》に違いない、と小太郎にはわかる。十八歳である。氏康とは母も同じである。

氏康の異母妹は古河公方家の嫡男・晴氏に嫁いでいるし、今の北条家の力を考えれば、耀子もどのような大名家に嫁ぐこともできるはずであった。にもかかわらず、耀子を綱成に嫁がせるというのは、いかに氏綱が綱成の力量と将来性に期待しているかという表れであろう。

「今すぐではないが、年内には祝言を挙げることになるだろうな」

「それは実にめでたいことです」

「おめでとうございます」

奈々が両手を床について、綱成に頭を下げる。

「いやいや、さっき殿に言われたばかりで……。まだ家族にも話していないのです」

綱成の顔が赤くなる。

「そんな大切なお話があるのに、家に戻らず、ここにいらしたのですか？」

奈々が驚く。

「自分のことは後回しでいいのです。まずは青渓先生にご嫡男が生まれたお祝いを申し上げなければなりませぬ」

「律儀ですこと」

「奈々、かえで丸を連れて行きなさい」

「はい」

奈々が氏康からかえで丸を受け取り、座敷から出て行く。

「孫九郎が嫁持ちになりますか。しかし、考えてみれば不思議はない。三人は、もう十九歳でしたね？」

「そうです」

盛信がうなずく。

「とすると、次は、どちらになりますかな」

「太郎衛門《たろうえもん》であろうよ。すでに父上は何か考えておられるようだ。わしには話して下さらぬが……」

氏康が言う。

「若殿は二人とは立場が違いますからね」

氏康は、いずれ北条家の家督を継ぐ立場である。

となれば、正室を迎えるにあたっては、家格の釣り合いを第一に考えなければならないし、東に向かって領土を拡大し、両上杉氏と干戈《かんか》を交えている状況を考えれば、北条家に力を貸してくれる家でなければならない。

そういう条件を踏まえて考えれば、

（今川《いまがわ》の姫を正室に迎えることになるのであろうな……）

小太郎でなくても容易に想像できる。

今川とは宗瑞の代から親密な関係だし、新興の北条家と違い、古くからの名門で、北条家よりも家格ははるかに上だ。今川との絆が強くなれば、西方の防備に力を割《さ》く必要もなくなり、両上杉との戦いに全力を傾けることができる。政治的にも軍事的にも北条家にとっては、いいことずくめなのだ。

もちろん、それは家と家との関係に過ぎず、そこに氏康の感情は何ひとつ考慮されていない。どんな娘を妻に迎えるのか、当の氏康には何もわかっていない。恐らく、祝言の当日まで妻の顔を見ることすらできないであろう。

綱成とて自分の意思で妻を迎えるわけではなく、氏綱にそう言われたから、その指図に従うだけ、という点では氏康と違いはないが、耀子のことは昔から知っているわけだし、氏綱から縁談話を聞かされてから、にこにこして表情が明るいので、綱成本人も喜んでいるのであろう。そういう素朴な喜びと、氏康は無縁の立場にいる。

「最近は戦もないから、小太郎も暇だな。ちょうどいいときに子供が生まれてよかった。しばらくは妻や子とのんびり過ごすことができるだろう」

氏康が言う。

「そうでしょうか」

「うむ、父上は鶴岡八幡宮の造営で頭がいっぱいのようだからな。戦どころではあるまい」

「大変な大工事ですからね」

小太郎がうなずく。

今や鶴岡八幡宮の造営は北条家の総力を結集した大事業となっている。

北条家が単独で造営を成し遂げるのは荷が重すぎるので、氏綱は何とか関東のすべての武士たちを巻き込もうと苦慮している。

三月から仮殿の造営を始めるに当たって、氏綱は関東各地に勧進の使者を送っている。

二月の初め、八幡宮の神主・大伴時信《おおともときのぶ》が上野方面に派遣された。北武蔵や西上野の土豪たちに会い、多くの賛同を得た。

三月には小別当・大庭良能を房総《ぼうそう》方面に派遣した。

去年の五月にも小弓公方・足利義明と真里谷武田氏の恕鑑を訪ねているが、そのときは、あまり手応えがなかった。

それから数ヶ月経ち、各地で造営に協力してくれる者が増えてきたので、ぜひ、義明や恕鑑にも加わってほしい、と強く要請せよ、と氏綱は命じた。

しかし、今度もうまくいかなかった。

義明は最初から関心がなかったし、恕鑑の方は病状が悪化して、良能に会うこともできなかった。もはや普通に話をすることもできない状態だったのだ。

やむを得ず、良能は恕鑑の説得を諦めて、里見氏、原氏、千葉《ちば》氏などを訪ねたが、はかばかしい結果は得られなかった。何の成果もなく鎌倉に帰り、首尾を氏綱に報告した。

氏綱は落胆することもなく、

「力添えしようという者は増えている。諦めずに勧進を続ければ、いつかはうまくいくであろう」

と関東各地に勧進の使者を送り続けた。

その間、奈良から大工たちも到着し、予定通り、仮殿の造営は始められた。

ようやく氏綱の努力が実を結んだのは、翌年六月で、死期が近いことを悟った恕鑑が、

「生きているうちに、ひとつでもふたつでも善行を積んでから死にたい」

と考え、五百貫文という大金を鶴岡八幡宮に寄進したのである。

真里谷武田氏が造営に協力したことで、房総の土豪たちの姿勢にも変化が生じ、金銭だけでなく、材木の提供を申し出る者も出てきた。

先の話になるが、鶴岡八幡宮の大鳥居に使われる材木は上総から切り出されて運ばれることになる。

恕鑑は八月十日に亡くなるが、恕鑑の死は房総の政治情勢を大きく変えた。

義明が露骨に己の勢力拡大を図り始めたのである。

義明を小弓公方に据えたのは恕鑑だから、義明も恕鑑に対しては遠慮があった。形の上では義明が主で、恕鑑が家臣だが、実際には恕鑑が義明を操っていた。

その恕鑑が死んだことで義明は自由になった。もはや誰に遠慮する必要もない。房総のすべての大名や豪族たちに対し、主として振る舞うようになった。

宗瑞の頃から、北条氏はたびたび房総に兵を送り、足場を築くことに腐心してきた。執拗《しつよう》に造営の勧進を行ったのも、造営事業を通じて房総の諸豪族と誼を結びたいという思惑があったからである。

その房総に、小弓公方・足利義明という巨大な勢力が出現しようとしている。義明が勢力を拡大し、房総一円を支配下に収めることになれば、北条氏の出る幕はない。いずれ義明と氏綱が激突することは必然であった。

八

天文《てんぶん》四年（一五三五）七月初め、甲斐《かい》の武田信虎《のぶとら》が駿河に侵攻した。富士川沿いに南下し、付近の村々を略奪した。

直ちに今川氏輝《うじてる》は兵を率いて駿府《すんぷ》を出た。

信虎が駿河に攻め込むのは年中行事のようになっている。目的は食糧の強奪である。甲斐は四方を山々に囲まれて平坦な土地が少ない。豊作の年でも甲斐に住まう者たちを食わせるのに十分ではないので、どうしても他国から奪わなければならない。土地を奪うのが目的ではないから、今川軍が出てくると、さっさと兵をまとめて甲斐に引き揚げる……それが信虎のやり方だ。

そういう武田軍の習性を氏輝も承知しているから、今川軍が北上を始めても信虎が兵を退こうとしないのを訝《いぶか》しく思った。

両軍の睨み合いが始まった。

兵力はほぼ互角だが、信虎は世に聞こえる戦上手である。経験が乏しく、さして戦も得意ではない氏輝は、真正面から信虎と戦うことをためらった。

万が一、信虎に敗れることになれば、武田軍は駿府まで侵攻するであろう。そんな危険を冒す気にならなかったのである。

氏輝は氏綱に援軍を要請した。共に戦ってくれというのではなく、側面から信虎を脅かしてほしい、という依頼である。

氏綱は承知し、三千の兵を率いて小田原を出た。氏康を伴った。これが八月十六日である。氏康は小太郎と馬首を並べて進んだ。すぐ後ろには綱成と盛信がいる。

「なぜ、今度に限って兵を退かぬのであろうな？」

氏康が訊く。

「わたしもそれが不思議でいろいろ調べてみたのです。甲斐では去年、ひどい干魃《かんばつ》や冷害に見舞われ、近年にないほどの大凶作だったそうなのです……」

小太郎が説明する。

一昨年の秋も凶作で、何とか、冬は越したものの、年が明けても食べるものがなく、春先に大量の餓死者が出たのだという。

去年の秋は一昨年よりもひどい大凶作で、収穫が例年の三分の一ほどしかなかった。そのせいで今年の春にも多くの者たちが餓死した。

今年の秋の見通しも悪そうで、このままだと三年続けて飢餓地獄に見舞われることになるので、いつも以上に腰を据えて信虎は駿河で略奪するつもりなのではないか、と小太郎は言う。

「それは厄介だな。ちょっとやそっとでは兵を退くまい」

「そうですね。手ぶらで帰れば、多くの民が死ぬことになりますから、武田も必死でしょう」

「だからといって、よその国を攻めて食い物を盗むのも、どうなのかな……」

「若殿なら、どうなさいますか？」

「わしが甲斐に生まれていたら、ということか？」

「はい」

「そうだなあ……」

氏康が小首を傾《かし》げて思案する。

「年貢を安くし、荒れ地を開墾して田畑を増やすようにする。当たり前すぎるかな？」

「いいえ、そんなことはありません。武田の御屋形さまが、そういうお考えなら、飢え死にする民ももっと減るのではないでしょうか」

「甲斐は土地が痩《や》せているから、なかなか難しいのかもしれぬ」

「伊豆も似たようなものですよ」

「甲斐と違って、伊豆には海がある。不作の年でも魚は獲れるぞ」

「しかし、早雲庵さまが守護となられるまで、伊豆でも多くの民が飢えておりました。土地がよく肥えて、不作とはあまり縁のない相模でもそうでした」

「要は、上に立つ者の心懸け次第ということかな」

「そう思います」

小太郎がうなずく。

「伊豆や相模で飢える者がいないのは決して偶然ではなく、早雲庵さまと御屋形さまのおかげです」

「それを、わしも受け継いでいかなければならないわけだな。わしが強欲で愚かな領主になれば、伊豆や相模でも多くの民が飢えることになる」

なかなか難しいことだな、と氏康がつぶやく。

氏綱の本隊はゆるゆると進み、数百の先鋒部隊だけに先を急がせた。その部隊は河口湖を過ぎ、御《み》坂峠《さかとうげ》を越えて甲府《こうふ》盆地に攻め込むような動きを見せた。

実際には、その程度の兵力で武田の本拠を攻めることなどできないのだが、要は、

「いつまでも今川と睨み合っていると、本当に甲府を攻めるぞ」

と威嚇したわけである。

そういう駆け引きは信虎も得意だから、氏綱が本気で甲府を攻めるつもりはないことはよくわかっていたものの、座視することもできないので、やむなく兵を退くことにした。

八月十九日の早暁、武田軍は陣を払い、静かに引き揚げを開始した。

これを知った氏輝は今川軍に追撃を命じた。

戦いは断続的に昼頃まで続いたが、本格的な衝突には至らなかった。信虎が今川軍を相手にしなかったからだ。こんなところで足止めを食ったら、本当に北条軍が甲府を攻めるかもしれない。

この戦いを、万沢《まんざわ》の合戦と呼び、世に広く知られているが、それは氏輝が己の数少ない武功として宣伝したからである。現実には小規模な局地戦に過ぎない。

武田軍が大した痛手を受けなかったことは、甲府に戻って一息つくと、すぐさま信虎が北条軍を迎え撃つべく出陣したことでもわかる。

八月二十二日、両軍は山中湖の畔《ほとり》で激突した。

早朝から夕方まで戦いは続いたが、次第に武田軍が劣勢となり、ついには戦線が崩壊した。

信虎はわずかの供回りだけを連れて逃げた。

兵たちは思い思いに戦場を離脱した。

氏綱とすれば、すぐさま追撃して、戦果を拡大したいところだったが、地理に不案内な敵地で、しかも、暗い中で兵を動かすのは危険だと判断し、兵たちに休息を命じた。

もちろん、夜が明けたら甲府盆地に雪崩《なだ》れ込み、一気に武田氏を滅ぼしてやろうと考えた。

が……。

小田原からの知らせが氏綱の方針を変えさせた。

深夜、氏綱は全軍に引き揚げ準備を命じた。夜が明けたら、小田原に戻るというのだ。

「父上、どういうことですか？」

氏康が駆け込んできた。戦でへとへとになり、泥のように眠りこけていたが、小太郎に起こされた。

事情を知って、氏綱のもとにやって来た。

「扇谷上杉が動き出したそうだ。奴らだけなら大したことはないが、後ろに山内上杉がいるからな。一緒に動かれると面倒だ」

氏綱が苦い顔をする。

「武田が手を回したのでしょうか？」

「今川がわしらに援軍を頼んだように、武田も扇谷上杉に援軍を頼んだのだろう」

「せっかく武田に勝ったというのに……。残念です」

「いや、考えようによっては、これでよかったのかもしれぬ」

「なぜですか？」

「今回は、あくまで今川を助けるつもりで出てきただけで、長い戦をする支度をしていない。甲府を攻め落とすには兵も足りぬ。つい、わしも勝ち戦でいい気になったが、冷静に考えれば、ここは自重して兵を退くのが最もよい。武田に痛い目を見せてやったし、今川に恩を売ることもできた。そう思わぬか、小太郎？」

氏綱が小太郎に顔を向ける。

小太郎は口をつぐんで、氏綱と氏康の会話に耳を傾けていたのである。

「御屋形さまのおっしゃる通りだと思います。甲斐は厳しい飢餓に苦しんでいるといいます。そんな土地に攻め込んでも、何もいいことはありませぬ」

「うむ、そうだ。土地を奪って北条の支配地になれば、その土地の民を飢えさせるわけにはいかぬ。甲斐の者たちを食わせるのは、なかなか大変だ。いつか、そうしなければならぬときが来るとしても、それは今ではない。他の国に目を向けるのは武蔵のすべてを支配するようになってからでよい」

「はい」

氏康と小太郎がうなずく。

九

信虎に頼まれ、朝興は出陣した。

最初は、

(まあ、小沢城や玉縄城を攻める振りをすればよかろう)

氏綱を牽制すればそれで十分だろうという程度の考えで、氏綱が甲斐から兵を退いたら、自分もさっさと河越城に戻るつもりでいた。大してやる気はなかった。

しかし、山中湖畔で信虎が氏綱に敗れたことを知って気が変わった。

(氏綱め、いい気になりおって)

無性に腹が立ってきたのである。少しは北条方に痛い目を見せてやろうと考えを変えた。

とは言え、城攻めできるほどの兵力はないので、村を襲って穀物を奪い、田畑を焼き払うことにした。扇谷上杉軍は小沢城と玉縄城を大きく北側に迂回《うかい》して相模に侵入し、藤沢《ふじさわ》、鵠沼《くげぬま》、茅ケ崎《ちがさき》、平塚《ひらつか》、大磯《おおいそ》、二宮《にのみや》というように海岸沿いに劫掠《ごうりゃく》を繰り返し、小田原の東方まで迫ったところで反転して引き揚げた。被害は甚大だった。

氏綱は激怒し、北条氏が支配するすべての地域に動員令を発した。兵が集まるのを待たず、甲斐に率いていった軍勢を連れて、すぐさま小田原を発った。

氏康や小太郎も一緒である。

伊豆の兵は氏綱を追いかけ、相模の兵は道々、軍勢に加わった。南武蔵の兵は玉縄城で合流した。河越城に向けて玉縄城を出発するとき、氏綱の兵力は一万五千という大軍になっていた。これだけの大軍を動員するのは白子原以来のことである。白子原の敗北で大きな痛手を被った北条氏が、十年かけて勢力を回復させたのだ。

北条軍は玉縄城から一路北上し、小沢城で後続の軍勢が追いつくのを待ち、敵方の深大寺《じんだいじ》城のすぐ西側を通過した。

深大寺城は沈黙し、一人の兵も出てこなかった。迂闊《うかつ》に手出しして城を囲まれれば、あっという間に攻め潰されるとわかっているからだ。

氏綱が深大寺城を無視したのは、河越城を落とすことしか頭になかったからだ。今度こそ城を落として扇谷上杉氏を滅ぼしてやろうと考えていた。それほど腹を立てていたのだ。

一方の朝興は、これほど短期間に、氏綱が大軍を編成して攻め寄せてくるとは予想していなかった。

（籠城か、決戦か……）

道は、ふたつしかない。

すでに十月である。もうすぐ冬になる。

厳しい寒さの中で、長く対陣するのは辛い。北条軍が城を囲むことができるのは、せいぜい二ヶ月か三ヶ月というところであろう。それを凌《しの》ぐことができれば、北条軍に勝つことはできないにしろ、少なくとも負けることはない。

問題は、その二ヶ月ないし三ヶ月、敵の攻撃に耐えられるかどうか、ということであった。

籠城する兵が多ければ多いほど守りは堅くなるが、その一方、兵が多くなれば、日々、消費する食糧も多くなる。それ故、城に蓄えてある食糧と、籠城しなければならない日数を勘案して、兵の数を決める必要がある。

（二千くらいか……）

二千の兵が籠もるのであれば、何とか二ヶ月くらいは持つ。それより兵が多くなると、食糧が二ヶ月も持たない。

（氏綱に負けるのではなく、飢えに負けることになるやもしれぬ）

そう朝興は危惧する。

だが、一万五千もの大軍に包囲されて、わずか二千で持ちこたえられるものかどうか、それも心配である。

朝興が迷っているとき、鉢形城の憲政から使者がやって来た。憲政はまだ子供だから、実際には側近たちが派遣した使者である。使者の口上は、五千の兵を援軍として送る、というものであった。

それを聞いて、

「おおっ」

思わず朝興は膝を打った。

どうせ無理だろうと思いながらも、一応、援軍要請をしてみたのである。

憲政の側近たちとすれば、まだ憲政の立場が不安定なので、ここで朝興に恩を売っておき、万が一、憲政に敵対する勢力が現れたら、そのとき恩を返してもらおうという考えなのに違いなかった。

（五千か。ならば、籠城することはない）

明るい見通しの持てない籠城策より、野外決戦に活路を見出そうと決めた。

朝興も支配地に動員令を発し、何とか五千の兵を掻《か》き集めた。両上杉合わせて一万である。それでも一万五千という北条軍に比べると、はるかに劣勢だが、地の利を生かせば何とか互角の戦いに持ち込むことができるのではないか、と期待した。

白子原での大逆転劇を思い起こせば、ここで軍配者・曾我冬之助を召し出し、どのように戦えばいいか、意見具申させるべきだったろうが、この頃の朝興には、もはや謙虚さというものがなくなっている。自分の力で何とかできるという、何の根拠もない自信を持っている。

一応、策は立てた。一万のうち、二千を別働隊として、北条軍の背後に迂回させて挟撃しようというものだ。八千の両上杉軍が一万五千の北条軍を食い止めている間に別働隊が北条軍の背後を衝《つ》けば勝機はある、と考えたのだ。

そう悪い策ではない。

ただ朝興が愚かなのは、氏綱が何の策も立てずに一万五千を率いて両上杉軍に決戦を挑んでくると甘く見たところである。

氏綱とて馬鹿ではない。白子原の敗北は骨身に沁みている。

しかも、氏綱のそばには金石斎《きんこくさい》や小太郎という軍配者がいる。

兵力をふたつに分けて敵を挟み撃ちにするというのは兵法の初歩である。並みの軍配者であれば、敵がそういう策を立てるであろうと予想する。

当然、小太郎も金石斎も予想した。

それ故、一万五千のうち、両上杉軍に向かっていくのは氏綱の率いる一万にして、あとの五千は伏兵の襲来に備えて、周辺を警戒することにした。この五千を率いるのは氏康である。

朝興とすれば、北条側がそこまで読んでいることを見越して、更なる策を立てるべきであった。冬之助ならば、そうしたであろう。挟撃策を見抜かれているという前提で、その裏をかくような策を捻《ひね》り出したはずである。それが優れた軍配者というものなのだ。

朝興は軍配者ではない。挟撃策という凡庸な策を立案するのが精一杯であった。

互いの思惑が交錯する中、十月十五日の朝、両軍は入間《いるま》川の畔で激突した。

これを入間川の合戦と呼ぶ。

八千の両上杉軍が布陣するところに、一万の北条軍が猛攻を仕掛ける。

たちまち大激戦となった。

その戦闘に背を向けて、氏康の率いる五千の北条軍は静まり返っている。入間川の畔からは十五町（一・六キロ強）ほど離れているから戦いの様子は目視できない。時折、風に乗って喊声《かんせい》が聞こえてくるだけだ。

「本当に敵は背後から襲ってくるのでしょうか」

盛信が心配そうな顔でつぶやく。

万が一、予想が外れれば、みすみす五千の兵を遊ばせることになってしまうのだ。

「ふんっ、そのときは、御屋形さまの加勢に行けばいいだけのことではないか」

綱成が笑う。

「その通りだ。戦というのは、そう長くは続けられぬものでな。一刻（二時間）もすれば、兵たちは疲れ切ってしまう。敵が疲れ切ったところに、新手の兵を繰り出せば、普通は、それで勝てる」

小太郎が言う。

「ならば、いいのですが……」

うなずきながら、盛信は氏康に視線を向ける。

氏康は口を真一文字に引き結んだまま、じっと遠くの方を眺めている。敵が現れるのを静かに待っているかのようだ。

「若殿、何度もお願いしたことですが……」

綱成が氏康に話しかける。

「わかっている。そんなものまで用意しおって」

氏康が綱成を横目で睨む。

綱成は、黄色地に「八幡《はちまん》」と墨書された六尺九寸（約二メートル）の旗指物を背中に差している。

自分で拵《こしら》えてきたのだ。

北条軍は大軍を動かす場合、指揮系統を明確にするために、兵を大きく四つに分けるのが常である。

総大将が氏綱で、氏綱を補佐するのが三家老と呼ばれる大道寺盛昌、松田顕秀《まつだあきひで》、遠山直景である。

三家老の下にいる四人の侍大将が兵を動かす、というのが基本的な仕組みである。

時と場合に応じて、この編成に手を加えるが、そう大きく変わることはない。

四人の侍大将が率いる兵たちは、それぞれ赤組、青組、白組、黒組と呼ばれ、それぞれの色に染められた布を肩に付けて目印にしている。

わざわざ、その四組とは異なる黄色の旗指物を綱成が用意してきたのは、

「わしは四組とは違う。若殿の旗本だ」

と主張したいかららしい。

もちろん、綱成は事前に氏康に相談した。

氏康は大して深く考えることなく、

「好きにすればよかろう」

と許した。

綱成の配下にいる兵は、わずか二十人ほどに過ぎないが、その二十人が腹当を黄色に染めているので遠くからでも、よく目立つ。

氏康も、まさかこれほど派手な装いをしてくるとは予想もしていなかったに違いない。

それ故、綱成の装いを見てから、念のため氏綱に相談した。

「なるほど、黄色地の旗指物に八幡か……。その旗指物に負けぬほどの働きを期待したいものだな」

と、氏綱は笑った。

他の者であれば、そう簡単に許さなかったかもしれないが、自分の娘と結婚させるほど、氏綱は綱

成を気に入っている。いずれ侍大将として、四組のどれかを率いさせようと考えていたが、新たに五番目の黄組を作るのも悪くないとも思った。

北条氏が膨張し、動員できる兵力も増しているから、一組あたりの兵員を増やすより、新たな組を増やす方が機動力も展開力も向上するはずであった。

とは言え、それは氏綱の将来的な構想であり、今のところ、綱成の黄組は二十人ほどに過ぎない。後に綱成はこの旗指物の呼称から「地黄八幡《じきはちまん》」として知られる猛将となるが、その始まりは、この入間川の合戦であった。

「青渓先生、敵の伏兵が背後に現れたとして、それ以外にも罠を仕掛けていたら、どうなさるのですか？」

盛信が訊く。

「平四郎《へいしろう》は心配ばかりしているな。どれほどの敵が現れようと、ひとつひとつ叩き潰せばいいだけのことではないか」

綱成は鼻息が荒い。合戦が始まったので血が昂《たか》ぶっているのであろう。

「敵の総数は一万ほどらしい。御屋形さまに立ち向かっている敵は、ざっと八千。とすれば、二千の敵がどこかに隠れていることになる」

小太郎が言う。

「ああ、なるほど。背後から現れた敵の数を見て、それ以外にも伏兵がいるかどうか見極めればいいわけですね」

盛信が言う。

「そういうことだ」

小太郎がにこっと笑う。

「どうやら現れたようだぞ」

氏康が床几《しょうぎ》から腰を上げる。

北条軍の背後に両上杉軍の伏兵が姿を見せたのである。

「数は、どれくらいでしょうか？」

盛信が訊く。

「かなり多いな。一千ということはない。もっと多い、一千五百……いや、二千くらいだな」

氏康が答える。

「つまり、この二千を打ち破れば、もう敵が新手を繰り出すことはできない、ということですね？」

綱成が小太郎の顔を見る。

「そういうことだ」

小太郎がうなずく。

「わかりやすくていいなあ。あいつらを叩きのめせば、こちらが勝つということなのだから。若殿、命令を発して下さい。突撃せよ、敵を打ち負かしてこい……そう命じて下さいませ」

綱成の顔が紅潮している。興奮しているのだ。

「旗本の役目は大将を守ることだ。おまえは若殿の旗本なのだから、おそばを離れてはなるまい」

小太郎が諭《さと》すように言うと、

「え」

と声を上げて、綱成が顔色を変える。

「青渓先生は、どのように戦をするか、若殿の相談相手になり、わしとおまえは若殿をお守りする……それが役目ではないか。一騎駆けの武者とは違う。当たり前のことだぞ」

盛信も言う。

「そ、それは、そうだが……」

何か言い返そうとするが、綱成の口から言葉が続かない。小太郎や盛信の言うのが正論だとわかっているからだ。

「ふふふっ……」

氏康がおかしそうに笑う。

「戦がしたくて、うずうずしているのであろう。わしの護衛役など、おまえには似合わぬ。せっかく旗指物まで拵えて、黄組を立ち上げたのだ。今日は、おまえのわがままを許そう。行くがいい。奴らを打ち負かせば、この戦、わが北条の勝ちと決まるのだからな」

「本当によろしいのですか？」

「くどい。わしがいいと言っている。わしの気が変わらぬうちに行け」

「ありがたき幸せでございまする」

綱成は氏康に一礼すると、小走りに馬に駆け寄る。

「者ども、行くぞ。若殿のお許しが出た。存分に戦うがよい。この戦、わしらの勝ちと決まったぞ」

それっ、と馬の腹を蹴ると、敵に向かって馬を走らせる。その後ろを二十人の兵が続く。黄揃えの一団である。

綱成は馬を走らせながら、

「勝ったぞ、勝ったぞ！」

と叫んでいる。

兵たちも、それを真似して、

「勝った、勝った！　北条の勝ちだ」

と繰り返す。

味方の北条兵たちですら、何事かと怪訝な顔で足を止めて見遣るほどだから、よほど敵の目には不気味な一団に思えたことであろう。

綱成は敵兵に遭遇しても馬を止めることなく、馬上で刀を振るいながら、敵軍に突っ込んでいく。綱成に率いられた一団は、あたかも一本の矢のように、敵の陣形を寸断する。敵がひるんだところに、後続の北条軍が雪崩れ込む。

元々、両上杉軍の別働隊は二千に過ぎず、彼らを待ち構えていた氏康の軍勢は五千である。まともに戦っては勝ち目などないのだ。奇襲を見抜かれた段階で、両上杉軍の敗北は決まったようなものであった。それにしても、わずか四半刻（三十分）足らずで、両上杉軍の別働隊が潰走《かいそう》したのは、綱成の功績と言ってよかった。

綱成が氏康のもとを離れた直後、氏康は三千の兵を動かし、手許に二千の兵を残した。戦況を見極めて、最も効果的なときに、その二千を投入するつもりだったが、結局、その必要はなかった。二千の兵を温存して勝利を得たのである。

綱成が戻ってくると、

「よくやった。だが、まだ終わりではないぞ」

氏康が声をかける。

「承知しております」

さすがに息遣いは荒いものの、それほど疲れた様子も見せずに綱成が答える。

「どうする？」

氏康が小太郎に顔を向ける。

「迂回して、敵の脇腹を衝くのがよろしいでしょう」

「他には？」

「敵は疲れており、われらは、さして疲れておりませぬ。しかも、兵の数がわれらの方がずっと多い。こういうときは、あまり小細工しない方がよろしいかと存じます」

「ならば、そうしよう」

戦いが行われている入間川の畔まで、およそ十五町の道程を、氏康の率いる五千は直線的に進むのではなく、両上杉軍の側面に出られるように大きく迂回して進んだ。その分、時間はかかるものの、使者からの報告で、味方が優勢だとわかっていたので、氏康は焦る必要がなかった。

両上杉軍八千と北条軍一万の戦いは早朝に始まり、一刻（二時間）経っても一進一退の攻防が続いている。

両上杉軍は別働隊の奇襲攻撃に期待していたので、自分たちの方からは積極的に攻撃せず、ひたすら防御に徹した。だから、なかなか決着が付かず、ずるずると戦いが長引いたのだ。

しかし、すでに別働隊は壊滅した。

朝興がそれを知ったのは、氏康がすぐ近くに迫ったときだった。

（これは、いかぬ）

大慌てで兵を退こうとした。

そこに氏康の五千が突撃した。北条軍を奇襲するつもりが、逆に奇襲されたのだから目も当てられない。両上杉軍は大混乱に陥り、みじめな敗北を喫した。戦死者も多いが、溺死者も多いという奇妙な戦いだった。逃げ場を失って、苦し紛れに入間川に飛び込み、そのまま流されて溺れ死んだ者が多かったのである。

この入間川の合戦における勝利によって、武蔵における北条氏の優位が完全に確立されたと言っていい。逆に扇谷上杉氏は、この敗北を契機として急激に衰えることになる。

十

小田原に凱旋《がいせん》した氏綱のもとに今川氏輝からの使者がやって来た。入間川の戦勝を祝し、八月の援軍要請に応じてくれたことの謝意も述べた。たくさんの贈り物も携えていた。

使者は、もうひとつ重要な要件を伝えた。かねてから打ち合わせていた氏輝の妹と氏康の結婚に関する話である。今川家としては、できるだけ早い時期に婚儀を執り行いたいというのであった。

年々、甲斐の武田氏の脅威が大きくなっているので、氏輝は北条との絆を深める必要性を痛感したのである。

氏綱としても異論はない。西の今川と手を結べば、後顧《こうこ》の憂《うれ》いなく扇谷上杉氏との戦いに全力を傾けることができるからだ。

話はトントン拍子に進み、小田原と駿府を何度も使者が往復し、年が明けたら、すぐに輿入れをし、婚儀が成立した後、氏輝が小田原を訪問することが決まった。

この種の政略結婚の常だが、当事者が成り行きを知るのは一番最後、話が決まってからである。

氏康も、そうだった。

もちろん、駿府からの使者が頻繁に小田原にやって来ることから、

（どうやら、わしの結婚の話が進んでいるらしい）

と、氏康も察していた。

ただ氏綱から詳しい話を聞かされていないだけである。

師走になって、またもや駿府からの使者がやって来た直後、氏康は氏綱に呼ばれた。

部屋に行くと、小太郎もいる。小太郎がいるのなら結婚の話ではなく、戦の話なのだろうか、と氏康が訝しげな顔になる。

「婚儀の日取りが決まった」

氏綱が言う。

やはり、結婚の話だった。

ならば、なぜ、この場に小太郎がいるのか……そんな目で氏康が小太郎を見る。

その視線に気付いたのか、

「太郎衛門にも嫁をもらわせることにした。すでに孫九郎には妻がいるし、おまえも嫁をもらうことになれば、太郎衛門だけが独り者ということになってしまう。来年は、何としてでも河越城を落とし、

扇谷上杉を滅ぼす覚悟でいる。戦が多くなり、あまり小田原に戻ることができなくなるやもしれぬ。おまえたち三人は同い年だし、この際、皆に嫁を持たせようと決めた。いい機会だと思う」

「太郎衛門に嫁を……？」

氏康は首を捻り、すぐに、あっ、と小さな声を発する。ここに小太郎がいる意味がわかったのだ。

「奈々、ですか？」

「そうだ」

氏綱がうなずく。

「なるほど、奈々を太郎衛門の嫁に……」

考えてみれば、氏康と同い年だから、奈々ももう二十一である。十五歳前後での嫁入りが普通の時代であることを考えれば、かなりの行き遅れと言っていい。

氏康と奈々は幼馴染みで、幼い頃は共にお福に育てられた。実の兄妹のような間柄だ。奈々を妻に迎えたいと考えたこともないではないが、氏康の身分を考えれば、それは不可能であった。

その点、太郎衛門盛信であれば、身分の釣り合いに問題はない。奈々と盛信も幼馴染みで、互いに気心は知れている。今まで考えたこともなかったが、言われてみれば、お似合いの二人であった。

もちろん、氏綱は、そんな甘い考えで、二人の結婚を決めたわけではない。そこには深謀遠慮がある。いずれ氏康が北条家の主となったとき、綱成と盛信が重臣として氏康を支え、軍配者である小太郎が政治と軍事の相談役になる。それは昨日今日決まった話ではなく、そもそも、小太郎を氏康の軍配者にするというのは先代の宗瑞が決めたことである。代替わりしても北条家の屋台骨が揺るがぬよう、たとえ氏康が凡庸だとしても、氏康が道を誤らぬように優れた重臣と軍配者が氏康を支えていく……そんな態勢を構築しようと、氏康が幼少の頃から宗瑞と氏綱は苦心を重ねてきたのだ。

先達《せんだつ》て、綱成は氏康の妹を妻に迎えた。これで綱成と氏康は兄弟になった。

氏康と盛信はただの幼馴染みではなく、乳母兄弟という間柄だから絆は強い。

小太郎は綱成と盛信の兵学の師で、だから、二人は小太郎を「青渓先生」と敬っている。盛信が奈々を妻にすれば、小太郎と盛信は兄弟になる。

つまり、この四人は、氏康を中心として、様々な要因で強く結ばれた関係にあり、ある意味、血肉を分けた兄弟より絆が強い。この先、どんなことがあろうと、小太郎、綱成、盛信は氏康を裏切ることはないであろう。それこそ氏綱の真の狙いなのだ。

「どうだ、よい縁組みだとは思わぬか？」

「そう思います」

氏康がうなずく。

「小太郎も快く承知してくれた。年が明けたら、ふたつの婚儀を行う。めでたいことが重なるのう」

氏綱が目を細める。

「殿」

小太郎が目配せする。

「おお、そうであった。つい平四郎と奈々の話が長くなってしまった。おまえも自分の妻がどんな女なのか知りたかろう」

氏綱がうなずくと、小太郎が氏康の前に和紙を置く。そこには、と墨書されている。

「みずほ……」

「うむ。使者が名前を教えてくれた」

古来、身分のある女性というのは人に実名を教えないことが習わしになっている。例えば、『源氏物語』には無数の女性たちが登場するが、実名のわかる女は一人もいない。中宮が一人しかいなければ、その身分から「中宮さま」と呼ぶし、女御が何人もいれば、それを区別するために、住んでいる建物や部屋から「弘徽殿《こきでんの》女御」と呼んだりする。どういう場合でも実名が口にされることはない。

そこまで頑《かたく》なに実名を隠すのは、名前には魂が籠もっていると考えられていたからで、名前を教えるというのは、極端に言えば、自分の命を托《たく》すのと同じくらいの重みがある。

今川家が実名を知らせてきたのは、つまり、この子を妻に差し上げます、命を委ねます、という明確な意思表示と言っていい。

瑞穂は先代・氏親《うじちか》の三女で、氏親の正室・寿桂尼《じゅけいに》の娘である。当代・氏輝の妹である。年齢は氏康より三つ下だから、十八歳だ。

（瑞穂……）

まだ会ったことのない未来の妻がどんな娘なのかを想像して、氏康は胸を高鳴らせた。

年が明けると、ふたつの結婚式が行われた。

氏康と瑞穂の婚儀は、北条家と今川家という大名同士が結ばれる政治色の強い催しのようなものだから、両家の実力を周辺国に誇示するかのように盛大に営まれた。

その数日後、盛信と奈々の婚儀がひっそりと営まれた。ひっそりといっても、普通以上に豪華ではあったものの、氏康の婚儀の後では、さすがに影が薄くなるのは仕方のないことだった。

しかし、氏綱からは気前のいい贈り物がたくさん届いたし、婚礼の場には、氏康と新妻の瑞穂がお忍びで現れた。

その席で、小太郎は人目も憚《はばか》らずに涙を流した。

そんな小太郎の姿を見るのは氏康も初めてだったので、

「めでたい席で泣くとは、どういうことだ。それは嬉し涙なのか？」

と訊いた。

「今日は、兄というだけでなく、亡くなった両親の名代でもあります。ここに両親がいれば、どれほど喜んだことか……そんなことを考えて泣いているのでしょう」

あずみが夫に代わって、氏康に説明する。

「なるほど、そういうものか。小太郎は奈々の兄でもあり、親代わりでもあったものなあ」

「……」

小太郎は黙って袖を涙で濡らしている。

父と母が亡くなったのは、小太郎が子供の頃で、奈々は幼児だった。食い扶持を稼ぐために、小太郎は農作業を手伝って必死に働いた。その合間に香山寺《こうざんじ》に通って、学問に励んだ。そこを宗瑞に見出されたのである。

今まで苦労を人に語ったことはないし、泣き言を口にしたこともない。苦労がなかったわけではなく、辛いこともたくさんあった。歯を食い縛って耐えたのだ。自分はどうなろうと構わないが、奈々をきちんと育てなければ父と母に申し訳が立たぬ……そういう思いで、がんばったのだ。

まさに氏康の言うように、小太郎は奈々の兄であり、親でもあった。ようやく、奈々が小太郎の手を離れようとしている。様々な思い出が胸に去来し、小太郎は涙を抑えられなくなったのであろう。

十一

二月初め、今川氏輝が小田原にやって来た。すぐ下の弟・彦五郎《ひこごろう》を伴っていた。

二十四歳の氏輝は病弱で、まだ子供がいなかったので、氏輝の身に何かあれば彦五郎が後を継ぐことになっている。

長男の氏輝と次男の彦五郎、そして、氏康の妻となった瑞穂は、共に寿桂尼の子だ。

寿桂尼の産んだ男子はもう一人いる。五男の栴岳承芳《せんがくしょうほう》だ。

承芳は幼い頃から京都で仏道修行に励んでいる。

この時代、大名家の当主が他国を訪問するというのは、かなり珍しい。

しかも、氏輝の小田原滞在は一ヶ月にも及んだ。

訪問の目的は、いくつかある。

ひとつは、去年の八月、氏輝の要請に応じて氏綱が甲斐に兵を出してくれたことへのお礼である。

最も重要なのは周辺国への対応の協議である。隙あらば攻め込んでやろうと牙を研《と》いでいる国がいくつもあるのだ。

瑞穂が嫁いだことで、両家の同盟関係は強固になったが、氏輝の訪問で氏綱や氏康と個人的な信頼関係を築くことができれば、両国の絆は揺るぎないものとなるであろう。

様々な目的のある訪問だったから滞在も長くなったわけだが、その間、難しい政治の話ばかりしていたわけではない。

氏輝は、歌人として名高い冷泉為和《れいぜいためかず》も伴っており、連歌好きの氏綱のために毎日のように歌会を催した。

三月になり、氏輝が小田原を去る日がやって来た。

氏綱は別れを惜しみ、国境まで氏輝を見送った。氏康も同行した。異例の厚遇と言っていい。この小田原訪問が大成功だった証とも言えるであろう。

「今度は、ぜひ、駿府においで下さいませ」

氏輝は氏康の手を強く握った。この滞在を通して、年齢の近い二人は互いに親しみを覚え、義理の兄弟としての関係が深まった。

「年内には必ず、駿府に伺いたいと思っています」

氏康が大きくうなずく。

「お待ちしております」

「これで今川と北条は今まで以上に強い絆で結ばれることになるでしょう」

氏綱も若い二人に目を細める。

「では」

「お気を付けて」

次第に遠ざかっていく氏輝を、氏綱と氏康はいつまでも見送った。氏輝も何度も振り返った。

十二

氏輝が去って三週間ほど後、深夜、氏康は氏綱に呼ばれた。そんな遅い時間に呼ばれることなど滅多にないので、いったい、何事が起こったのかと氏康は訝った。

「新九郎にございます」

「入るがよい」

氏綱は一人ではなかった。先客が二人いた。一人は小太郎で、もう一人は風間党の棟梁・慎吾である。三人とも険しい顔つきをしている。

やはり、ただ事ではないのだ、と氏康は気を引き締め、何を聞いても驚くまい、と己を戒める。

氏綱は、すぐには口を開かず、腕組みしたまま何事か考え込んでいる。

小太郎も慎吾も口を引き結んだまま黙りこくっている。

部屋の中の空気は、ピンと張り詰めており、氏康は呼吸が苦しく感じられるほどだった。

やがて、

「上総介《かずさのすけ》殿だが……」

「上総介？」

「駿河のよ」

「ああ」

氏康がうなずく。氏輝のことである。従五位下《じゅごいのげ》・上総介というのが氏輝の官位なのだ。

「その上総介殿だが」

「はい」

「十七日に亡くなられたそうだ」

「え」

思わず大きな声が出る。何を聞いても驚くまいと気を引き締めていたものの、さすがに驚きを隠すことができなかった。氏輝が小田原にひと月ほども滞在し、親しく誼を結んだのは、つい先日のことなのである。

「亡くなったのは上総介殿だけではない。弟の彦五郎殿も亡くなったそうだ。同じ日にな」

「彦五郎殿まで……」

氏康はごくりと生唾を飲み込むと、

「もしや謀反《むほん》ですか？」

と訊いた。

氏康の疑問は当然であろう。

若い氏輝の急死だけでも驚きなのに、弟の彦五郎までが同じ日に死んだと聞けば、何者かの手で暗殺されたのではないか、と疑いたくなる。今川家の当主の座を狙う何者かが謀反を起こして、二人を暗殺したとなれば話の辻褄《つじつま》は合う。

「いや、そうではないらしい」

「違うのですか？」

「うむ」

氏綱が慎吾に顔を向ける。

「駿府は平穏で、兵が動いている様子はありません。寿桂尼さまも、いくらか取り乱してはおられるようですが、いつもと変わらぬご様子で、兵を集めているという話もありませぬ」

慎吾が口を開く。

氏親が亡くなったとき氏輝は十四歳で、政治に何の経験もなかったので、実際の政治は後見人である寿桂尼が取り仕切った。氏輝が実権を握ったのは二十歳を過ぎてからである。

氏輝と彦五郎の死が暗殺だとすれば寿桂尼が黙っていないであろう。寿桂尼が号令をかければ、すぐさま馳せ参じる武将は多いから、駿府が平穏であるはずがない。

「もちろん、それだけで謀反でないとは言い切れぬし、寿桂尼殿には何かお考えがあっておとなしくしているだけかもしれぬ」

「われらは、どうするのですか？」

「今できることは何もない。駿府で何があったのか、なぜ、二人は亡くなったのか、それがはっきりするまで迂闊なことはできぬ」

氏綱がふーっと深い溜息をつく。

「おまえがしなければならぬのは、これを妻に伝えることだ。二人の兄が亡くなったと知れば、さぞ力を落とすであろう。慰めてやれ」

「駿府に帰りたい、兄たちの葬儀に出たいと言うかもしれませぬ」

「それは……やめた方がよかろうな」

首を振りながら、氏綱が今度は小太郎に顔を向ける。

「上総介さまに何かあれば、彦五郎さまが後を継ぐことになっておりました。ところが、二人揃って亡くなられたとなると、誰が今川の家督を継ぐのか、という話になりましょうが、恐らく、すぐには決まらぬものと思われます。たとえ、お二人の死が暗殺ではなく、これが謀反でないとしても、駿河がこのまま平穏であり続けるとは思えませぬ」

「家督を巡って争いがおこると言いたいのか？　合戦沙汰になると？」

「穏やかに話し合いで決まるかもしれませぬ」

「それは難しかろう。いくら話し合ったところで、すんなりとはいくまい」

氏綱が言う。

氏輝と彦五郎の下には四人の弟たちがいる。

三男・玄広恵探《げんこうえたん》、四男・象耳泉奘《しょうじせんじょう》、五男・梅岳承芳、六男・氏豊《うじとよ》である。三人は出家の身であり、氏豊は尾張《おわり》今川家に養子に入っている。すでに他家に養子に入っている氏豊が後を継ぐことは常識的にあり得ないから、残る三人のうち誰かが還俗して家督を継ぐのが普通である。

「長幼の順からいけば、玄広恵探殿であろうが、それこそ簡単にはいくまいな。難しかろう」

そう氏綱が言うのは、玄広恵探は寿桂尼の子ではないからであった。候補者三人のうち、寿桂尼の子は五男の梅岳承芳だけなのである。

「兄弟の間で家督を巡る争いが起こったら、当家は、誰に味方するおつもりですか？」

氏康が氏綱に訊く。

「それを口にするのは早すぎる。まずは駿府で何が起こるのか、その成り行きを見守ることだ」

十三

五月末、氏康はまた深夜に氏綱に呼ばれた。

（何か動きがあったのだろうか……）

三人の候補者のうち、四男の象耳泉奘が還俗を拒んだという話は、氏康も氏綱から聞かされた。俗世間に何の興味もなく、今のまま仏道修行を続けたいというのであった。

そうなると、三男の玄広恵探か五男の梅岳承芳のどちらかが家督を継ぐことになるわけだが、話し合いがうまくいかないのか、今に至るまで誰が家督を継ぐのかはっきりしていない。

玄広恵探は二十歳、梅岳承芳は十八歳で、二人とも子供の頃に出家し、ずっと寺で過ごしてきたので、政治にも軍事にも疎《うと》い。まったくの素人である。何の経験もないのだ。

従って、当人同士が家督を巡って争っているというより、その後ろ盾《だて》になっている者たちが様々に策動していると考えるべきであった。

今現在、駿河における最大の実力者は寿桂尼である。先代・氏親の正室というだけでなく、氏輝が自立するまでの数年間、氏輝の後見人として政治と軍事を取り仕切った。

当然ながら、寿桂尼は自分が産んだ梅岳承芳を後押しする。玄広恵探と梅岳承芳の年齢が逆だったら、何らもめることなく梅岳承芳が家督を継いだであろうが、実際には二歳年上の異母兄がいる。

玄広恵探は側室の子だが、その側室というのは駿河の有力な豪族・福島《くしま》氏の血を引いている。福島氏の者たちは重臣として何人も出仕し、今川家の屋台骨を支えている。それほどの有力氏族の後押しがあれば、玄広恵探もおとなしく引き下がる必要はない。

二人を推す者たちが牽制し合い、互いに譲ろうとしないので、いつまでも後継者が決まらないのであろう、と氏康は想像している。

氏綱の部屋に入ると、この夜も小太郎と慎吾が同席している。駿河情勢を探るために、風間党は数多くの忍びを駿河に送り込んでいる。その風間党の棟梁が慎吾である。慎吾が同席するのは当然だ。軍配者である小太郎が同席するというのは、つまり、場合によっては家督を巡る争いに軍事介入しようという考えを氏綱が持っているせいではないか、と氏康は思う。

それは十分に考えられることであった。

先代・氏親は宗瑞とも氏綱とも親しい間柄で、氏親が生きているとき、両家は兄弟国のように助け合った。氏輝に代替わりしてからは兄弟国と言えるほどではなくなったが、依然として友好的な関係を保っていた。去年、氏輝の要請に応じて氏綱が甲斐に兵を出し、氏康が氏輝の妹・瑞穂を娶ってからは、氏親の頃のように両家は緊密になった。だからこそ、氏輝は小田原にやって来て、一ヶ月ほども滞在したのである。

その緊密な関係を、氏綱は維持したいと考えているはずであった。氏輝、彦五郎の兄弟に氏綱は会い、その人柄をよく理解している。同母弟である梅岳承芳ならば、二人と同じような人柄なのではないか、という期待が持てる。寿桂尼のやり方もよくわかっているし、氏康の妻・瑞穂は梅岳承芳の同母姉でもある。梅岳承芳が後を継げば、氏親や氏輝の頃と同じように両家は緊密な関係を維持できるのではないか、と氏綱なら考えるであろう。

玄広恵探のことは何も知らないが、彼が家督を継げば、福島氏が実権を握るであろうことは容易に想像がつく。恐らく、寿桂尼や氏輝とは違う路線を歩むのではないか、と氏康は危惧する。なぜなら、これまでと同じやり方をするつもりならば、家督相続で揉め事を起こし、寿桂尼と対立するような真似をする必要はないからだ。この争いに敗れれば、福島氏が没落するのは必至である。そこまで危険な賭けをするからには、玄広恵探の後見として権力を握った暁には寿桂尼一派を排除するつもりなのに違いない。

（父上は梅岳承芳殿が家督を継ぐことを望んでおられるのであろうな）

それ故、場合によって駿河に兵を出すことまで想定しているのではないか、だからこそ、駿河に関する打ち合わせをするときは、慎吾だけでなく、常に小太郎も同席させるのではないか、と氏康は考える。

「ついさっき慎吾から話を聞いたところでな……」

氏綱が口を開く。

「とうとう駿河で戦が始まったらしい」

「え」

いろいろ想像はしていたが、家督を巡る争いが、ついに合戦沙汰にまで発展したと知り、氏康は驚いた。

「話し合いでは決着がつかなかったということですか？」

「そのようだ」

氏綱はうなずくと、話してやれ、と慎吾に言う。

「はい……」

慎吾は姿勢を正して、風間党の忍びが調べてきた情報を氏康に説明する。

それによると、いつまでも家督が決まらないのではどうにもならないので、この問題を穏便に決着させるために、五月二十四日、寿桂尼と福島越前守《えちぜんのかみ》が会談したのだという。

越前守は福島氏の長老で、玄広恵探の外祖父に当たる。寿桂尼が氏輝の後見役として政治を取り仕切っていた頃、側近として寿桂尼を支えた人物でもある。寿桂尼とすれば、越前守を説得することができれば後継問題が決着すると考え、会談を呼びかけたのだ。越前守ならば気心も知れているし、自分の言葉に素直に従ってくれるだろうと期待したのである。

だが、老いた越前守は、かつて寿桂尼を支えた精悍《せいかん》な中年男ではなくなっていた。恨みがましく愚痴ばかり口にする偏屈な年寄りに変貌していた。氏輝が独り立ちしてから、福島の者たちが邪険に扱われて、三浦《みうら》や朝比奈《あさひな》の者ばかりが優遇されている、と寿桂尼に食ってかかった。

寿桂尼も気が強い。最初のうちこそ、何とか越前守を宥《なだ》めようと、

「その方の言いたいことはよくわかった。今後は決して悪いようにはせぬ」

と気を遣った物言いをしていたが、

「御屋形さまも邪《よこしま》な政をして、依怙贔屓《えこひいき》ばかりなさるから天罰が当たったのでしょうな」

という氏輝を誹謗《ひぼう》する言葉を越前守が口にするや、目尻を吊り上げ、

「何と申した！　いくら耄碌《もうろく》したからといって、そのような無礼な言葉を聞き逃すことはできぬぞ」

と声を荒らげた。

もはや、売り言葉に買い言葉である。双方が相手を口汚く罵り、己の正しさだけを主張する場と成

り果てた。和解のために行われた会談だったが、結果的には玄広恵探派と梅岳承芳派が武力衝突する引き金となった。

会談の翌日、福島氏を中核とする玄広恵探派は久能山《くのうざん》で兵を挙げ、今川館に向けて進撃した。梅岳承芳派も抜かりはない。いずれ合戦沙汰は避けられぬと考え、寿桂尼の指示で今川館に兵を集めていた。

今川館を巡って両軍が激突した。一進一退の攻防が続いたが、守りの堅い今川館を攻めあぐね、午後になって、玄広恵探派が兵を退いた。

この後、玄広恵探派は、焼津《やいづ》の方《かた》ノ上《かみ》城、藤枝《ふじえだ》の花蔵《はなくら》城を拠点として守りを固めつつ、自分たちに味方するように駿河の豪族たちに檄《げき》を飛ばした。

今川家の家督を巡る争いが「花蔵の乱」と呼ばれるのは、花蔵の寺に玄広恵探がいたためである。

その後は小競《こぜ》り合《あ》いが起こっている程度で、大きな戦いは起こっていない。双方が少しでも多くの豪族を味方にしようとして外交合戦を演じているせいだ。

「では、両軍がそれぞれ花蔵と駿府に腰を据えて睨み合っているということか?」

氏康が慎吾に訊く。

「そのようです」

慎吾がうなずく。

「どちらが勝つのですか?」

氏康が氏綱を見る。

「ううむ、そこが難しいところでな……」

「もし合戦沙汰になれば、恐らく、寿桂尼さまの推す梅岳承芳殿が勝利し、家督を継ぐことになるのではないか……御屋形さまもわたしも、そう考えておりました」

小太郎が口を開く。

「考えていた？　今は違うのか？」

「玄広恵探殿に味方する者が意外なほど多いようなのです。正確な数はわかりませんが、慎吾の話だと、兵力は互角か、玄広恵探殿の方がいくらか多いようです」

「確かに、それは意外だな」

「寿桂尼殿のやり方に反感を抱く者は、わしらが思っているより多いということかもしれぬな」

氏綱が言う。

「父上は、どちらが勝つことを望んでおられるのですか？」

「当家との絆を重んじてくれるのであれば、どちらでも構わぬが、玄広恵探殿のことは何もわからぬ。わからぬという点では梅岳承芳殿も同じだが、寿桂尼殿のことなら少しはわかる。寿桂尼殿が後押ししている梅岳承芳殿であれば、上総介殿と違ったやり方はするまい」

「なるほど」

自分が思っていた通りだな、と氏康はうなずく。

「では、梅岳承芳殿に力添えなさるのですね？」

「それを決めるのは、まだ早い。そもそも、向こうから何も頼まれておらぬわ」

氏綱が口許に笑みを浮かべる。

「では、玄広恵探殿から力添えを頼まれたら？」

「頼まれてから考える。但《ただ》し、何かあれば、すぐに動けるように心構えだけはしておくがいい」

「それは駿河に兵を入れることもあり得る、という意味でしょうか？」

「もちろんだ。それが北条のためになるのであれば、な」

氏綱が大きくうなずく。

十四

「若殿」

「ん？　小太郎か」

氏康が書見台から顔を上げる。

「御屋形さまがお呼びでございます。駿河から客が来たので一緒に会うように、と」

「駿河から客だと？　使いではなく、客なのか」

「墨染めの衣をまとっているようでございます」

「沙門《しゃもん》か。もしや軍配者か？」

「聞いたことのない名前です。軍配者だとしても足利学校で学んだ者ではないでしょう」

「何という者だ？」

「雪斎《せっさい》と申す者にございます」

「ふうん、雪斎か……」

氏康は立ち上がり、小姓《こしょう》に手伝わせて着替えをする。

松田顕秀を始めとする数人の重臣が壁を背にして板敷きにあぐらをかいて坐っている。小太郎は末席に控える。

そこに雪斎が廊下から入ってくる。板敷きに敷かれた円座に腰を下ろすと、左右に居並ぶ重臣たちに会釈する。

（いくつくらいなのだろう）

雪斎の横顔を見つめながら、小太郎が思案する。

やや肥満気味の、がっちりとした体つきである。頭は丸めているが、鼻の下と顎《あご》に髭《ひげ》を蓄えており、髭は黒々としている。肌艶もよく、顔や手にも染みはない。小太郎は三十代半ば過ぎくらいかな、と見当を付けた。

号を雪斎、諱《いみな》を太原《たいげん》、字《あざな》を崇孚《そうふ》という。

すなわち、太原崇孚雪斎である。当時の文書では単に「雪斎」、あるいは「雪斎長老」という呼ばれ方をしている。このとき、四十一歳である。

雪斎は、今川氏親の側近として重んじられた庵原左衛門尉《いはらさえもんのじょう》の子として生まれた。普通ならば、武士の子として育てられ、行く行くは今川家に仕えることになったであろうが、ひとつの夢が雪斎の人生を変えた。

ある夜、庵原左衛門尉の夢枕に御仏が現れ、

「この子はわたしが現世に遣わした者である。仏門に入れて修行させれば、いずれ今川家の守り神となるであろう」

と語ったという。

あまりにも生々しい夢だったので、左衛門尉は、その夢の内容を主の氏親に伝えた。

「何とありがたい夢か。御仏の言葉を蔑《ないがし》ろにはできぬ」

と、氏親は雪斎を富士郡にある善得寺《ぜんとくじ》という寺に入れるように命じた。善得寺は今川家が大切に保護している寺である。

そういう事情で、雪斎は幼い頃から善得寺で仏道修行を始めたが、雪斎があまりにも賢く、学問の進み方が尋常ではないので、住職が驚いて氏親に知らせるほどだった。

雪斎の神童ぶりを耳にするたびに氏親は喜び、

「それほど優れた者を田舎に燻《くすぶ》らせておくわけにはいかぬ」

と、雪斎を京都で修行させることにした。

雪斎は建仁寺《けんにんじ》で学ぶことになったが、ここでも学問の天才ぶりをいかんなく発揮し、先輩の僧たちを驚かせた。

十四歳のとき、師の常庵龍崇《じょうあんりゅうそう》によって剃髪《ていはつ》され、九英承菊《きゅうえいしょうぎく》と名付けられた。

その後も建仁寺で修行を続けた。建仁寺においても雪斎の立場は重みを増すばかりであった。そのままいけば、やがては日本を代表するような名僧になっていたであろうが、思わぬことから運命が変転した。

氏親が五男・芳菊丸《ほうぎくまる》を仏門に入れることを決め、その教育係に雪斎を指名したのである。この芳菊丸が後の梅岳承芳である。芳菊丸は四歳、雪斎は二十七歳だった。

駿河に帰国した雪斎は芳菊丸を伴って善得寺に入った。

ここで幼い芳菊丸に仏道修行の基本を教えた。

二年後、雪斎は芳菊丸と共に建仁寺に戻った。

芳菊丸の教育係になってから、雪斎は自分の修行は二の次で、いかにして芳菊丸を立派な僧に育て上げるかということを第一に考えるようになった。

常庵龍崇が亡くなると、優れた先達を求めて建仁寺から妙心寺《みょうしんじ》に移り、大休宗休《だいきゅうそうきゅう》に弟子入りした。

それが芳菊丸の教育に役立つと考えたからである。

このとき、雪斎は九英承菊から太原崇孚に名を改め、芳菊丸も得度して梅岳承芳になった。

梅岳承芳が駿河の善得寺に戻ったのは、天文四年（一五三五）の四月、つまり、氏輝が亡くなる一年ほど前で、十七歳のときである。まだ若いとはいえ、京都の名刹で十年以上も修行してきたわけだから、善得寺の住職になってもおかしくはない。

もちろん、このときも雪斎が付き従っている。

すでに四十歳という壮年で、名僧として、その名を広く知られていた。

こうした雪斎の略歴を、後に小太郎も知ることになるが、雪斎が建仁寺に長くいたことを知って、

「ああ、そういうことか」

と合点したのは、東の足利学校、西の建仁寺と並び称されるほど、このふたつから巣立った軍配者が多かったからだ。

軍配者になるには、まず漢籍を自在に読みこなす力が必要である。なぜなら、兵書はすべて漢籍で、この時代、漢籍の翻訳書など存在しないからである。

花蔵の乱を契機として、それまで仏門の世界以外ではまったく無名だった雪斎が、梅岳承芳の師と

して政治、軍事、外交などの分野で辣腕を振るうのを見て誰もが驚くことになるが、小太郎だけは大して驚かなかったのは、雪斎の学問の根がどこにあるのかを理解していたからであろう。

その雪斎が小太郎の目の前にいる。

やがて、氏綱と氏康が部屋に入ってきて、上座に腰を据える。重臣一同、深く頭《こうべ》を垂れる。雪斎も平伏《へいふく》する。

「面《おもて》を上げよ」

氏綱が言う。

「雪斎にございまする」

「寿桂尼殿の手紙を読んだ。詳しい話は、雪斎から聞いてほしい、雪斎が口にする言葉は、わが言葉と同じである、と書いてあったが、つまり、寿桂尼殿の使いとして来たということか？」

「そうではありませぬ」

雪斎が首を振る。

「わたしは、わが主の使いとして参ったのです」

「それが寿桂尼殿ではないのか？」

「わが主は、義元《よしもと》にございます」

「よしもと？」

氏綱が首を捻る。

「……」

雪斎が懐から和紙を取り出して、氏綱の方に差し出す。小姓がそれを氏綱の前に持っていく。

そこには、黒々と「義元」と墨書されている。

「仏門においては栴岳承芳と名乗っておりましたが、還俗して、今は義元と名乗りを替えております。その『義』という一字は都の将軍家より頂戴いたしました」

「何だと、将軍家から？」

「それだけではありませぬ。すでに家督相続も認められてございます。その書状は、本日、持参しておりませんが、五月三日に間違いなく認められておりまする」

「将軍家がのう……」

氏綱が目を細めて和紙に墨書された「義元」という名前を見つめる。

都の将軍家というのは、室町幕府の第十二代将軍・義晴《よしはる》のことである。

雪斎の言うことは事実で、確かに五月三日、義晴は栴岳承芳に「義」の一字を与え、家督相続を許している。

それくらいのことでは、氏綱は驚かない。

この頃の将軍など何の政治力も財力もないから、大金を積めば名前の一字くらいくれるし、地方大名の家督相続も認めてくれる。そんな事情を知っているから、将軍家が認めた、と言われても、ああ、そうか、よほど金を積んだな、と思うだけのことだ。

氏綱が驚いたのは、栴岳承芳の使者が上洛した時期である。五月三日に認められたということは、駿河から京都までの旅程を考慮すれば、その十日くらい前には使者は駿河を発っていたはずである。恐らく、四月二十日過ぎであろう。氏輝が亡くなったのが三月十七日だから、それからひと月ほど後には栴岳承芳の家督相続に関し、都で根回ししていたことになる。

当然ながら、その時期には、誰が今川の家督を継ぐか決まっていない。後継ぎがはっきり決まっていたら、それほど慌てて都に使者を送る必要もない。栴岳承芳の立場が不安定だからこそ、その不安定な立場を将軍家の権威を借りることで安定させようとしたのに違いなかった。

それ即《すなわ》ち、政治である。

だが、それだけでは問題は解決せず、結局、玄広恵探派と栴岳承芳派が武力衝突するに至った。

それ即ち、軍事である。

政治的な側面から見れば、将軍家から家督相続を認められた栴岳承芳が有利であろうが、軍事的には、やや劣勢である。

最終的に栴岳承芳派が軍事的にも勝利すれば、すんなり家督相続もできるだろうが、万が一、敗れれば、どうなるか？

今度は玄広恵探派が都に使いを出し、栴岳承芳が病死しましたので、兄の玄広恵探に家督を継がせていただきたい、と大金と共に願い出れば、簡単に許されるに違いない。

そう考えると、今現在、どちらが有利だとも言えないであろう。

政治と軍事で問題が解決しなければ、どうすればいいか？

それ即ち、外交である。

北条家という強大な隣国を味方にすることで力の均衡を崩そうというのであろう。

そのために雪斎は氏綱の前に控えているのだ。

「義元」という名前を見つめながら、それだけのことを氏綱は思案した。

すぐには口を開かず、尚も黙り込んで思案を続けているのは、

（これは誰が考えたのだ？）

ということが気になるからであった。

普通に考えれば、政治や軍事に関して経験豊富な寿桂尼ということになるのであろうが、雪斎は、寿桂尼の使いで来たのではない、と言う。

とすれば、雪斎の主である梅岳承芳、すなわち、義元であろうか？

それも考えにくい。

義元はまだ十八歳という若さで、物心ついてからずっと仏門で暮らしているので、俗世間というものを知らない。そんな還俗したばかりの若者が、いきなり、政治や軍事、外交で策を巡らせることができようはずがない。

（とすれば、この男か……）

氏綱が改めて雪斎の顔を見つめる。

墨染めの衣をまとった、この恰幅のいい男が、梅岳承芳に今川の家督を継がせるために鬼謀を巡らせているのであろうか？

「将軍家から家督相続を認められたのであれば、今川のごたごたも一件落着ということかな」

何食わぬ顔で氏綱が言う。

「いかにも」

雪斎も涼しい顔でうなずく。

「では、何のために当家においでになった？」

「主からの伝言をお伝えするためでございます」

「伝言とは?」

「それでございますが……実は、御屋形さまお一人に伝えるように、と命じられましてございます」

「わし一人に?」

「それから、兄上にもお伝えせよ、と」

「兄上とは……」

氏綱が氏康に顔を向ける。

「新九郎のことか?」

「わが主の大切な姉君を娶っておられるのですから、新九郎さまはわが主の兄でございましょう」

「義元殿が、そうおっしゃったか?」

「はい」

「ふうむ……」

氏綱が思案する。

が、すぐに心が決まったらしく、松田顕秀らに、下がっておれ、と命ずる。重臣たちが腰を上げ、ぞろぞろと部屋を出て行く。

「小太郎、おまえは残れ」

氏康が声をかける。

「父上、構わぬでしょうな」

「よかろう。こっちに来るがよい」

「はい」

末席にいた小太郎が雪斎のそばに移動し、雪斎よりも、やや下座に坐る。

「……」

雪斎が怪訝な顔で小太郎を見つめる。

「これは当家の軍配者でござる。当家の方針を決めるときには、必ずや、この者の考えを聞くようにしている。どのような伝言を持ってきたかわからぬが、一緒に聞かせたい」

「ほう、北条さまの軍配者……。すると、風摩殿ですな？」

「今は、このような俗体ですが、足利学校で学びましたので、普段は青渓と名乗っております」

「青渓殿か。覚えておきましょう」

「では、伝言を聞こう」

氏綱が言う。

「兵を貸していただきたいのです」

「兵をのう。当家の兵を使って、玄広恵探殿を討とうという腹積もりかな？」

「話し合いで穏便に決着させたいと考えておりましたが、向こうが兵を挙げてしまったのです。このまま放置すれば、駿河は乱れましょう。それは北条家にとっても嬉しいことではないはず」

「玄広恵探殿と梅岳承芳殿は、いや、今は義元殿であったか、お二人は兄弟ではないか。あくまでも話し合いで決着させるべきかと存ずるが」

「玄広恵探さまにその気があっても、周りにいる者たちが納得しないでしょう。福島の者たちは寿桂尼さまにも義元さまにも刃《やいば》を向けました。今更、矛《ほこ》を収めるとは思えませぬ」

「当家が今川の兄弟喧嘩に関わって、どんないいことがあるのかな？」

「わが主は恩義を忘れぬ男でございます。家督を継いだ暁には、御屋形さまを父として、新九郎さまを兄として敬うことでしょう。北条と今川は兄弟国として末永く助け合っていくことができまする」

「それができるのは義元殿だけで、玄広恵探殿にはできぬと申すか？」

「北条家を味方にできると思えば、とうに向こうから使者が参っていることでございましょう。いかがですか、使者は来ておりますか？」

「来ておらぬな」

氏綱が首を振る。

「それも当然で、福島の者たちは小田原ではなく、甲府を頼るつもりなのです。使者は甲府に向かっているはずでございます」

「何だと、武田の力を借りるつもりなのか？」

氏綱の表情が険しくなる。

「北条家と寿桂尼さまの繋《つな》がりの深さを考え、どうせ北条家は自分たちの味方になってくれぬであろうと考えたのでしょう。周辺を見回せば、北条家以外に兵を出してくれそうなのは武田以外にはありませぬ」

「ふうむ、玄広恵探殿が武田を頼るとはのう……」

「いかがでございましょう、わが主に力添えしていただけませぬか」

「どれほどの兵を借りたいというのだ？」

それまで黙っていた氏康が口を開く。

「できれば、五十人ほど」

「は？　五十人？　五十人と申したのか、五百ではなく？」

氏康が驚く。

「五十人で結構でございます。ただ、できることなら、明日にでも駿河に来ていただきたいのです。武田が出てきてからでは遅いのです」

「だが……」

尚も氏康が疑念を呈しようとするが、

「待て」

と、氏綱が手で制する。

「その方の言いたいことはよくわかった。どうするか考える故、用意した部屋で休むがよい」

「できるだけ早く返事をいただけましょうか？」

「そのつもりでいる」

氏綱がうなずく。

小姓に案内されて雪斎が部屋から出て行くと、あとには氏綱、氏康、小太郎の三人が残る。

「なかなか油断のならぬ男よな、あの雪斎という者は」

氏綱が言うと、

「そう思います」

小太郎はうなずき、やたらに、わが主の考え、わが主からの伝言などと申しておりましたが、すべては雪斎殿の考えに違いありませぬ、と言う。

「それほど、すごい男のようにも思えぬがのう。わずか五十人の加勢を頼んでも仕方あるまいに」

氏康が首を振る。

「わからぬのか、新九郎？」

「何がでしょう」

「五十人の意味よ」

「意味？　どんな意味があるのですか」

「あの男の本音では、五十人もいらぬのだ。はっきり言えば、兵はいらぬ、旗だけ貸してほしい……そんなところではないかな。どう思う、小太郎？」

「その通りだと思います。さすがに旗だけ貸してくれというのでは露骨すぎるので、とりあえず、五十人と言ってみたのでしょう」

「旗だけでいいというのか、兵はいらぬ、と？」

「まだわからぬのか」

「わかりませぬ」

「小太郎、説明してやれ」

「恐らく、雪斎殿は、玄広恵探殿と福島一族との戦いには勝てると見切っているのでしょう。万が一、武田が援軍でも送ってくれれば厄介でしょうが、今のところ武田勢が動いたという知らせは届いておりませんし、すぐにやって来ることはないと思われます」

「勝てるという見込みがあるのなら、北条の援軍などいらぬではないか」

「そうです。援軍などいらぬのです」

小太郎がうなずく。

「雪斎殿が考えているのは勝つか負けるかということではなく、どういう勝ち方をするのが一番よいか、ということなのでしょう」

「勝ち方か？　勝つだけでは駄目なのか」

「勝てるとわかっていても、すぐに相手を攻めようとしないのは、義元殿に兄殺しの汚名を着せたくないからではないでしょうか。下手をすると、兄を殺して今川の家督を簒奪《さんだつ》した……そんな悪評が生涯付きまとうことになってしまいます。それは義元殿にとってよいことではありませぬ」

「兄殺しの汚名を着せたくない？　すると……」

氏康がハッとしたように両目を大きく見開く。

「その汚名を北条に着せようというわけか？　だから、兵はいらぬ、旗だけ貸してほしい、という理屈になるのか」

「そういうことです」

小太郎がうなずく。

「何と図々しい」

氏康が憤慨する。

「なぜ、本来、義元殿が負うべき汚名をわれらが着なければならぬのだ」

「いや、わしらにとっては汚名ではない。おまえと義元殿は義理の兄弟という間柄だから、おまえが義元殿を討てば汚名かもしれぬが、玄広恵探殿とは何の関わりもない」

氏綱が言う。

「では、兵を貸すのですか？」

「貸してもよいかもしれぬな。ここで義元殿に恩を売っておくのは悪くないかもしれぬ。玄広恵探殿が武田に頼ろうとしていると聞けば尚更だ」

氏綱は小太郎に顔を向け、

「その五十人、おまえが宰領して連れて行ってくれぬか。義元殿に会い、どういう人柄か、よく見極めてほしいのだ」

「承知しました」

「父上、わたしも一緒に行かせてもらえませんか」

「それは、ならぬ」

「なぜですか?」

「当たり前ではないか。北条家の嫡男が兵を率いて他国に遠征するとなれば、わずか五十人では済まぬ。おまえの立場に見合った支度を調《ととの》えなければならぬわ。それでは、すぐに出陣もできぬ」

「ああ、そういうことですか」

氏康の出陣となれば、最低でも一千くらいの兵を率いて行くことになるだろうし、それでは出陣準備だけでも数日はかかる。もたもたしているうちに武田が出てきたら、状況がまるっきり変わってしまう。

しかし、小太郎が五十人を連れて行くだけなら、極端に言えば、今すぐにでも出発できるのだ。

「わかりました。小太郎に任せましょう」

氏康がうなずく。

「では、あの男を呼び戻すとしようか」

小姓に、雪斎を呼ぶように氏綱が命ずる。

雪斎が戻ると、

「明日、五十の兵を駿河に送ると決めた。その方も一緒に戻るがよい」

氏綱が言う。

「さぞ、主も喜ぶことでございましょう。ありがたきことでございます」

雪斎自身は、さして嬉しそうな顔もせず、型通りに謝辞を述べる。どうせ、こういうことになるだろうと高を括《くく》っていたのかもしれない。

「兵を率いていくのは青渓だ。道々、北条と今川の軍配者同士、誼を結べばよい」

「はて？　わたしが今川の軍配者であると申し上げたつもりはありませぬが」

雪斎が首を捻る。

「違うのか？」

「今までもそうであったように、これからも主の役に立つことができればと願っているだけでございます。その役割が軍配者ということであれば、よき軍配者にならねばなりますまい。青渓殿に教えを請うことにいたしましょう」

雪斎が頭を垂れる。

十五

翌朝、雪斎と小太郎は小田原を出発した。小太郎の率いる兵が五十人ばかり、雪斎の供回りが十人ほど、総勢六十数人である。

雪斎と小太郎は馬首を並べ、縦に長く伸びた集団の先頭をゆるゆると進んでいく。あまりにものんびりしているので、これから戦に行くというより、物見遊山《ものみゆさん》にでも出かけるかのように小太郎は錯覚してしまいそうである。

昼過ぎに箱根《はこね》を越えたが、

「なかなか大変ですなあ。まさに天然の要害という感じがする」

顔に大汗をかきながら、雪斎が言う。

「麓《ふもと》の宿で飯でも食い、湯に浸《つ》かることにしましょうか」

などと、のんきなことを言い出す始末である。

「それでは今日中に駿河に入ることができぬかもしれませぬが」

小太郎が懸念を示すと、

「今日は沼津《ぬまづ》あたりまで行けばよいではありませんか。あそこは魚もうまい。いい酒もある」

「雪斎殿がそうおっしゃるのであれば」

小太郎がうなずく。

家督を巡る玄広恵探との争いが予断を許さない状況であれば、雪斎がこれほど悠長に構えていられるはずがない。一刻も早く駿府に戻ろうとして馬を急がせるはずであった。

これほど雪斎がのんきなのは、氏綱が言ったように、どうせ自分たちの勝ちと決まっているのだから少しも焦る必要はない、と争いの先行きを見切っているせいかもしれない、と小太郎は思う。

箱根を下り終えると、小太郎は兵たちに休息を命じた。雪斎と共に宿に入り、食事の支度を頼む。

「用意ができるまで、湯に浸かろうではありませんか」

雪斎が小太郎を誘う。

「はい」

戦に行くというのに、のんびり飯を食ったり湯に浸かったりしていいのだろうかと苦笑しつつ、

（ここはひとつ、雪斎殿のやり方に合わせてみよう）

と心を決め、雪斎の誘いを承知する。

部屋で一息ついてから小太郎が露天風呂に出かけると、すでに雪斎が湯に浸かっている。顔を真っ赤にして目を瞑《つむ》っている。

小太郎が湯に足を入れると、その気配に気付いたのか、雪斎が目を開ける。

「青渓殿、いらしたか」

「熱い湯ですね」

「だが、気持ちがいい。汗だけでなく、体に溜まっている疲れまで溶け出していくようですぞ」

「雪斎殿は湯がお好きなのですか？」

「ええ、好きですな。いい湯に浸かり、うまいものを食べる。あとは般若湯《はんにゃとう》が少々あれば何も不満はない。幼い頃から質素な暮らしに慣れているせいか、贅沢というものに縁がないのですな」

「わたしも同じです」

「ほう、そうなのですか？　青渓殿は足利学校に入るときに頭を丸め、僧服をまとうことになっただけで、正式に得度なさってはおらぬでしょう？」

「仏門に入っていなくても贅沢とは無縁の者もたくさんおりますよ。わたしは、元はと言えば、西相

模の貧しい農民の倅《せがれ》です。亡くなった早雲庵さまに見出されて、ようやく人並みの暮らしができるようになりましたが、それまでは食うや食わずの生活を送っていました」

「それは知りませんでした。しかし、昔のことはいざ知らず、今は北条家の軍配者として重んじられているではありませんか。その気になれば、いくらでも贅沢もできましょうに」

「そうかもしれませんが、そうしたいとは少しも思いませぬし、今の暮らしに不満もないのです」

「では、青渓殿は何がお好きなのですかな？　戦ですか」

「いいえ、戦など、昔も今もまったく好きではありませぬよ」

「それは意外ですな。まだお若いのに、すでに青渓殿は戦上手として世間に広く知られているではありませんか」

「好きではありませんが、どうしても戦が避けられぬのであれば、戦には勝たなければならぬ、と己に言い聞かせております。戦に敗れるということがどれほどみじめで情けないものか、骨身に沁みておりますので」

「いろいろ苦労なさってきたようですな」

雪斎は、ばしゃばしゃと両手で顔を洗うと、湯から体を出し、縁に腰掛ける。

「なぜ、わたしが小田原に行き、兵を貸してくれと頼んだか、その意味を青渓殿も、もちろん、御屋形さまもご承知なのでしょうな？」

「そう思います」

「青渓殿が兵を率いるということは、道々、わたしの腹の中を探ってこい、と命じられたのでしょうかな？」

「それもあります。しかし、それだけでなく、できることなら義元さまにお目にかかり、どういう御方なのか少しでも知りたいと願っております」

「これから先も両家が助け合っていけるかどうか、青渓殿が目利きするわけですな？」

雪斎が口許に笑みを浮かべて訊く。

その問いには答えず、

「義元さまは、いや、雪斎殿は、と言うべきかもしれませぬが、義元さまが家督を継いだならば、駿河をどのような国になさるおつもりですか？」

小太郎が訊く。

「まず国内の争いを鎮め、北条家とは今まで通り助け合い、武田とも揉めぬようにしなければなりますまい。その上で、遠江《とおとうみ》と三河《みかわ》を今川の指図に従うようにしたいと考えます。できることなら尾張あたりまで。東に向かおうという野心は持っておりませぬ故、北条家と争うことにはなりますまい」

「なるほど」

「のぼせてしまったようだ。先に出ても構いませぬか」

「どうぞ」

雪斎が出て行くと、小太郎は首まで湯に浸かって考え事をする。雪斎の話を聞いていると、もう玄広恵探殿との争いのことなどろくに考えていないことがよくわかる。まるで終わったことのようである。義元が家督を継ぐという前提で、いかに国内の乱れを鎮め、周辺国とうまくやっていくかということを考え、更に遠江や三河に兵を出すことまで思案しているらしい。つまり、雪斎が考えているのは、今現在の駿河のことではなく、将来の駿河の姿なのである。

（確かに食えぬ御方だ）

小太郎は雪斎に底知れぬ不気味さを感じた。


この日は、結局、沼津に泊まり、駿府に着いたのは翌日の昼過ぎだった。真っ直ぐ今川館に行ったが、そこに義元はいなかった。

「いかがでしょう、主は焼津に出かけているようなのですが、青渓殿がお疲れでなければ、このまま焼津に行ってみませぬか？」

「承知しました」

雪斎は義元宛の書状を認《したた》め、その書状を使者に持たせて焼津に早馬を走らせると、自分たちは小田原を出てからの道中と同じようにゆるゆると進んだ。

「焼津というと、方ノ上城があるところですね」

「ええ、福島の者たちが立て籠もっております」

玄広恵探側の重要拠点のひとつを、義元自身が出て行って攻めているらしい。

駿府から焼津まで三里半（約十四キロ）ほどの道程である。ゆっくり進んでも一刻（二時間）もかからない。

「ん？」

駿府を出て半刻ほどして、小太郎が西の空を見上げる。黒煙がもうもうと立ち上っている。

「あれは……」

「ああ、北条家の援軍が到着したと知らせたので皆が張り切ったのですかな。どうやら自分たちで方ノ上城を落としたらしい」

やがて、まだ燃えている方ノ上城が見えるところにやって来た。城の周囲を、義元の兵たちが走り回り、敗残兵を追ったり、金目のものを奪い合ったりしている。

甲冑《かっちゅう》を身に着けた武将が黒い馬に揺られて、雪斎と小太郎に近付いてくる。背後に多くの兵を従えている。

「岡部《おかべ》殿、ご苦労でしたな。もう城は落ちたようですな」

雪斎が声をかける。

「つい先程」

その武将がうなずく。方ノ上城の包囲軍を指揮していた岡部親綱《ちかつな》である。

親綱がちらりと小太郎に視線を向ける。

「せっかく北条家の援軍が着いたというのに、気の早いことだ。で、御屋形さまは？」

「花蔵に向かいました」

「は？　もう行ったのか」

「はい」

「何と、まあ、せっかちな御方よ。わしらが来ると知らせたのだから、ここで待っていて下さればよいものを……」

雪斎は小太郎に顔を向け、玄広恵探が立て籠もる花蔵城は、ここからそう遠くない、このまま行ってみますか、と訊く。

「そういたしましょう」

小太郎がうなずく。

親綱が兵を百人ばかりつけてくれたので、総勢百六十人ほどの一行が花蔵に向かう。焼津から花蔵まで二里（約八キロ）の道程である。

さすがに雪斎もあまりのんびりしていられないと思うのか、それまでよりも馬を急がせる。

「どうやら間に合いましたな」

雪斎がホッとした様子で前方を見遣る。義元の軍勢に包囲された花蔵城は静まり返っており、方ノ上城のように燃え上がってはいない。まだ攻撃が始まっていないのだ。

雪斎の顔を見て、小太郎は微かに笑みを浮かべる。なぜ雪斎が慌てていたか、その腹の内が手に取るようにわかるからであった。

雪斎が援軍要請に小田原に行ったのは、義元に兄殺しの汚名を着せぬように、つまり、その汚名を北条軍に被ってもらうためである。にもかかわらず、北条軍が到着しないうちに花蔵城を落として玄広恵探を死に追いやってしまえば、雪斎の苦労は水の泡になってしまう。

（すでに勝敗は決している）

落城した直後の方ノ上城を見たとき、小太郎は両軍にはかなりの力の差があるな、と感じた。兵力も違い、指揮する者たちの能力も違っていれば、戦の勝ち負けははっきりしている。しかも、義元には雪斎という得体の知れない軍配者までついているのだ。

その想像は、花蔵城を見て、確信に変わった。この花蔵城は玄広恵探派の最後の砦《とりで》のはずだが、さして防御力が強そうにも見えず、城を囲んでいる柵の隙間からもあまり兵の姿が見えない。どれほどの数で立て籠もっているのか小太郎にはわからないが、あまり士気が高そうにも見えない。

一方の義元勢は兵たちが生き生きとしており、命令があり次第、いつでも攻撃できる態勢にある。

「青渓殿」

雪斎が馬を下りて、小太郎を手招きする。義元の本陣に案内してくれるらしい。

花蔵城を見下ろすことのできる小高い丘に幔幕《まんまく》が巡らされている。それが本陣だ。

「殿、戻りましたぞ」

雪斎が中に入る。

小太郎も続く。

「おおっ、よく戻ってくれた。うまくいったそうじゃのう」

床几に腰掛けていた義元がひょいと腰を上げる。

（これが義元殿か。さすがに若い……）

雪斎を一回り小さくしたような小太りの少年で、十八歳になったばかりである。頬が赤く、目がきらきらしている。背が低く、かなり足が短い。そのせいか、やけに顔が大きく見える。

「北条家の軍配者、風摩青渓殿です。殿に味方するため、兵を率いて駆けつけて下さいました」

雪斎が小太郎を紹介する。

「うむうむ、よく来てくれたな、ありがたく思うぞ、青渓」

「は」

小太郎は地面に膝をつき、頭を垂れる。

「では、長老よ、そろそろ攻めてもよいか」

「痺《しび》れを切らしておられたのでしょう」

「せっかく、ここに追い詰めたのだ。逃げられては元も子もない」

「それならそれで構わぬのです。福島一族を根絶やしにすれば、玄広恵探さまには何の力もないのですから」

「そんな甘いことを言って、忘れた頃に寝首をかかれてはたまらぬ。のう、青渓、そうであろう？」

「は、はあ……」

「わしは、これから、あの城を攻める。この近くに北条の旗を立てておいてもらえるとありがたい」

「城攻めに加わらなくてよいのですか？」

素知らぬ顔で小太郎が訊く。

「ああ、よい、よい。すぐに片が付くであろうよ。こうして、小田原殿がわしに力添えしてくれただけで満足じゃ。いかにして、わしが城を落としたか、よく見届けておいてほしい。読経も苦手ではないが、戦も苦手ではない、と知ってもらいたい」

よし、行くぞ、と義元は張り切って本陣を出て行く。


義元が攻撃命令を下すと、兵たちは用意していた火矢を一斉に放つ。たちまち城内に火災が発生し、わずか一刻（二時間）ほどで城は落ちた。立て籠もっていた福島勢も強くは抵抗せず、ほとんどが刀を置いて降伏した。

玄広恵探は、二十人ばかりの供回りを連れて城から逃れたが、途中で姿をくらます者が続出し、瀬戸谷《せとや》あたりまで逃れたときには、わずか二人が付き従っているだけだった。日が暮れたので、この地にある普門寺《ふもんじ》という小さな寺で休むことにした。

簡単な食事をして早めに休んだが、深夜、話し声で目を覚ますと、二人の従者が、玄広恵探を生きたまま義元に渡すのがよいか、それとも、首だけ持っていく方がよいか、と相談していた。それを聞いて前途に絶望し、玄広恵探は短刀で喉を突いて自害した。享年二十。

これが六月八日で、その二日後、義元は正式に今川家の家督を継いだ。それを見届けて、小太郎は小田原に帰った。

十六

天文六年（一五三七）正月、三箇日が過ぎて間もなく、正月気分を吹き飛ばすような知らせが氏綱のもとにもたらされた。

花蔵の乱に勝利し、今川の家督を継いだ義元が武田信虎の娘を妻に迎えるというのだ。大名家同士の結婚というのは、両家が同盟を結ぶことを意味する。

氏綱とすれば、

「冗談ではない」

という思いであったろう。

武田信虎は、両上杉に肩入れして、これまで何度となく氏綱に敵対してきた不倶戴天《ふぐたいてん》の敵である。それは今川にとっても同じで、年中行事のように駿河に侵攻しては、国境付近の村々を荒らし、穀物を奪い取っていく疫病神なのである。

だからこそ、先代の氏輝は氏綱に助けを求め、両家が力を合わせて武田を打ち破った。そのお礼に氏輝は小田原を訪問した。氏康の妻を今川から迎えたのも、両家の絆を今まで以上に強くして、両上杉と武田に対抗するためだったはずだ。

そこに今川と武田の婚姻という話である。

氏綱にとっては寝耳に水だ。

松田顕秀、伊奈十兵衛《いなじゅうべえ》、小太郎、氏康らが座敷に入ったとき、氏綱は見るからに不機嫌そうな顔で待っていた。氏康の後ろから、綱成と盛信も緊張した面持ちでついてくる。

綱成は、氏康の妹を妻にしており、もう北条家の身内になっているし、盛信の妻は小太郎の妹である。いずれ代替わりすれば、綱成と盛信が氏康を支えていくことになるので、今のうちから政治を学ばせておこうという氏綱の判断で、ひと月ほど前から、重要な話し合いの場に呼ばれるようになった。しかし、いまだに緊張が解けず、話し合いの場で発言することはほとんどない。

皆が席に着くと、

「今川から書状が届いた」

と、氏綱が口を開き、今川と武田の婚儀について説明した。

「今川と武田が？　犬猿の仲なのに」

十兵衛が驚きの声を発する。

「武田の方から申し入れたのでしょう。そんな話がある、と今川が知らせてきたのですな？」

松田顕秀が訊く。

「そうではない」

氏綱が首を振る。

「婚儀が決まった、と知らせてきたのだ」

「決まった？」

顕秀も唖然《あぜん》とする。

「解せませぬ。義元殿が玄広恵探殿と家督を争ったとき、武田は玄広恵探殿に味方し、だからこそ、義元殿は当家に力添えを頼んできたのではありませんか。言うなれば、武田は義元殿にとって憎むべき敵のはず。それから、わずか半年ほどで武田から妻を迎えるとは……わたしには解せませぬ」

氏康が首を捻る。

「どう思う？」

氏綱が小太郎に顔を向ける。

「これは雪斎殿の考えのような気がします」

「ふうむ、雪斎か……」

「確かに、武田は玄広恵探殿に味方するつもりだったかもしれませんが、実際には兵を出しておりませぬ。わたし自身、駿河に行ってわかったことですが、雪斎殿が小田原に来たときには、もう勝負はついていたのです。信虎は馬鹿ではありませぬ。負け戦とわかっているのに、わざわざ兵を出しても仕方がないと見切ったのではないでしょうか。そういう信虎の考えを見抜いて、雪斎殿が手を回した……そんな気がするのです」

小太郎が言う。

「しかし、今川にとって、武田は長年の宿敵ではないか。なぜ、手を結ぶ必要がある？」

氏康が訊く。

「雪斎殿と義元殿の目は東ではなく、西に向いております。遠江、三河を支配し、行く行くは尾張にも進出したいという話を聞きました。そのためには今川の持てる力のすべてを西に向けなければならず、武田と争うのは無駄だと考えたのではないでしょうか」

「なるほど、北条、武田の両家と和を結べば、今川は東も北も安泰になる。西のことだけを考えればよいということか」

十兵衛がうなずく。

「今川にとっては、随分とうまい話のようですが、今川と武田が手を結ぶのは、当家にとってはありがたいことではありませぬな」

顕秀が難しい顔になる。

「なぜですか？　わたしは……」

それまで口を閉ざしていた綱成が口を開く。

「……」

顕秀と十兵衛がじろりと睨む。小僧めが、余計な口を出すな、と言いたいらしい。

綱成もハッとしたように体を固くする。これまで自分から発言したことなどないのだ。意見を求められたとき、当たり障りのない発言をしただけである。

その綱成が、なぜ、突然、口を開いたのか、当の綱成自身にもわからなかった。

「構わぬ。続けよ」

氏綱が先を促す。

「はい……」

ごくりと生唾を飲み込んで、綱成が話し始める。

「当家は今川と盟約を結んでおります。今川と武田が新たに盟約を結ぶのであれば、当家と武田の繋がりも円満になり、両上杉との戦いが有利になるのではないでしょうか」

「残念ながら、そうはならぬな」

氏綱が顔を顰《しか》める。

「小太郎、説明してやれ」

「わが北条家は武蔵で両上杉、特に扇谷上杉と長年にわたって戦いを続けている。今は当家が江戸城、扇谷上杉が河越城を押さえていて、武蔵の南と北を分け合う形になっている。扇谷上杉だけが相手であれば、当家はとうの昔に武蔵のすべてを支配していたに違いない。それができなかったのは、山内上杉と武田が扇谷上杉に肩入れして、当家に刃向かってきたからだ。孫九郎の言うように、武田が当家と和を結び、武蔵から手を引くことになれば、なるほど、当家にとっては悪い話ではない。だが、そうはならぬ。武田が当家と和を結ぼうとするのであれば、とうに武田の方から話があったはずだ。しかるに、ひと月後に婚儀が迫っているというのに何も言ってこないのは、当家と和を結ぶつもりがないということだ。すなわち、武田が今川と盟約を結ぶのは、今川と争うことを控え、今まで以上に武蔵に関わっていこうという考えからに違いない。そうなれば、当家は武蔵で難しい戦いを強いられることになるだろう」

小太郎がすらすらと説明する。

「そういうことか……」

綱成と盛信が顔を見合わせてうなずく。政治と外交の奥深さを思い知らされたのであろう。

「父上、どう返事をするつもりなのですか？」

氏康が訊く。

「今川は武田との婚儀について相談してきたわけではない。婚儀が決まったと知らせてきたのだ。ふざけた話だ。北条をコケにしおって。決して許さぬ。武田との婚儀を中止しなければ、当家と今川家の盟約はなくなる……そう伝えなければなるまいよ。その方らの考えは？」

氏綱が皆の顔を見回す。

「御屋形さまの考えと同じでございます」

顕秀や十兵衛がうなずく。

「婚儀を中止しないときは、どうなさるのですか？」

尚も氏康が訊く。

「そのときは、今川との戦も覚悟しなければなるまいよ」

そう言って、氏綱がじっと氏康を見つめる。

（その覚悟があるか）

と問うているかのようである。

氏康の妻・瑞穂は義元の姉なのだ。

十七

氏康は浮かない顔で本丸から二の丸に戻る。

以前は氏綱と同じように小田原城の本丸で生活していたが、結婚してからは二の丸で暮らすようになっている。

「入るぞ」

廊下から声をかけて、氏康が部屋に入る。

瑞穂と、瑞穂の世話をしている女房たちがいる。

「二人にしてくれぬか」

「下がりなさい」

瑞穂が命じると、女房たちが部屋から出て行く。

「具合は、どうだ？」

「いつもと変わりませぬ」

と答えてから、瑞穂がおかしそうにくすくす笑う。

「何がおかしいのだ？」

「だって、朝も同じことを訊いたではありませぬか。わたしの顔を見るたびに、そうおっしゃるのですもの」

「それは……それは心配だからだ」

「ありがとうございます。そのお気持ち、とても嬉しく思っております」

瑞穂がにこっと笑う。

去年の暮れ、瑞穂が懐妊していることがわかった。順調にいけば、八月には子供が生まれるはずである。

氏康は大いに喜び、それからは瑞穂の顔を見るたびに体調を気遣う言葉をかける。

「どうかなさったのですか？」

「ん？」

「何やら難しいお顔をなさっているから」

「困ったことになった……」

氏康は、今川と武田の婚儀について瑞穂に説明する。事の成り行きによっては、今川と北条が戦をすることになるかもしれぬ、とも付け加えた。

「そうなのですか……」

瑞穂の表情が沈む。

「すまぬ」

氏康が頭を下げる。

「なぜ、殿が謝るのですか？」

瑞穂が驚いたように訊く。

「わしの力が足りぬからだ」

「なぜ、そんな風におっしゃるのですか？　今川が武田から嫁を迎えることは、ついさっきまで北条家の者は誰も知らなかったことではありませぬか。今川が勝手に決めたことですよ」

「そうは言っても、今川はおまえの実家ではないか。主は、おまえの血を分けた弟だぞ」

「確かに、それはそうですけれど……」

「今川と北条の狭間でおまえが苦しむ姿を見たくないのだ。こんな大事なときに、な」

氏康が瑞穂のお腹に目を向ける。そこに二人の初めての子がいるのだ。今の氏康にとっては、瑞穂と、その子を守ることが何よりも大切なのである。

「ご心配下さり、ありがとうございます。殿は、本当に優しい方ですね」

瑞穂がにっこり微笑む。

「どんな方のところに嫁に行くのか、何も知らぬまま、わたしは小田原に来ました。乱暴ばかりする怖い人だったらどうしよう、意地の悪い人だったらどうしよう……いろいろ考えて、正直、不安で仕方ありませんでした。その不安を母に打ち明けると、母は、こう申しました。どのような御方であろうと、耐えよ、と」

「寿桂尼殿がそう申したのか、耐えよ、と」

「はい」

瑞穂がうなずく。

「こうも申しました。北条に嫁に行ったならば、もはや今川を実家と思うてはならぬ。帰る家があるなどとは決して考えてはならぬ、と」

「それは厳しい物言いじゃ」

「里心があると、いつまでも北条の水に馴染むことができず、自分が苦しむことになる、と言いたかったのだと思います。ですから、わたしは、たとえ夫になる人が鬼のような人であろうと歯を食い縛って耐える覚悟でした」

「そうだったのか。知らなかった」

「そんな心配をする必要はありませんでした。殿は優しい御方でございます。鬼どころか、こんなに情け深く、思い遣りのある御方は滅多にいないと思います」

「そう褒めるな。照れるではないか」

「小さい頃、まるで女子《おなご》のようだと家中の者たちに馬鹿にされていたとおっしゃいましたね？」

「そうであった。めそめそと泣いてばかりいたし、剣術稽古が嫌いで、よく父上に叱られた」

「金時《きんとき》の話もして下さいました」

「うむ、金時か。懐かしいのう。傍《はた》から見れば、ただの薄汚い人形だったろうが、わしにとっては大切な友であった」

「わたしは、そういう殿が大好きなのです。地獄に赴くような覚悟で小田原に参りましたが、実際に来てみると、こんな優しい人が待っていて下さいました。瑞穂は果報者でございます」

「そう言ってくれるのは嬉しいが……。今川と戦うことになれば、やはり、悲しかろう」

「辛くないと言えば嘘になります。でも、戦になったら、わたしは北条が勝つことを神仏に祈ります。わたしは今川ではなく、北条の女なのですから」

「その言葉、胸に沁みるぞ」

「とんでもない」

瑞穂が姿勢を正し、畳に指をついて頭を下げる。

「わたしのような者を妻にして下さり、本当にありがとうございます」

「……」

氏康が照れ臭そうに頭をかく。それを見て、瑞穂が微笑む。

十八

氏綱は、武田家との婚姻をやめるよう今川家に強く要請したが、その要請について、今川家からは何の反応もなかった。

今川家から使者が来たのは二月中旬で、使者がもたらした内容は、二月十日、婚儀が成立した、という事後報告であった。信虎の娘が義元に嫁いだのである。信虎の長女で、義元と同じ十九歳だ。信虎の嫡男・晴信《はるのぶ》（後の信玄）の同母姉である。

直ちに重臣たちが呼び集められた。鎌倉から大道寺盛昌も呼ばれた。北条家の始祖である先代・宗瑞以来、北条と今川は兄弟国のように密接な関係を保ってきた。その関係が崩れようとしている今、氏綱の一存で今後の方針を決めることはできず、重臣たちの意見にも耳を傾ける必要があった。

今川と武田が婚姻を結び、つまり、同盟関係になるかもしれないということは、すでに誰もが知っている。北条家の反対意見を無視してまで、婚姻を強行するかどうか、それは誰にもわからなかった。今日、今川家の意思が明らかになったのである。

「代替わりしたばかりですし、しかも、兄弟で家督を争ったことで国内も乱れていることでしょう。まずは足場を固めることに専念するために、できるだけ周辺国と揉め事を起こしたくない……そういう気持ちで武田から正室を迎えることにしたのではないでしょうか。とすれば、当家に敵対することもなく、むしろ、今まで以上に強く結ぼうと望んでいるのかもしれませぬ」

盛昌が言う。

「うむ、普通に考えれば、そうかもしれぬ。だが、そうではないのだ」

氏綱が首を振る。

「どういう意味でしょうか？」

「両家の婚姻を知ってから、駿河がどんな様子なのか、風間党に詳しく調べさせたのだ。そうだな、慎吾？」

下座に控えている風間慎吾に氏綱が声をかける。

「は」

「どうだ、駿河は乱れているか？」

「いいえ、平穏でございます」

「義元殿に逆らおうとする者はいるか？」

「玄広恵探殿に味方した福島党が一掃されてから、駿府の御屋形に逆らおうとする者はおらぬようでございます」

「聞いた通りだ。今の駿河は、もはや乱れてはおらぬ。それどころか遠江に兵を出しているそうだ」

「ほう、遠江に兵を……。国が乱れていてはできぬことでございますなあ」

盛昌が首を捻る。

「それだけではない。武田の嫡男が去年の七月、都から妻を迎えた……」

晴信は十三歳のとき、扇谷上杉氏の主・朝興の娘を娶った。まだ元服前で太郎と名乗っていた頃である。この娘は上杉の方と呼ばれ、晴信との仲も円満だった。すぐに身籠もったが、翌年、出産の際に母子共に亡くなった。

去年の三月、太郎は元服し、十二代将軍・義晴から偏諱《へんき》を賜《たまわ》り、晴信と名乗りを変えた。

朝廷から、権中納言《ごんのちゅうなごん》・転法輪《てんぽうりん》三条公頼《きんより》が勅使として甲斐に派遣され、晴信は従五位下・信濃《しなの》守大《だい》膳大夫《ぜんだいぶ》に任ぜられた。それだけならば、どうということはない。

偏諱を賜ったり、官位を授けられたりするのは、要は朝廷に対する献金次第でどうにでもなる。

だが、このとき、公頼の娘を晴信に下すべしという勅命があり、氏綱の言うように、去年の七月、晴信は公頼の娘を正室として迎えた。三条夫人と呼ばれる女性である。

公頼の娘を正室に迎えるのは、そう簡単なことではない。もちろん、勅命が下され、晴信は勅命に従っただけという体裁だが、実際には、周到な根回しが必要である。

転法輪三条家は摂関家に次ぐ格式で、当主は太政大臣《だいじょうだいじん》にまで昇ることができる。それほどの名家である。

公頼は朝廷の実力者で、後に左大臣に昇進している。三条夫人は公頼の次女である。長女は後に管領となる細川晴元《はるもと》に嫁いでいるくらいだから、次女とはいえ、そう簡単に田舎大名が妻に迎えられる女ではない。偏諱や官位のように、金だけでどうにかなるという話ではない。かなりの政治力が必要であり、それは武田家にできることではない。

「つまり、それが今川ということですか？」

「そうだ」

氏綱がうなずく。

京都政界に太いコネを持つ今川家が武田家のために動いたのは間違いない、という。

「しかし、それは、おかしいのではありませんか？」

氏康が疑問を呈する。

去年の三月に勅使が甲斐に下向し、晴信に勅命を下したとすれば、当然ながら、その根回しは、それ以前に京都で行われたはずである。

氏輝が亡くなったのが三月十七日で、二月には小田原に長期間滞在している。

時期的なことを照らし合わせれば、京都における朝廷工作を命じたのは氏輝ということになる。

だが、そもそも、氏輝が小田原にやって来たのは、駿河に侵攻してきた武田軍を追い払うのに北条家が手を貸してくれたお礼を述べるためである。

しかも、小田原滞在中に、氏綱や氏康と何度となく話し合いの場を持ち、今まで以上に両家が助け合い、共に両上杉や武田と戦おうと約束した。

その氏輝が、まさか裏でこっそりと武田と手を結ぶ算段をしていたとは、氏康には考えられない。

「わしも、そう思う」

氏綱はうなずき、氏輝がそのようなことをするはずがない、と言い切る。

「では、誰が……？」

と口にして、氏康がハッとする。

「まさか義元ですか？」

「いや、そうは思わぬ」

氏綱が首を振る。

まだ氏輝が生きているうちから、氏輝の死を見越していたかのように、今川家の外交政策を大転換させるほどの壮大な計画を練って実行する……物心ついてから仏道三昧の生活で、寺の暮らししか知らないような、十代の若者が、そんな大それたことを考えるはずがない、と氏綱は言う。

「小太郎、どう思う？」

氏綱が小太郎に声をかける。

「それができるとすれば、雪斎殿以外にはおりませぬ」

「ああ、雪斎か。あの男が……」

氏康が大きくうなずく。

「しかし、上総介殿が生きているうちからそんなことをして、万が一、ばれたら義元殿も雪斎もただでは済むまいに……」

今度は氏康の顔色が変わる。

「小太郎、そういうことなのか？」

「確証はありませんが、そう考えれば辻褄が合います」

「待って下され。いったい、何の話ですかな？」

盛昌が怪訝な顔になる。

「上総介さまと弟の彦五郎殿は同じ日に亡くなりましたが、なぜ、亡くなったのか、いまだに詳しいことがわかりません。お二人が重い病に罹《かか》り、たまたま同じ日に亡くなったと考えるより、何者かの手にかかってお命を縮められたと考える方が腑《ふ》に落ちます。しかし、暗殺であれば、お二人のご生母・寿桂尼さまが黙っていなかったはずですが、実際には、お二人が亡くなったことが原因で駿河で騒ぎが起こったということもありません。ですが、お二人の死に義元さまが関わっていたとすれば納得できます。義元さまも寿桂尼さまの子だからです。お二人の暗殺を事前に寿桂尼さまが承知していたとは思いませんが、事が終わってから、雪斎殿が実はこういうことでした……と打ち明ければ、寿桂尼さまも受け入れるしかなかったのではないでしょうか。もし騒ぎになれば、義元さまを処刑しなければならず、寿桂尼さまは三人の子を失うことになってしまいますから」

小太郎が説明する。

「それが本当だとしたら恐ろしい話だな」

氏康が言う。

「まるで雪斎が義元殿を操って今川家を乗っ取ったようなものではありませんか」

松田顕秀が言う。

「そう考えるべきなのだ。今の今川家は、これまでの今川家とは違う家になった。代々の今川の主が考えていたことと、雪斎の考えていることは違うのだ」

氏綱が言う。

「それは、どういうことなのでしょうか？」

盛昌が訊く。

「言うまでもなく武田は、われらの敵だ。今川が武田と手を組むのなら今川も敵ということになる」

「何をなさるおつもりですか？」

「父は、先々代の今川の御屋形さまから駿東にある興国寺城《こうこくじ》を預かった。敵が東から駿河に攻め込むのを食い止めたのだ。その領地を、父は今川に返した。伊豆と相模を押さえ、もはや今川が東から敵に攻められる怖れはないと考えたからだ。返さなくてもよかったのに、父は返した。なぜなら、今川と北条は兄弟のように親しい国だったからだ。今川がわれらを侮《あなど》り、北条より武田を重んじるというのなら、その土地を返してもらう。それが、わしの考えだ」

氏綱は重臣たちの顔をぐるりと見回すと、遠慮なく、思うところを述べよ、と言う。

「今川とは手を切る……それが御屋形さまのお考えなのですな？」

盛昌が念押しするように訊く。

「そうだ」

「ならば、あれこれ申し上げることはございませぬ。早雲庵さまが命懸けで守り抜いた土地を、今川から取り戻すことに賛成いたします」

盛昌が頭を垂れる。

「同じく」

顕秀が盛昌に倣《なら》って頭を下げると、もはや反対意見を口にする者はいなかった。

「では、異論はないな？　わが北条家は今川と手を切り、父上が守った土地を取り返すと決めた。出陣の支度をせよ。支度が調い次第、直ちに駿河に兵を入れるぞ」

氏綱が言うと、おおっ、という賛同の声が地響きのように応えた。

十九

二月二十六日、氏綱は大軍を率いて駿河に攻め込んだ。わずか十日ほどで、富士川の東側、河東《かとう》地方全域を制圧した。不意を衝かれた今川方はろくに兵を集めることすらできなかったから、氏綱がその気になれば、一気に駿府を攻め落とすこともできないことではなかった。そうすれば、駿河の半分くらいは支配下に置くことができたであろう。

それをしなかったのは、

「宗瑞が今川家に渡した土地を取り戻すだけである」

という大義名分に従ったからだ。駿府まで攻めたのでは、この大義名分が成立しなくなってしまう。今川の求めに応じて、武田信虎が兵を出したが、すぐに引き揚げた。まだ戦いが続いているのならまだしも、すでに戦いは終わり、河東地方は氏綱に服している。氏綱が手ぐすね引いて待ち構えているところに飛び込んでいくほど、信虎は愚かではなかった。形だけでも兵を出すことで、今川への義理を果たしたという考えなのであった。

二月下旬から三月初めにかけて河東地方で起こった争乱を、河東一乱と呼び、この地域を巡る争いが、この後、北条と今川の火種となって燻《くすぶ》り続けることになる。そういう意味で、このときの争いを第一次河東一乱と呼ぶこともある。

態勢を整えた今川方は、四月になるとたびたび河東に兵を入れたが、その都度、氏綱に撃退された。小競り合い程度の合戦が繰り返されたのは、氏綱が大軍を動かすのを控えたからである。三月初めに河東地方を制圧した後、周辺国で思わぬ事態が出来《しゅったい》し、氏綱としても今川だけに目を向けていることができなくなったのである。

五月になって驚くべき知らせがふたつ小田原の氏綱のもとに届いた。

ひとつは扇谷上杉氏の主・朝興が河越城で病死したという知らせである。享年五十。

後を継いだのは嫡男・五郎である。急ぎ元服して修理大夫・朝定と名乗りを変えた。

これは氏綱にとって吉報であった。朝興は長年の宿敵で、氏綱の武蔵平定を妨げる大きな障害だった。その朝興が急死し、十三歳の少年が後を継ぐとなれば、扇谷上杉氏が弱体化するのは必至であろう。その知らせを聞くと、すぐさま氏綱は氏康と小太郎を呼んだ。

「今川との戦いが落ち着いたら武蔵に兵を出す。いかにして河越城を奪うか、その算段をせよ」

そう小太郎に命じた。

「こうなるとわかっていたら、駿河に兵を出すのではありませんでしたね」

何気なく氏康が口にする。

（あ……）

氏康は不用意なひと言を後悔した。氏綱の顔色が怒気を帯びて赤くなったからだ。

「余計なことを申しました」

慌てて氏康が詫びる。

「おまえの言う通りだ。駿河に兵を入れるのではなく、婚儀を祝う使者でも駿府に送っておけば、今川との仲が揉めることもなく、わしらはすぐにでも武蔵に兵を出すことができた。わしの見通しが甘かったな」

「差し出がましいようですが、御屋形さまのせいではございませぬ。修理大夫殿がそれほど重い病に臥せっていることは風間党でも探ることができなかったことです。やむを得ませぬ」

小太郎が言う。

「そうだな。過ぎたことをくよくよ嘆いても始まらぬ。これからのことを考えねばな。さて、どうするか……」

氏綱が首を捻る。

「武蔵に兵を出す前に、一度、今川を徹底的に叩かねばならぬでしょう。中途半端な状態のまま、御屋形さまが武蔵に出陣なされば、その隙を衝いて河東や伊豆に攻め込んでくるかもしれませぬ」

「そうだな」

氏綱はうなずき、氏康に顔を向ける。

「新九郎」

「はい」

「慎吾や小太郎と力を合わせて駿河の様子を探れ。その上で、駿河に兵を入れる時期を考えよ。わしは武蔵のことを考えなければならぬ」

「承知しました」

氏綱は、氏康や小太郎の力を借りて、駿河と武蔵の問題に対処しようと考えた。

ところが、その直後、上総から別の難題が持ち込まれた。真里谷武田氏の内紛である。

鶴岡八幡宮の勧進をきっかけに、氏綱は真里谷武田氏との関係を深めた。両上杉を滅ぼすときに力を借りることもできようし、真里谷武田氏との関係を通じて房総における影響力を大きくすることもできるだろうと考えたのだ。

それ故、天文三年（一五三四）に恕鑑が亡くなると、後を継いだ嫡男・信隆《のぶたか》に肩入れした。

だが、信隆は凡庸で、弟の信応《のぶまさ》に当主の座を脅かされるようになった。

信応は小弓公方・足利義明を頼り、その支持を得たので、味方する者が急激に増えた。家督を巡る兄弟の争いは武力衝突にまで発展し、劣勢に立たされた信隆は氏綱に援軍を送ってくれるように頼んできたのである。

　信隆は天神台《てんじんだい》城に、信応は真里谷城に拠って、睨み合いを続けている。このふたつの城は今の木更津《きさらづ》市にある。小競り合いは頻発しているが、まだ本格的な戦いは始まっていない。双方が援軍の到着を待っていたからである。

　信隆は氏綱が大軍を率いて渡海するのを望んでいたが、今川と対峙している状況では難しいことだったし、真里谷武田氏の内紛に介入するより、朝興が亡くなって動揺している扇谷上杉氏を攻める方が氏綱には重要である。

　とは言え、援軍要請を無視すれば、信隆は信応に敗れるであろうし、それは房総における足掛かりを失うことを意味する。

　氏綱は金石斎に五百の兵を預けて、上総に派遣することにした。

　金石斎は紀州・根来《ねごろ》寺の僧侶出身の軍配者で、根来金石斎と呼ばれていた。

　足利学校から帰参した小太郎が氏綱から風摩の姓を賜って重臣の末席に名を連ねるようになったのと同じ時期に、金石斎も大藤《だいとう》という姓を賜り、信基《のぶもと》という名前もつけた。今は大藤金石斎信基として重臣に列している。

　宗瑞の頃から北条家に仕えているが、軍配者としては凡庸で、今まで目立った軍功はない。独創的な戦術を生み出すような能力は皆無だが、兵書の類《たぐ》いを無数に読んでいるので、地味だが堅実な戦をする。常に基本に忠実なので、大勝することもないが、大敗することもない……そんな男である。

　氏綱は、その堅実性に期待した。信隆には信応を打ち破るほどの実力も才能もない。決戦などすれば、必ずや、負けるであろう。そうならないように時間稼ぎをしてほしい。河越城を落とし、武蔵全域を支配下におけば、そのときこそ、氏綱が大軍を率いて信隆の救援に向かうことができる。遅くとも九月までには扇谷上杉氏との決戦を終えているはずだ。つまり、あと四ヶ月くらい信隆が持ちこたえてくれればいい。決して無茶をせず、無難な戦しかしない金石斎ならば、天神台城の守りを固めることに専念し、野外決戦を避け、籠城策を取るであろう。

「よいか、決して決戦などしてはならぬ。わしが行くのを待て」

と、氏綱は金石斎に厳命した。

「承知いたしました。お任せ下さいませ」

金石斎は自信たっぷりに請け合った。

ところが、その二週間後、金石斎は肩を落として氏綱の前に平伏していた。敵に大敗して逃げ帰ってきたのだ。

「……」

氏綱自身、予想外の敗北に呆然《ぼうぜん》とした。

こういうことであった。

金石斎が天神台城に入って間もなく、信応の援軍として小弓公方・足利義明と里見義堯《よしたか》が大軍を率いて真里谷城に到着した。城に兵が入りきらず、兵の多くが城外に野営しなければならないほどだった。その数は優に三千を超えている。

信隆の方は、金石斎の五百が加わっても一千五百程度である。敵の半分だ。

信隆は、うろたえた。てっきり氏綱が五千くらいの兵を率いて駆けつけてくれるだろうと期待していたのに、氏綱は来ず、金石斎が連れてきた兵は五百に過ぎない。すっかり自信をなくした。

元々が凡庸で、戦も得意ではない。浮き足立ってしまい、富津《ふっつ》にある峯上《みねがみ》城に帰ると言い出した。

峯上城が信隆の本拠なのである。

「今動くのは、よろしくありませぬ。敵に追われれば、ひとたまりもなく敗れるでしょう」

じっと我慢して、氏綱がやって来るのを待つべきだ、と説得したが、信隆は納得しなかった。これほどの兵力差があって、四ヶ月も籠城できるはずがない、というのだ。

（確かに）

金石斎自身、実際に天神台城を見て、その貧弱さに驚いた。防御力が弱すぎるのだ。一応、城の周囲を柵と堀で囲ってあるものの、そんな柵など簡単になぎ倒すことができそうだし、堀にしても、大した深さはなく、しかも、水堀でもない。水堀でないのなら、せめて底に先を尖《とが》らせた竹でも並べておけばいいのに、そんな工夫もない。雨水がいくらか溜まっているだけなのである。

水や食糧の蓄えも乏しい。城内には井戸がひとつしかなく、あまりいい水が出ない。だから、普段は城外の川から水を汲んでくるという。籠城に備えて水を溜めておけばよかったのに、それをしないうちに敵方が城と川の間を遮断してしまったから、城内には数日分の水しかない。雨が降らなければ、遠からず渇きに苦しめられるということだ。

（何ということだ……）

足利義明と里見義堯の到着が三日くらい遅ければ、その間に城内に水を溜め、柵や堀に手を加えて防御力を強化することもできた。

今となっては遅い。

信隆の話では、峯上城ならば、水や食糧の心配はないし、険しい山を背にしているから防御力も強いので、四ヶ月くらいの籠城は難しくない、という。

そんな話を聞いているうちに、つい金石斎も、その気になった。

敵には籠城を準備していると思わせ、景気よく篝火《かがりび》を焚き、敵が油断している隙に、城の裏手からこっそり脱出しようというのである。

実行した。

一千五百の兵が夜の闇に紛れて天神台城を静かに出て、一路、峯上城を目指した。夜が明ける頃には着くはずであった。

が……。

敵に見抜かれていた。

信応は、兄の性格をよく理解していた。きっと兵力差の大きさに動揺し、峯上城に引き揚げようとするに違いないと考え、天神台城の周辺を厳重に見張らせていたのである。

信隆が動いたという知らせを受けるや、かねて足利義明、里見義堯と相談していた通り、信隆を挟み撃ちにする計画を実行した。地理に慣れている信応が一千の兵を率いて先回りして信隆を待ち伏せし、足利義明と里見義堯の二千が信隆を追撃するのである。

これが見事に決まった。

二千の敵軍に追われていることを知った信隆と金石斎は、更に行軍速度を上げた。

冷静に考えれば、そこで一度踏み止まって敵と戦うべきであった。敵に一撃を食らわせ、敵が怯《ひる》んだ隙に、また逃げるのだ。

小太郎ならばそうしたであろうが、金石斎は、そうしなかった。軍配者としての力量の差というしかない。

兵というのは臆病なものだ。負けるかもしれない、敵に殺されるかもしれないなどと考え出すと、もう何の役にも立たない。風の音にも怯《おび》え、鳥の羽ばたきにも跳び上がるという有様になる。

それ故、一度は敵と戦い、おまえたちは弱くない、敵の方が弱いのだと自信を持たせ、その上で、これは逃げるのではない、次の戦いのために場所を替えるだけだ、と信じ込ませる必要がある。そんな工夫をするだけで、兵は弱くもなれば、強くもなる。人間心理の綾《あや》というものだ。

そもそも兵法というものが人間心理の綾を利用したものなのだから、一流の軍配者は兵の心の動きを、己の掌《たなごころ》を指すように理解していなければならない。

金石斎は、その工夫を怠った。

そのせいで兵たちはますます臆病になり、命令されて退却しているのではなく、少しでも早く敵から遠ざかりたいという一心で足を急がせているという状態になった。もはや敵と戦うという気力は失われており、たとえ戦えと命令されても、その場に踏み止まろうとする者はいなかったであろう。そんなところに新手の敵が不意に出現し、行く手を遮られてしまえば、恐慌状態に陥り、もはや戦などできるはずがなかった。

一瞬にして兵たちは四散した。かろうじて踏み止まったのは五百の北条軍だけである。

（これでは全滅する）

さすがに戦慣れしている金石斎は、このままでは大変なことになると察知し、信隆と共に敵に当たろうとした。正面に現れた敵軍を突破して峯上城に向かう以外に生き残る道はない。

ところが、すでに信隆は逃げた後だった。兵たちを置き去りにし、金石斎に何の連絡もせず、少数の兵だけを連れて峯上城に走ったのである。

（何という逃げ足の速さだ）

金石斎も呆れた。

そういうことであれば、もはや信隆に遠慮する必要もない。自分たちが生き延びる術を探ればいい。信隆の軍勢のことまで心配するとなれば進退が不自由だが、北条軍だけならば、どうにでも身動きが取れる。

信隆の兵たちがてんでばらばらに勝手に逃げ出したことが北条軍には幸いした。一ヶ所に固まっていれば、そこを敵軍に包囲されてしまい、どうにもならなかっただろうが、信隆軍が四散したため、それを追う敵軍も兵力を分散せざるを得なかった。

北条軍は一丸となって突き進み、敵軍を蹴散らしながら海岸に向かった。海に出ると、そこから北上した。自分たちが乗ってきた船が、まだ焼き払われずに残っていれば、それに乗って逃げればいいし、船がなくなっていれば、海岸沿いにひたすら北に向かえば、明日には武蔵に出ることができる。

金石斎にツキがあったのは、信応が北条軍を深追いしようとせず、峯上城に兵を進めたことである。

そのおかげで北条軍は、兵力を損じることなく、船で相模に戻ることができた。

そして、小田原に戻った金石斎は、氏綱の前で平伏し、何が起こったかを説明することになったというわけである。金石斎の説明を聞き終わっても、氏綱は苦い顔をしたまま黙り込んでいる。

（しくじった）

後悔先に立たず、という心境であったろう。いくら何でも五百は少なすぎた。せめて一千くらいの兵を送るべきだった、と悔やんだのである。

五月下旬になって、更に驚くべきことが起こった。

何と信隆が小田原に現れたのである。

峯上城に逃げ込んだ信隆だったが、兵の多くを失い、もはや信応に立ち向かう力はなかった。何とか籠城して氏綱の来援を待とうとしたが、毎日のように城から逃げ出す者がいて、どうにもならなくなった。先行きに見切りを付け、信隆は峯上城を捨て、富津岬から船に乗って海を渡ってきたという。

（ああ……）

さすがに氏綱は消沈した。上総における足掛かりを失ってしまったからである。

期待外れだとはいえ、とりあえず、上総の問題は決着した。これによって、氏綱は河東地方を巡る今川家との争いに神経を集中させることができるようになった。その争いが鎮まれば、今度こそ武蔵に兵を進め、河越城を攻めることができるであろう。

二十

六月になると、氏綱は積極的に駿河に兵を出した。

それまでは小競り合い程度の戦を頻繁に繰り返すだけで、軽く手合わせすると双方が兵を退くという感じだったが、明らかに様相が変わってきた。

両軍が衝突すると、氏綱は次々と後詰めの兵を繰り出し、露骨に戦線を拡大しようとした。

六月中旬には、氏綱自身が兵を率いて駿河に入り、富士川を渡って駿府を攻める気配を見せた。慌てた義元が大軍を率いて出てくると、氏綱は更に兵を進めた。両軍が激突した。

結果は氏綱の勝利で、義元は駿府に逃げ帰り、防備を固めることに専念した。これを見て、ようやく氏綱は小田原に帰った。

「どうだ、これくらい痛い目に遭わせておけば、迂闊に河東に攻め込もうとは考えまい。ましてや伊豆や相模にも、な」

氏康と小太郎に向かって、氏綱はにんまり笑いかける。

「おっしゃる通りだと思います」

氏康がうなずく。

この夏、氏綱の最大の狙いは河越城だ。代替わりして扇谷上杉の家中が落ち着きを失っている隙に、本拠である河越城を奪い、武蔵全域を支配下に収めようというのだ。

そのためには氏綱の留守中に今川が北条の領土を脅かすことのないように手配りすることが必要だ。だから、氏綱は大軍を率いて駿河に侵攻し、今川を叩いたのである。

「で、武蔵の方は、どうなっている？」

氏綱が小太郎に顔を向ける。

「盛んに戦支度をしているようでございます」

「ほほう、戦支度か」

氏綱の表情が更に緩む。

「代替わりしても安泰だと家中の者たちに示したいのでしょう」

氏綱の宿敵だった朝興が四月に亡くなり、嫡男の五郎朝定が後を継いだ。

しかし、朝定は、まだ十三歳の少年である。

政治にも軍事にも何の経験も実績もない。

それ故、朝興の弟・朝成《ともしげ》が後見することになった。

普通ならば、これで丸く収まるはずだが、そうはならなかった。

生前、朝興は、実の弟でありながら、朝成をまったく評価していなかった。

「あれは一騎駆けの武者に過ぎぬ。大将の器ではない。大軍を任せることなどできぬ。ましてや城など預けられるものか」

と言い、せいぜい五十騎くらいしか朝成に預けようとしなかった。

だから、朝興が亡くなるまで、朝成の名は、ほとんど世間に知られていなかった。

朝成は、それが悔しくてならなかった。

朝興の弟であれば、城のひとつくらい預けてもらってもよさそうなものなのに、中年になっても河越城に住んでいた。

(弟といっても腹違いだから、肉親の情がないのだろう)

と、朝成は密かに朝興を恨んでいた。

その朝興が死んだ。

ようやく自分の出番が来た、と喜んでいたところ、朝興の遺言状が出てきて、そこには今後の仕置きは、朝定が二十歳になるまで、重臣一同の話し合いによって決めていくように、と記されていた。

朝成のことは何も書かれていなかった。

朝成は激怒し、亡くなった朝興を今まで以上に深く恨んだ。

(死んでからも、わしを馬鹿にするのか)

朝興が亡くなってから最初の重臣会議に呼ばれたとき、

「わしが五郎を後見しようと思う」

と、朝成は発言したが、重臣たちは相手にしなかった。特に三人の重臣が、

「何を血迷っておられるのか」

と、朝成を嘲笑《あざわら》った。

これに怒った朝成は、二度目の会議が開かれたとき、城内に潜ませていた配下の武士たちを広間に呼び寄せ、その三人を斬らせた。

「尚もわしの後見に反対する者はいるか？」

今度は誰も反対しなかった。

そんな流れで、今は朝成が朝定の後見役を務めているものの、そうなった経緯が経緯だけに、家中がひとつにまとまっているとは言えず、特に成敗された三人の重臣たちの身内は朝成を憎み、虎視《こし》眈々《たんたん》と復讐の機会を窺《うかが》っている。

（ふんっ、わしの力を知れば、わしを見る目も変わるであろうよ）

自分の力量を示すために、北条方の城をふたつか三つ落としてやろうと考え、朝成は盛んに戦支度をしているというのである。

そういう状況を説明された氏綱は、

「左近大夫《さこんのたいふ》は誰の味方なのだ？　まるで、わしのためにあれこれ画策して、扇谷の家中を乱れさせてくれているようではないか」

と、ほくそ笑んだ。左近大夫というのは朝成のことである。

普通、親が亡くなれば、精進潔斎《しょうじんけっさい》に努めて喪に服すものだ。戦も控える。服喪の間、殺生を嫌う

からである。

朝定が喪に服し、防備を固めて戦を控えたとすれば、氏綱も焦りを感じたことであろう。服喪の間に家中の結束が固まり、若い朝定を皆で盛り立てていこうという気運が高まれば厄介なのだ。山内上杉の力添えを得て、朝定が一人前になるまでは、河越城を中心とする武蔵北部の支配を維持することに専念する……それが氏綱にとって最も望ましくない展開であった。

朝成のおかげで、そうはならずに済みそうだ。

誰にも頼まれていないのに朝定の後見人に名乗りを上げ、自分の力量を示すために、せっせと戦支度をしている。

（さすがに修理大夫には人を見る目があった）

氏綱が感心する。

亡くなった朝興は、氏綱の宿敵だった。全体として見れば、氏綱が優勢だったが、白子原の一戦では危うく氏綱も命を落とすところだった。侮ることのできない強敵だった。

その朝興は、弟の朝成を政治でも軍事でもまったく重んじていなかった。朝成の無能を見抜いていたのだ。朝成を重臣などに据えれば、国が傾くと危惧していたのであろう。

その危惧が現実のものになろうとしている。

朝定の後見人として政治を仕切り、己の見栄のために、やらなくてもいい戦を始めようとしている。

氏綱の方も着々と準備を進め、扇谷上杉軍に動きがあれば、すぐにでも大軍を率いて小田原から出立できる手筈を整えてある。あとは待つのみである。

七月初め、その知らせが届いた。

氏綱は満を持して出陣した。

二十一

七月初め、十三歳の朝定を総大将とする扇谷上杉軍が河越城を出立した。総大将とはいえ、朝定が飾り物に過ぎず、実際に采配を振るのが叔父の朝成であることは誰もが知っている。

扇谷上杉軍は五千という大軍だが、朝成は、

（一万くらいは、ほしい）

と考えていた。北条軍の手強さを知っていたからである。

しかし、家中に乱れが生じており、朝成を後見人として認めないという勢力も存在するので、出陣要請に応じない豪族も少なくなかった。

朝成が当てにしていた山内上杉からも出陣を断られた。山内上杉氏の当主・憲政もまだ十五歳の少年で、家中を掌握しているとは言えない。援軍要請を断るべきだという重臣たちの進言を拒否するような実力はない。

朝興ですら氏綱には歯が立たず、苦杯を嘗めさせられてばかりいた。若い朝定や、軍事にも政治にも何の実績もない朝成が氏綱にかなうはずがない、負けるとわかっている戦に加担するのは馬鹿らしい、というのが山内上杉の重臣たちの一致した意見だったのである。

朝成の目論見《もくろみ》は最初から大きく崩れたわけである。

いくらかでも謙虚さと冷静さがあれば、出陣を取り止めたであろうが、

（今、出陣を中止したら、皆がわしを阿呆と嘲笑うに違いない）

誰がやめるものか、とかえって意地になった。

とは言え、やはり、不安を拭うことができなかったのか、山内上杉から断られた直後、朝成は曾我冬之助を呼んだ。

朝成は冬之助が優れた軍配者であることを知っている。高輪原《たかなわはら》の戦いや白子原の戦いで北条軍を打ち破ることができたのは、冬之助のおかげだとわかっている。にもかかわらず、冷遇されたのは、朝興や、朝興の側近たちに功の大きさを妬《ねた》まれたからだということも知っている。朝成自身、長年にわたって冷や飯を食わされてきたので、ある意味、冬之助に同胞意識を感じている。

高輪原や白子原で、劣勢をはね返して北条軍を破った冬之助ならば、何かいい策を見付けてくれるのではないか、と朝成は期待した。

確かに冬之助は不遇である。高輪原の戦いのときが二十一歳、白子原の戦いのときが二十二歳、今は三十四歳になっている。この十二年、ほとんど飼い殺し状態と言っていい。

軍配者は己の力量を高く買ってくれる家に移るのが普通だ。武士であれば、主家を替えるのは節操がないと軽蔑されたりするが、軍配者の場合、主家を替えるのは恥ではない。むしろ、それほど優秀なのかと感心される。冬之助が他家に仕官を望めば引く手数多《あまた》であったろう。

しかし、先祖代々、扇谷上杉氏に仕えてきた曾我家の嫡男が主家を見限るわけにはいかなかった。冬之助が他家に仕官できるとすれば、扇谷上杉氏が滅亡したときだけであろう。甘んじて不遇に耐えるしかない立場だったのだ。

七年前、祖父の兵庫頭が亡くなると、冬之助の立場は更に悪くなった。朝興も兵庫頭には遠慮があったので、兵庫頭が生きている間は、それほど露骨に冬之助を冷遇することもできなかったのである。兵庫頭の死ですべてが変わった。軍配者であるにもかかわらず、それ以降、戦に出ることがなくなった。

父の祐重《すけしげ》は健在だったが、兵庫頭のような政治力もない平凡な男だったので、曾我家の勢いを盛り返すような力はなかった。その祐重は、今年の四月、朝興が亡くなった直後、その後を追うように亡くなった。

「御屋形さまに殉《じゅん》じて死んだのであろう」

と詳しい事情を知らずに涙を流す者もいたが、実際は、そうではない。祐重は一年ほど前から重い病に罹って、床を離れることができなくなっていた。

年明けからは、自力で起き上がることもできず、箸を持つことすらできなくなっていた。介助する者がいなければ厠《かわや》に行くこともできず、飯を食うこともできなかった。そんな状態なので自分の命を縮めることなど不可能であった。朝興の後に死んだのは偶然である。

だが、冬之助にとっては悪いことではなかった。

「さすが曾我の家は忠義の家よなあ」

と久し振りに曾我家が家中で話題になったからである。朝成が冬之助を呼ぶ気になったのも、いくらかそのことが影響している。

冬之助がやって来ると、五千の兵で北条方の城を落としたい、どこがよいか、と朝成は質問した。

冬之助は青白い顔を傾《かし》げ、しばらく思案してから、

「なかなか難しいようでございますな」

「難しいか？」

「はい」

「ふうむ……」

一万の兵が集まったら、一気に江戸城を攻め落としてやろう、と朝成は意気込んでいた。

北条氏にとって、江戸城は武蔵南部の最大拠点である。当然、守りも堅いが、江戸城を落とすことができれば、武蔵南部を奪い取ることができるのだ。

しかし、五千で江戸城攻めは無理である。それくらいのことは朝成にもわかる。

実は、江戸城が駄目なら小沢城を攻めたいと考えている。小沢城を攻め落とすことができれば、玉縄城まで南下できる。玉縄城の守りも江戸城と同じくらい堅いので、やはり、五千くらいの兵では歯が立たない。それはわかっているので、玉縄城を無視して鎌倉に攻め込む。氏綱が全力を傾けて再建しようとしている鶴岡八幡宮を焼き払えば、氏綱の面目は丸潰れだ。逆に朝成の名声は高まるであろう。その考えを、冬之助に話した。

「ほう、小沢城を落として鎌倉に攻め込もうというのですか」

「どう思う？」

「面白いお考えです」

「そうか」

朝成が膝を乗り出す。

「面白いか」

「画餅《がべい》に過ぎぬとは言え、なかなか雄大な策だとは思います」

「ん？　何と申した？　画餅だと？　どういう意味だ」

「言葉通りでございます。画餅は、いくらうまそうに見えても、腹の足しにはなりませぬ。食えぬものですから」

「わしの策は画餅か？」

「画餅でございます」

「小沢城は落とせぬか？」

「落とせませぬ」

「五千では足りぬか？」

「いいえ、兵の数はどうでもよいのです。たとえ二千であろうと、わたしが兵を動かせば落とすことができるでしょう」

「何だと？」

朝成の顔が真っ赤になる。

「おまえならば二千で小沢城を落とすことができるが、わしならば、たとえ五千でも無理だと申すか」

「ですから、数の話ではありませぬ。五千でも一万でも同じことなのです」

「おのれ……」

朝成は怒気を発し、今にも冬之助に斬りかかりそうだったが、

（待て待て、早まってはならぬ。生意気な男だが、自分なら小沢城を落とすことができると言っている。もう少し話を聞いてみよう）

と何とか己を宥めた。

「わずか二千で、どうやって小沢城を落とすのだ。話してみよ」

「話せませぬ」

「なぜだ？」

「まだ何の策もないからでございます」

「これから考えるというのか？」

「そうです」

「それで落とすことができる、と」

「そう申しております」

「ふうむ……」

木で鼻を括ったようなことばかり言って、どこまで信用していいかわからないが、冬之助には高輪原と白子原で北条軍を破ったという実績がある。そんな男は、関東全体を見回しても他にいない。

「わしと御屋形さまは五千の兵を率いて、近々、出陣する。汝《なんじ》も同行し、軍配者として采配を振れ。五千の兵を好きなように動かして構わぬ故、言葉通りに小沢城を落としてみよ」

「ですから、それは無理でございます」

「なぜだ？」

「左近大夫さまが必ず横槍を入れ、わたしの思うように兵を動かすことができぬからでございます」

「自分が何を言っているかわかっているか？」

「わかっております」

「……」

何と生意気な奴だ、気に入らぬ、こんな奴を呼ぶのではなかった、と朝成は後悔するが、しかし、これほど自信満々に小沢城を落とすことができるというのなら、たぶん、本当にやれるのだろう、という気もする。

それに、五千の兵を好きなように動かしてよいとは言ったものの、それは言葉の綾というもので、実際には、そんなことはできないと朝成にもわかっている。朝成が総大将ならそうしてもいいが、朝成は朝定の後見役に過ぎない。冬之助が小沢城を落とせば、その功は総大将の朝定と、軍配を振った冬之助のものになる。朝成には何の得もない。

(ならば、こいつに二千の兵を預けて小沢城を攻めさせてみるか)

だが、それもよくない。城を落とした功績は冬之助のものになってしまうではないか。

そもそも今回の出陣は朝成の力量を世間に示すためのものなのだから、朝成が目立たなければ何の意味もないのだ。

「なあ、養玉《ようぎょく》よ。そう頭の固いことばかり言うな。おまえが優れた軍配者だということは、わしも知っている。しかし、優れているが故、おまえは亡くなった御屋形さまに嫌われ、遠ざけられたのではないか。違うか?」

「……」

そうだ、おれがもう少し世渡りのうまい男だったら、みじめに落ちぶれてはいない、と冬之助も認めざるを得ない。

「わしが引き立ててやるぞ。わしは兄とは違う。おまえが手柄を立てれば、きちんと褒美を与える。領地を与えよう。当家の軍配を預け、好きなように腕を振るわせてやろう。だからな……」

朝成は前のめりになって、今度だけは手柄をわしに譲れ、と声を潜めた。

「どのように譲るのでございますか？」

「おまえは、わしと共に動く。好きなように兵を動かして小沢城を落とすのだ。しかし、最後の最後、城が落ちるというときには、軍配をわしに戻せ。わしが兵どもに突撃を命ずる」

「ほう……」

冬之助は目を細めて朝成を見つめる。

「どうだ、わしと手を組まぬか？」

「わたしは……」

「うむ」

「御屋形さまに仕える身でございます」

「わしの命には従えぬと申すか」

「御屋形さまの口から出たことであれば、どのような無理難題であろうと決して拒みませぬ」

「馬鹿め……」

冬之助の手柄を朝成に譲れなどという命令を、どうやって朝定の口から出すことができるというのか。世間知らずの朝定であれば、戦というものがよくわかっていないから、何とか丸め込むこともできるかもしれないが、周りにいる重臣たちは、

(他人の手柄を盗もうとするとは、何と下劣なことをするのか。見下げ果てた男だ)

と軽蔑するに違いない。

「わからぬか。二人だけの話でよいではないか。この場限りの話だ」

「御屋形さまを通して下されば、いかようにも働きましょう」

冬之助は頭を垂れ、それきり口を開かなかった。

朝成は冬之助の説得を諦め、独力で小沢城を落とすことに決めた。

当然ながら、冬之助は従軍を許されなかった。

二十二

早朝に河越城を出て、一路、南下し、その日の夕方、五千の扇谷上杉軍は深大寺城に入った。玉川の向こうに小沢城が見える。

（わしも馬鹿ではないのだ）

朝成は事前に小沢城の様子を調べさせ、小沢城には一千ほどの兵しかいないとわかっている。城を預かる石巻家貞《いしまきいえさだ》が手強いことは知っているが、五千の兵で小沢城を囲めば、簡単に降伏するだろうと高を括っている。

朝成が迂闊だったのは、小沢城のことを調べただけで、氏綱の動きにまったく注意を払わなかったことである。重要拠点である小沢城にわずか一千の兵しかいないのは、何かあれば、小田原から氏綱が大軍を率いて救援に向かうことになっているからであった。一日か二日、敵の攻撃を凌《しの》げば、氏綱がやって来るのだから、一千の兵で十分なのである。

しかも、今回、氏綱は扇谷上杉軍の動きを注視し、何かあれば、すぐに出陣する手筈を整えていた。いつも以上に迅速に動くであろう。朝成が小田原に忍びを放っていれば、氏綱の戦支度は容易にわかったはずである。

だが、朝成はそれを怠った。悠々と深大寺城に腰を据え、一千の兵が籠もる小沢城だけを相手にするつもりでいる。

翌日には、北条の大軍が小沢城に向かっているという知らせが届いた。氏綱自身が兵を率いており、その数は一万を超えているという。

「何だと？」

朝成は耳を疑った。その数を信じることができず、慌てて何人もの忍びを放った。

半日ほどで続々と忍びが戻って来た。それほど北条軍が接近しているということであった。遠くまで足を延ばさなくても北条軍の動きをつかむことができたのだ。

ある者は一万と言い、ある者は一万五千と言う。ばらつきはあるものの、一万以下と報告した者はいない。やはり、氏綱が一万以上の兵を動員したことは事実だったのである。

「叔父上、いかがいたしましょう？」

軍議の場で、朝定は無邪気な顔を朝成に向ける。

小沢城など簡単に落とし、その次は鎌倉に攻め込むのだ、と何度となく朝成から聞かされ、その言葉を信じ込んでいる。

「……」

朝成の口からは言葉が出てこない。ただ脂汗が顔を流れ落ちる。

「退くしかありますまい」

「うむ、もたもたしていると敵に囲まれてしまう」

「そうなったら終わりだ」

「どこからか援軍が来るわけでもない」

重臣たちは、朝成に冷たい目を向けながら口々に言う。深大寺城の東には江戸城があり、北東には蕨《わらび》城がある。氏綱に呼応して、それらの城から北条軍が出てくれれば、扇谷上杉軍は退路を断たれる。一万を超える北条軍に包囲されたら、深大寺城で立ち枯れるしかない。氏綱が現れる前に深大寺城を出て、河越城に帰るべきだというのが重臣たちの一致した意見である。

「皆がそのように申しておりますが？」

朝定が朝成に訊く。

「そのようにいたしましょう」

朝成も、そう言うしかない。

結局、扇谷上杉軍は一戦も交えることなく、河越城と深大寺城を往復しただけである。

(何が悪かったのか……？)

朝成は頭を抱えた。

ある意味、戦に負けて逃げ帰るよりも恥さらしと言っていい。それまでも自分に向けられる冷たい視線をひしひしと感じていたが、今は視線が痛いほどだ。それどころか、露骨に、

「まったく無駄働きをしたものよ」

「みすみす敵を呼び込んでしまったわ」

と舌打ちされることすらある。

このままではまずい、何とかせねばならぬ、しかし、何をすればよいのであろうか……そんな思案

をしているところに、北条軍が北上しているという知らせが届いた。

「何？」

朝成は耳を疑った。このあたりが朝成の甘いところで、自分たちが兵を退けば、北条も深追いはしてこないだろうと思い込んでいた。

亡くなった朝興が、

（あいつは使い物にならぬ）

と、朝成の器量を見限ったのも無理のないことであった。

朝興から無能の烙印《らくいん》を押された朝成が対決しようとしている相手は、朝興が逆立ちしても歯が立たなかった氏綱なのである。

せめて氏綱に二度も勝っている冬之助を呼び、

「頼む、何とかしてくれ」

と頭を下げるだけの潔さがあれば、朝成にも少しは見所があるのだが、この期《ご》に及んでも狭量で、

（わしが何とかせねば）

と肩に力を入れている。

歴史というものを俯瞰《ふかん》すると、ひとつの国や、由緒正しい名家が滅びるときは、なぜか、無能な愚か者が舵取りをすることが多い。不幸な巡り合わせと言うしかない。

朝成自身、自分が無能だとも愚かだとも思っていないし、ましてや自分が衰退する扇谷上杉氏の息の根を止める役割を担うなどとは夢にも思っていない。

しかし、結果的には、そうなった。

歴史上、扇谷上杉氏が滅亡するのは、もっと先のことになるが、実質的には、このときに滅んだようなものである。城も兵も失い、何の力もなくなるからだ。朝興が亡くなって、まだ三月も経っていないのに、このざまである。

七月十四日、氏綱率いる北条軍は三木《みつぎ》まで進軍した。現在の狭山《さやま》市三木で、河越城まで五十町（五キロ強）ほどである。

一万を超える大軍である。

氏綱は三木に本陣を構え、先鋒の軍勢が河越城をじりじりと包囲しようと動き始める。

これを見て、城の者たちは、

「包囲されたら終わりだ。勝ち目はない」

と騒ぎ出した。

それも当然で、援軍がやって来る当てがないのだから、包囲されたらお先真っ暗なのだ。

「叔父上、叔父上！」

朝定が血相を変えて朝成の部屋に駆け込んできた。

「どうした、そのように慌てて。大将はどっしり構えていなければなりませぬぞ」

朝成がたしなめる。

「重臣どもが叔父上を斬ると息巻いておりまする。こうなったのは叔父上のせいだと言うのです。そんなことはない、叔父上は当家のために必死にがんばっておられるではないか、と宥めようとしたのですが、どうにもなりませぬ」

「よき御屋形さまよ」

朝成の目からはらはらと涙が滴《したた》り落ちる。

「なぜ、泣くのですか？」

「これが今生《こんじょう》の別れだからです」

「え」

「どうか、わたしに二千の兵をお貸し下さいませ」

「何をなさるのですか？」

「北条に当家の意地を見せてやるのです。しかしながら、多勢に無勢、万を超える敵軍にはかないますまい。何とか、一刻（二時間）くらいは敵を蹴散らせてみせましょう。その間に、御屋形さまは、この城を落ちて、松山《まつやま》城に逃げ延びて下さいませ」

「それは、なりませぬ」

朝定が首を振る。

「この河越の城は、先祖代々、当家の城なのです。この城を捨てることはできませぬ。そんなことをするくらいなら、城を枕に討ち死にします」

「ああ……」

また朝成の目から新たな涙が溢《あふ》れる。

「あと十年先であれば、御屋形さまが憎い北条を打ち破る姿をこの目で見ることができたでありましょうに……」

朝成は涙を拭うと、養玉を呼べ、と近臣に命ずる。

しばらくすると、冬之助がやって来た。

「養玉、御屋形さまである」

「は」

下座で冬之助が平伏する。

「城は敵に囲まれつつある。どうだ、養玉、敵を負かす術があるか？」

「ございませぬ」

冬之助が平然と答える。

「うむ。わしも、そう思う。それ故、わしは二千の兵を率いて城から打って出ることにした」

「は？」

冬之助が怪訝な顔になる。

「その隙《すき》に御屋形さまを松山城にお連れしてほしい。その役目をおまえに頼みたいのだ」

「お待ち下さい、叔父上。わたしは承知しておりませぬぞ」

朝定が不満顔になる。

「よくお聞き下さいませ。亡くなった先代は、わたしを軽んじておりました。戦もできぬ、政《まつりごと》もできぬ、何の役にも立たぬ阿呆だと見下していたのです。おかげで長い間、冷や飯を食わされました」

「叔父上……」

「ここにいる養玉も同じです。養玉の功を妬む者たちが先代に讒言《ざんげん》し、先代に遠ざけられてしまったのです。わたしは仕方がない。深大寺城では戦もできず、ついには河越城を北条に包囲されてしまいました。どうやら先代が正しかったようです。わたしは阿呆なのです。しかし、養玉は違う。高輪原でも、そして、白子原でも北条を破った優れた軍配者です。どうか、この者をそば近くに置き、養玉の意見に耳を傾けて下さいませ。そうすれば、いつの日か北条を負かすことができるでしょう」

「重臣どもは、ここは堅固な城なので、籠城すれば、勝てぬにしても負けることはないと申しておるぞ」

朝定が言う。

「養玉、どう思う？」

朝成が冬之助に訊く。

「北条が力攻めすれば、この城は五日ほどで落ちましょう。しかし、北条もかなりの兵を失うことになりますから、恐らく、調略《ちょうりゃく》で城を落とそうとするでしょう」

「調略？」

「重臣の誰かに内通させるのです。手土産があれば領地を安堵してやると約束して」

「手土産とは？」

「御屋形さまの首でございますな」

「……」

朝定の顔色が変わる。

「どうすればよい？」

「左近大夫さまのおっしゃるように、この城を捨て、松山城に落ちるのがよいでしょう」

「北条が松山城に押し寄せてきたら、どうする？」

「松山城を捨てて、山内上杉を頼ればよいのです。城など、また取り返せばよい。命さえあれば、何度でもやり直しがきくのです」

「そうか……」

朝定ががっくりと肩を落とす。大きな溜息をついてから、ならば、そうしよう、とうなずく。

半刻（一時間）後には城から打って出るので、それまでに城を落ちる支度をなさいませ、と朝成が言うと、わかった、と朝定が足早に部屋から出て行く。味方の裏切りで首を奪われるかもしれない、という恐ろしい想像が朝定の足を急がせるのであろう。

部屋には朝成と冬之助の二人きりになる。

「本気なのですか？」

冬之助が訊く。

「何がだ？」

「二千の兵と共に討ち死にする覚悟とお見受けしましたが」

「そうするつもりだ。思い返せば、何とも間抜けな人生だった。せめて最後くらい武士らしく華々しく死にたいと考えた」

「ほう」

「笑いたければ、笑ってよいぞ」

「なぜ、わたしが笑うのですか？」

「おまえの進言を聞き入れておけば、こんなみじめなことにはならなかったかもしれぬではないか。今頃は小沢城にいたかもしれぬ」

「どうでしょうか、戦というのは、実際にやってみなければ、どう転ぶかわからぬものです。案外、敵に裏をかかれて敗れ去り、この世にいなかったかもしれませぬ」

冬之助が肩をすくめる。

「ふふふっ、おまえは、おかしな男だな。なぜ、先代は、おまえを嫌ったのかのう。おまえをそば近くに置き、おまえの意見に素直に耳を傾けていれば、北条に負け続けることはなかったであろうに」

「今の左近大夫さまには欲がない。だから、そんなことが言えるのです」

「そうか？」

「命を捨ててかかっている者には、欲に目がくらんだ者には見えぬものが見えるのです。白子原の前の御屋形さまがそうでした。当家が滅びるかもしれぬ、自分はそれに殉じて命を捨てる……そんな悲壮な覚悟があったからこそ、わたしの言葉に耳を傾けて下さいました。しかし、白子原で勝利し、一息つくと、目が曇ってしまわれたのです」

「憎いか、先代が？」

「いいえ、少しも」

冬之助が首を振る。

「なぜだ？」

「人間とは、そういうものだからです。だからこそ面白いとも言えるのですが」

「ふんっ、やはり、変な男だな、おまえは。御屋形さまのことを頼むぞ。無事に松山城にお連れし、そばで相談に乗ってやってくれ。阿呆な重臣どものいいなりになっていては、それこそ首を斬られて北条への手土産にされてしまうわ」

「いかがですか、わたしに兵を預けてみませぬか？」

「おまえに？」

「左近大夫さまは御屋形さまと共に松山城にいらして下さい」

「敵に勝てる策はないと申したではないか」

「百のうち、九十九は負けるでしょう。しかし、それは百にひとつは勝てるかもしれぬということでもあります。先程申し上げたように、戦というのは、やってみないと、どうなるかわからぬものなのです」

「そう言われると、そうしたい気もするが、やはり、やめておこう。わしが行く」

「なぜ、命を捨てようとなさるのですか？」

「城に残れば、わしは重臣どもに殺されるだろう。わしが死ぬだけならいいが、きっと御屋形さまも巻き添えになって殺されてしまう。そう思わぬか？」

「確かに」

冬之助がうなずく。

朝成の首を差し出すだけでは、手土産としては大した重みはない。必要なのは朝定の首なのだ。

重臣の誰が裏切るかわからないが、朝定の後見人である朝成を手にかけるとすれば、当然、朝定も殺そうとするはずであった。

だが、朝成が生きている間は朝定に手を出そうとしないであろう。あくまでも、最初に朝成を殺し、次に朝定を殺すという手順でなければならない。順序を間違えると、朝成に復讐されるからだ。

それ故、朝成が出陣し、敵と戦っている間、朝定は無事であろう。朝成の戦死が伝えられてからが危ない。だからこそ、朝成は、自分が戦っている間に朝定に城から落ちてほしいと願っているのだ。

そういう朝成の考えは、冬之助にも理解できた。

だから、最後には、

「承知しました。わたしの命をかけて、何としてでも御屋形さまを松山城にお連れいたします」

と平伏したのだ。

「うむ、頼むぞ」

朝成が満足そうにうなずく。

二十三

七月十五日早朝、朝成が率いる扇谷上杉軍が河越城から打って出た。

それを見た北条軍は、

「やあ、大将が出てきたぞ。囲みを破って逃げるつもりだな」

と朝成の軍勢に群がってきた。

それには理由があり、朝成は朝定の旗を預かってきたのである。これは冬之助の策であった。

最初、朝成は北条軍を夜襲し、その騒ぎの間に朝定を城の搦《から》め手《て》から落とすつもりだった。

冬之助は、これに反対した。

数に勝る敵を負かすには夜襲がよい、というのは兵法の基本である。当然、北条軍も夜襲を警戒しているはずであった。それだけでなく、朝定が城から逃げ出すことも予想し、その備えをしていると考えるべきであった。夜の闇には敵の目をくらますという長所もあるが、味方同士の連携が不自由になるという短所もある。暗闇の中を手探りで進まなければならないのだから、不測の事態が起こったとき、的確に対処するのも難しい。敵の待ち伏せに遭い、万が一、朝定が生け捕りにされるようなことになれば一大事である。

冬之助は夜が明けてからの脱出を推した。

「それでは、城を包囲する敵軍に飛び込むようなものではないか」

朝成は賛成しなかった。

「もちろん、まともにやったのではうまくいきませぬ。それ故、左近大夫さまではなく、御屋形さまが出陣したと敵に思わせるのです。そうすれば、敵は囲みを解いて二千の味方に殺到するでしょう。その隙に逃げるのです」

そのために扇谷上杉氏の当主が本陣に掲げる旗を朝成が持っていくことを提案した。

「そんな子供騙《だま》しのような手が通用するのか？」

「だからこそ、うまくいくのです。こういうことは策を弄《ろう》しすぎると、かえって敵に疑われてうまくいかないものです」

「ふうむ……」

朝成は考え込んだが、

（最後は、この男を信じてみよう）

という気になり、冬之助の策を取り上げた。

それがうまくいった。

北条軍が朝成の軍勢に群がり、城の囲みが手薄になった。その隙に朝定は、冬之助を含むわずかの手勢に守られて城から脱出した。朝定が城を出ることは重臣たちにも知らされなかった。誰が裏切るかわからないからだ。

朝成に策はなかった。何倍もの敵が待ち受けているところに真正面からぶつかっていくのだから策の立てようもなかったのだ。朝成の頭には、少しでも時間稼ぎをしたいという思いしかなかった。朝成が少しでも長く敵を防ぐことができれば、それだけ朝定が遠くまで逃げられるからであった。朝成が敗れ、軍勢の中に朝定がいないことがわかれば、北条軍は騙されたことを知り、すぐさま朝定を追うに違いない。朝成が簡単に敗れ、朝定が捕らえられたのでは、何をしているのかわからない。

朝成は、よくがんばったと言っていい。

北条軍との最初の衝突で木《こ》っ端《ぱ》微《み》塵《じん》にされ、二千の軍勢が雲散霧消してもおかしくなかったのに、そうはならず、一刻（二時間）近くも北条軍の猛攻をしのいだ。命を捨ててかかったことで腰が据わった。その朝成の決死の覚悟が兵たちにも伝わった結果でもあろう。

が……。

最後の最後に欲が出た。

一刻も踏ん張ったことで、

（もう御屋形さまも松山城の近くにいるであろうな……）

と安堵し、朝定が無事に逃げ延びたならば、自分もこんなところでむざむざ命を捨てることもないのではないか、と考えたのである。

決死の覚悟が揺らぎ、命が惜しくなった。

それまでは、ここで死ぬのだと思い定めていたから、北条軍の波状攻撃を何とか食い止めることができた。

しかし、どうやってここから逃げようか、と考え始めた途端、最後の踏ん張りが利かなくなり、北条軍を押し返すことができなくなった。

敵兵の顔が判別できるほど押し寄せられると、情けないことに朝成は、

「馬を！」

と叫び、馬に跨《また》がるや、味方を置き捨てて逃げた。

その瞬間、二千の扇谷上杉軍は崩壊した。兵たちは蜘蛛《くも》の子を散らすように逃げ去り、北条軍は河越城に殺到した。

このときの様子が『北条五代記』に生き生きと描かれている。


一陣敗れぬれば残党またからず。

数軍のつはものは、将棋倒しに異ならず。

ここに屍《かばね》をさらし、かしこに頭をなげうつ。

勝ちにいさめる氏綱の軍兵は、駿馬に鞭《むち》をあげて、東西に馳走し、南北に飛行す。朝定敗北の軍勢は、天をかける鳥の鷲《わし》のつばさにかかり、地を走る獣《けだもの》の獅子の歯がみにあふ如く、左右の足萎《な》え前後に迷ふ有様、たとへんやうぞなかりける。


すなわち……。

一陣が敗れると、残った者たちは、もはや敵を支えることができなかった。軍勢が次々に崩壊していく様子は、まるで将棋倒しのようであった。上杉兵は、ここでは死体となって倒れ、あっちでは頭を投げ出して倒れている。

勝利の勢いに乗る氏綱の兵たちは、馬たちに鞭を当て、東西に走り回り、飛ぶように南北に駆けた。朝定に指揮を委ねられた朝成の軍勢は、空を飛ぶ鳥が鷲の翼に打たれたかの如くであり、地を走る獣が獅子の牙で切り裂かれたかの如くである。腰が抜けたように左右の足が縮こまってしまい、どっちに行っていいのかわからないように戸惑っている様子は、何とも情けないことであった。

朝成が敗れたとき、城内は混乱していた。朝定が城から逃げたことが明らかになったからであった。年少とはいえ、朝定は扇谷上杉氏の主であり、総大将でもある。その朝定が消えた。朝定の後見役である朝成は兵を率いて出陣してしまったから、その混乱を鎮める者がいない。誰もが、

（どうすれば、この城から生きて出られるか）

ということばかりを考えている。

そこに北条軍が押し寄せてきた。兵の数も少なく、城を守り抜こうという気力もないから、北条軍の攻撃をはね返すことができなかった。北条軍に降伏し、城を明け渡すしかなかった。

こうして、氏綱は、ついに扇谷上杉氏の本拠・河越城を手に入れることに成功した。

朝成は朝興の死を利用して扇谷上杉氏の実権を握り、一躍、歴史の檜舞台に躍り出た。その栄光は三ヶ月も続かず、再び歴史の彼方に消え去ることになる。

しかも、その幕切れが喜劇的であった。

味方を置き去りにして戦場から離脱した朝成だが、その後を平岩隼人正《ひらいわはやとのしょう》重吉という氏綱の家臣が追った。

「敵に背中を見せて逃げるとは卑怯だぞ。それが大将の振る舞いか」

と怒鳴ると、

「何を言うか」

腹を立てた朝成が馬を止め、平岩と組み合った。

二人が争っているところに、同じく氏綱の家臣で山岡《やまおか》豊前守《ぶぜんのかみ》という者が郎党を引き連れて駆けつけ、平岩を押し退けて、たちまち朝成を捕らえた。

山岡は、朝成を氏綱のもとに連れて行き、

「敵の大将軍を生け捕りました」

と自慢気に報告した。

そこに平岩が飛び込んできて、

「わたしが組み伏せていたのを、この男が奪ったのです」

と激昂した。

「何を言うか、わしが捕らえたのだ」

「嘘をつくな」

二人は今にも斬り合いでも始めそうな様子である。

これを氏綱が止め、

「よくよく吟味してから沙汰する」

と二人を下がらせた。

生け捕りにされた朝成は、本来であれば、即座に処刑されておかしくなかったのに、平岩と山岡の手柄争いを裁くための大切な生き証人という奇妙な立場に立つことになった。

「どちらの言い分が正しいのだ？」

と尋問されても、貝のように口を閉ざし、朝成は何も言わなかった。

困った氏綱は、

「何とかせよ」

と、重臣の一人、山角信濃守《やまかど》に命じた。

朝成の身柄を預かった山角は、朝成を河越城に移した。座敷牢に入れたものの、決して粗略には扱わなかった。一日に何度も朝成を訪ね、気さくに話しかけた。最初のうち、朝成は山角と話そうとしなかったが、何日か経つうちに、ぽつりぽつりと話をするようになった。朝成は源平の頃の戦話が好きだったのだ。こうして打ち解けるようになって、ついに、山角は朝成が捕らえられた顛末を知ることができた。

山角は氏綱に報告し、氏綱は平岩の手柄を第一と認めた。

この挿話も『北条五代記』にあり、これは山角の人柄と知恵を賞賛する内容になっているが、実際の主人公は朝成と言っていい。

これを最後に朝成の名は歴史から消える。

二十四

朝成が奮闘したおかげで、朝定は無事に河越城から松山城に逃れることができた。

松山城の城主は難波田弾正《なんばただんじょう》忠《の》忠行《ちゅうただゆき》である。

わずか数人で逃げてきた朝定の姿を見て、

「おいたわしや……」

はらはらと涙を流した。

「さぞ、お疲れでございましょう。まずは、ゆっくりお休みなさいませ。河越城は堅固な城ですから、そう簡単に落ちることはありますまい。あまりご心配なさいますな。御屋形さまがお休みになっている間に戦の様子を探っておきましょう」

「頼むぞ」

朝定は多くを語らず、その方に任せる、とうなずいた。

忠行は感激して平伏する。

これを見て、冬之助がほくそ笑む。

松山城にやって来る道々、冬之助は、忠行に会ったならば、できるだけ言葉数を少なくし、忠行を信頼してすべてを任せるように朝定に忠告した。

忠行は経験豊富で有能な武将である。

だからこそ、亡くなった朝興は、扇谷上杉氏の重要拠点のひとつである松山城を預けたのだ。

忠行を信頼して、朝定が懐に飛び込めば、激情家の忠行は命懸けで朝定を守ろうとするに違いないと冬之助は考えた。

まだ若く、政治にも軍事にも経験のない朝定が高飛車な態度を取れば、忠行は気分を害し、

(いっそ北条と手を組むか)

などと、よからぬことを考えても不思議はないのだ。

冬之助の予想では河越城は、そう長くは持ちこたえることができない。恐らく、朝成は合戦に敗れて城に逃げ戻るだろうが、城にいる者たちは朝成の首を差し出して氏綱に降伏するだろうと思うのだ。河越城が落ちれば、武蔵における扇谷上杉氏の拠点は松山城だけになる。松山城が落ちれば、氏綱は武蔵全域を支配下に置くことができるのだ。

当然ながら、氏綱は河越城だけでなく、松山城も落とそうとするであろう。

松山城は守りも堅く、忠行は優れた武将だが、如何《いかん》せん兵の数が少ない。今は一千ほどの兵しかいない。いずれ河越方面から敗残兵が逃げて来るだろうが、それを合わせたところで、せいぜい、二千くらいのものであろう。一万を超える北条軍を迎え撃つには、あまりにも心細い数である。

己が圧倒的に不利な状況に置かれていることを悟れば、忠行が逆心を抱いてもおかしくない。

いや、普通であれば、そうするであろう。主を守ることも大切だが、わが身と家族、家臣たち、そして、領地を守ることが何よりも大切なことだからだ。

忠行に逆心を抱かせないために、忠行に全幅の信頼を寄せ、忠行の懐に飛び込むことを、冬之助は朝定に勧めた。忠行が裏切るかどうかは、

（五分五分というところか）

と、冬之助は見ているが、それでは分が悪すぎるとも考えた。あまりにも朝定の立場が不安定だからである。今は五分五分だとしても、北条軍が松山城に押し寄せ、雲霞《うんか》の如くの大軍を目《ま》の当たりにすれば、五分五分が七分三分くらいになりかねないであろう。

それ故、冬之助は松山城に入る前に、もうひとつ手を打った。山内上杉氏の主・憲政に援軍要請の

使者を送ることであった。

憲政は、松山城の北西にある鉢形城にいる。その気になれば、半日で松山城に駆けつけることができる。憲政が援軍要請に応じれば、忠行が裏切るのは難しくなる。

もし松山城までが北条の手に落ちることになれば、これからは山内上杉氏が直に北条氏と対峙することになる。今までは扇谷上杉氏という緩衝《かんしょう》帯があったが、それがなくなる。つまり、松山城を守るのは、扇谷上杉氏のためだけでなく、山内上杉氏にとっても大きな意味がある……使者は憲政にそう伝えることになっている。

その日の夜、朝定が休んでいる部屋に忠行がやって来た。隣室にいた冬之助も同席する。万が一、忠行が逆心を起こし、刺客が朝定を襲ったとき、身を挺《てい》して朝定を守るつもりで、冬之助は片時も朝定のそばを離れないように心懸けているのだ。

「御屋形さま……」

沈痛な表情で、忠行が口を開く。

河越城が北条に降伏しましたと言うと、忠行の目から大粒の涙が溢れる。

(落ちたか……)

予想はしていたものの、実際に落城を知らされると、冬之助も衝撃を受けた。

「うむ、そうか」

朝定が小さくうなずく。

「叔父上は?」

「左近大夫殿は……討ち死になされたものと思われます」

朝成が戦死したという報告は受けていなかったが、合戦に敗れ、城が落ちたとなれば、生きてはおるまい、と忠行は考えたのである。

「叔父上も亡くなられたか」

朝定が溜息をつく。

「これからのことですが……」

袖で涙を拭いながら、忠行が訊く。

「言うまでもありますまい」

冬之助が膝を乗り出す。

「すぐにでも北条軍がここに押し寄せてくるでしょう。城の守りをしっかり固め、できるだけたくさんの水と食糧を城に運び込むことです」

「籠城するのですかな？」

「いやいや、それほど大袈裟《おおげさ》なことではありませぬ。せいぜい、数日のことでしょう。山内上杉の援軍がやって来るまでの辛抱です」

「援軍が来るのですか？」

忠行が驚いたように両目を大きく見開く。

「北条に勝つには山内上杉も一万くらいの兵を集めなければならないでしょう。さすがに二日や三日で集められる数ではありませんが、十日はかかりますまい。鉢形城からこの城まで、半日もあれば来られるのですから、そう遠くない話です」

「なるほど、山内上杉が来るのなら心強い。ここで北条を打ち負かせば、奪われた河越城を取り返すことができるかもしれませぬな」

「そういうことです」

「わかりました。早速、水と食糧を運び込み、城の守りを固めましょう。援軍が来る前に城が落ちたのでは洒落《しやれ》にもならぬ」

では、失礼いたします、と忠行は朝定に平伏して部屋から出て行く。

二人きりになると、

「あのように申していたが、本当に援軍は来るのか？」

朝定が不安そうな顔になる。使者は送ったが、まだ戻っていないから、山内上杉氏がどういう態度を取るかわからないのだ。

「そう、ご心配なさいますな。御屋形さまはどっしり構えておられればよいのです」

「しかし、来なかったら？」

「そのときは覚悟なさいませ」

冬之助の表情が険しくなる。

「死ぬということか？」

「はい」

「そうか、死ぬのか」

「怖いですか？」

「うむ、怖い」

「人は誰でも一度は死なねばなりませぬ。それが早いか遅いかの違いがあるだけでございます。怖れることはありませぬ」

「養玉は怖くないのか？」

「わたしですか……」

冬之助が小首を傾げる。

「そう、怖くはありませぬな。死ぬことを怖いと思ったことはないようです。ただ……」

「何だ？」

「できることなら、好きなことをやり尽くしてから死にたいと思います」

「好きなこととは何だ？」

「戦でございますな。わたしは軍配者ですから」

冬之助がにやりと笑う。


七月二十日、北条軍は四方から一斉に松山城を攻めた。

これを予期して、忠行も籠城準備をしていたものの、準備は万全とは言えなかった。堅固とはいえ、一万以上もの大軍に包囲されれば、あまりにもちっぽけな城に過ぎない。北条軍を怖れて、城に閉じ籠もっていたのでは城兵の士気も落ち、そう長くは持ちこたえられなかったであろう。

ここで忠行は武将としての優れた資質を見せた。

五百の手勢を率いて城から打って出たのである。

もちろん、その程度の数では戦況を覆すことはできない。それでも高を括って城を包囲していた北条軍を驚かせるくらいの効果はあった。

半刻（一時間）ほど、北条軍の前衛と戦い、一進一退の戦いを繰り広げ、兵の疲労が濃くなると、さっさと城に引き揚げた。

氏綱は忠行の出撃を知り、小太郎を呼んで、

「なぜ、弾正忠は、わざわざ城から出てきたのかな？　勝てるはずもないであろうに」

と首を捻った。

「風間党から知らせが来ております。鉢形城の山内上杉が兵を集め、出陣の支度をしているそうでございます」

小太郎が答える。

「山内上杉が出てくるか。弾正忠は援軍が来ることを期待して、敢《あ》えて城を出てきたということか」

「われらをここに足止めし、山内上杉がわれらの背後に回る。挟み撃ちするつもりなのではないでしょうか」

「いかにもありそうなことだ。で、おまえは、どうすればよいと思う？」

「兵を退くべきでございましょう」

「退くのか？」

「ここで敗れれば、河越城を支えることもできないでしょうし、元の木阿弥《もくあみ》になってしまいます。今度の出陣は河越城を落とすことが目的だったのですから、松山城にこだわることはないと存じます」

「だが、あそこには扇谷上杉の主がいる。松山城を落とせば、扇谷上杉を滅ぼし、武蔵のすべてを手に入れられるのだぞ」

「それは欲が深すぎましょう」

小太郎が笑う。

「松山城から半日のところに鉢形城があります。たとえ、松山城を落としたとしても、これから先、いつ山内上杉が攻めて来るかと心配しなければなりませぬ。常に松山城に三千くらいの兵を置くことになりますが、そんなことができるでしょうか?」

「うむ、そう言われると無理なようだな」

氏綱がうなずく。

「兵を退き、河越城の守りを固めることが何よりも肝要だと存じます。そうすれば、周辺の豪族どもも当家に心を寄せるようになり、松山城は自然と立ち枯れるでしょう。それを待てばよいのです。今は力攻めすることはありませぬ」

「おまえの言う通りだ。兵を退こう」

氏綱は直ちに退却命令を発し、松山城の包囲を解いて河越城に引き揚げた。

氏綱が兵を退いた翌日、山内上杉の大軍が松山城にやって来たから、氏綱の決断が遅れていたら、松山城近郊で一大決戦が行われていたことであろう。

その決戦にどちらが勝ったかわからないが、今や朝定のそばには稀代の軍配者・曾我冬之助が控えている。高輪原と白子原で北条軍を大敗させている冬之助が策を練り出せば、北条軍も苦戦は必至であったろう。それは確かである。

第二部　国府台の戦い

一

八月初め、氏綱《うじつな》と氏康《うじやす》は小田原《おだわら》に凱旋《がいせん》した。

扇谷上杉《おうぎがやつうえすぎ》氏の本拠・河越《かわごえ》城を落とすという大きな戦果を上げての帰還である。それまでは江戸《えど》城を中心に武蔵《むさし》の南部を支配しているだけだったが、河越城を手に入れたことで、その支配領域は武蔵北部にまで広がった。

一方、滅亡の瀬戸際まで追い詰められた扇谷上杉氏は、かろうじて松山《まつやま》城を守ったものの、支配地は松山城周辺の土地と、武蔵と上野《こうずけ》の国境付近の土地だけという有様で、山内《やまのうち》上杉氏の後ろ盾《だて》がなければ、あっという間に北条《ほうじょう》氏に押し潰されてしまいそうな為体《ていたらく》であった。

氏綱が力攻めすれば、松山城を落とし、扇谷上杉氏を滅ぼすことができたかもしれないが、それは山内上杉氏との全面対決を意味しており、北条側も多大の犠牲が出ることを覚悟しなければならなかった。今は焦ることはない、機が熟するのを待てばよい、という小太郎《こたろう》の忠告を受け入れ、氏綱は松山城の包囲を解き、兵を退いたのである。

氏綱と氏康には嬉しい知らせが待っていた。

氏康の妻・瑞穂《みずほ》が男子を出産したのである。

氏康にとっては初めての子であり、氏綱にとっても初孫である。しかも、男子である。北条家にとって待望の後継ぎが誕生したことになる。

数日後、氏綱は氏康を自室に呼んだ。

「母も子も達者か」

「はい。産後の肥立ちもよく、赤子も元気でございます」

「それは、よかった。もう名前は決めたか？」

「思案しておりますが、なかなか、よい名前を思い浮かばず……。おじいさまが鶴千代丸《つるちよまる》、父上が千代丸、わたしが伊豆《いず》千代丸でしたから、やはり、鶴や亀、松竹梅などのめでたい一語に千代丸を付けるのがよいのではないか、などと思っておりますが」

「なるほどのう、亀千代丸、松千代丸、竹千代丸、梅千代丸……。悪くはないな。縁起のよさそうな名前だ。河越城を落とし、武蔵の大半を手に入れた直後だからといって、河越千代丸とか武蔵千代丸というのも今ひとつのような気がするしな」

そう言うと、氏綱は口を閉ざし、何やら考え事を始める。

氏康もおとなしく待っている。

やがて、

「あれこれ口出しするのもどうかと思うのだが……」

と前置きして、氏綱は懐から畳んだ和紙を取り出す。それを氏康の前に広げて置く。そこには、

西堂丸

と墨書されている。

「これは……？」

「せいどうまる、と読む」

「名前を考えて下さったのですか？」

「うむ。だが、無理に押しつける気はない。いろいろ考えているものに付け加えてみてほしい」

「これは、どのような意味なのでしょうか？」

「……」

氏綱は難しい顔になり、それきり口を開こうとしなかった。

（どうやら説明するつもりはないらしい）

と、氏康は察した。

氏綱は多弁ではない。口が重く、余計なことは一切しゃべらない。氏綱がそういう男だと知っているから、それ以上は質問せず、和紙を懐に入れて部屋を出た。説明する気があるのなら氏綱が自分から説明したはずだし、何も説明しないのは、つまり、説明したくないということなのだ。しつこく説明を求めれば、氏綱が機嫌を悪くするとわかっている。

（西堂丸……）

氏綱が考えたのだから何かしら深い意味があるのだろうが、氏康にはまったく見当がつかない。いくら氏綱が考えてくれた名前でも、意味もわからないまま子供につけるわけにはいかない。

（小太郎に訊《き》いてみよう）

足利《あしかが》学校で学んだ小太郎は、氏康が足元にも及ばないほど博識で、幅広い教養を身に付けている。小太郎ならば、氏康の疑問に答えてくれるだろうと期待した。

「ふうむ、西堂丸ですか……」

氏康と小太郎の間には和紙が置かれている。そこに墨書された名前を見て、小太郎は腕組みして首を捻《ひね》る。

「わからぬか？」

「単純に言葉だけの意味であればわからぬこともありません。禅宗では、前住、つまり、その寺の前の住職を東堂といい、他の寺を隠退して本寺で暮らす長老を西堂といいます」

「つまり、客人ということか？」

「西というのは浄土がある方角ですから、ただの客ではなく賓客ということになります」

「父上は自分の初孫を客人扱いしているということだろうか……」

氏康の表情が曇る。

「若殿がお考えになったように、千代丸という名を受け継ぎ、それに縁起のよい文字を加えるのが普通ではないかと思います。亀千代丸とか竹千代丸という名前です。にもかかわらず、なぜ、西堂丸という名前を選んだのか……」

「瑞穂が今川《いまがわ》の娘だからだろう。瑞穂は当家の西にある駿河《するが》からやって来た。今川から来た客人が生んだ子だから、その子も客人なのだ。だからといって粗略には扱わぬという意味を込めて『西堂』ということなのだろう。今川との関係がこじれていなければ、きっと、父上は千代丸という名を受け継がせようとしたのではないかな」

「どうなさいますか？」

「否応もない。父上がわしを呼んで、これを差し出したのは、この名前にせよということだろう。そうするだけのことだ」

「それでよいのですか？」

「すでに瑞穂は今川の女ではない。北条の女で、わしの妻だ。瑞穂の生んだ子は今川の子ではなく、北条の子で、わしの長男だ。客人などではない。そうだということを、これから、あの子自身が父上に認めさせなくてはならないのだ。生まれたばかりの子に重荷を背負わせるようで、わしも心苦しいが、北条の嫡男として生まれた者の宿命として受け入れてもらうしかあるまい」

　氏康がふーっと溜息をつく。

「わしも子供の頃は、泣いてばかりいる女々しい奴だと笑われ、北条家の後継ぎにはふさわしくないと陰口を叩かれたものだ。そうではないとわかってもらうのに何年もかかった」

「そうでしたね」

「幸い、わしのそばには孫九郎《まごくろう》や太郎衛門《たろうえもん》、それにおまえがいたから、わしもがんばることができた。あの子にも、そういう者がいてくれればよいのだが……。かえで丸は、いくつになった？」

「五歳でございます」

「もう学問を始めているのか?」

「あまり出来はよくないようですが」

「どうだろう、かえで丸も足利学校で学ばせては? 今すぐという話ではないが」

「かえで丸を、ですか?」

「そうすれば、軍配者として西堂丸を支えてくれるのではないかな」

「かえで丸にそれだけの力があれば、そうかもしれませぬが、今のところは何とも言えませぬ」

小太郎が首を振る。

「駄目か?」

「軍配者《ぐんばいしゃ》であるわたしが言うのも嫌味ですが、軍配者には血筋や家柄などは何の役にも立ちませぬ。主を正しい道に導き、敵を打ち破る才があるかどうか、それだけが大切なのです。かえで丸を足利学校で学ばせたとしても、もし、かえで丸に軍配者としての才がないようであれば、他家にいる優れた軍配者を高禄《こうろく》で雇い入れるべきかと存じます」

「厳しいのう」

「愚かな軍配者を抱えているようでは家が潰れまするぞ。それに、たとえ軍配者になることができなくても、かえで丸は西堂丸さまにお仕えさせていただきたいと存じます」

「そうだな」

氏康がうなずく。

「孫九郎や太郎衛門のようになってもらえばいいだけのことだ」

「はい」

「軍配者も楽ではないのだな。おまえも苦労しているな、小太郎」

「いいえ、御屋形《おやかた》さまや若殿の苦労に比べたら、わたしなど何も苦労しておりませぬ」

「そんなこともあるまいが……。まあ、お互いに苦労が絶えぬことよ」

氏康が苦笑いをする。

二

天文《てんぶん》七年（一五三八）正月、扇谷朝定《ともさだ》が松山城を出て、河越城に攻め寄せた。山内上杉氏の後押しを受けての攻撃で、山内憲政《のりまさ》も出陣した。

朝定は十四歳、憲政は十六歳である。

二人とも当主とはいえ、元服してから日が浅く、政治においても軍事においてもほとんど経験らしい経験がない。当然ながら、この出陣は二人が主導したものではなく、二人を取り巻く重臣たちが画策したものであった。

軍配者として朝定のそばにいる曾我冬之助《そがふゆのすけ》は、この軍事行動について自分の考えを口にせず、沈黙を守った。

そもそも、これは山内上杉氏の方から持ちかけられた話であり、冬之助は口を出せる立場ではない。

朝定から意見を求められれば、

「やめた方がいいでしょう」

と忠告しただろうが、意見を求められることはなかった。

朝定自身にしても決断を下せる立場ではなく、重臣たちが、特に松山城の城将・難波田忠行《なんばただゆき》が、

「北条に奪われた城を取り返すために山内上杉が力添えしてくれるというのに、あれこれ考える必要があるでしょうか。出陣なさいませ」

と強く主張したので、朝定も従わざるを得なかったのだ。

冬之助が前向きな気持ちになれなかったのは、この攻撃が朝定のためになるとは思えなかったからである。河越城を奪われたことで扇谷上杉氏の勢力は大きく削《そ》がれた。かつては山内上杉氏と肩を並べ、独力で北条氏に対峙するほどの力があったのに、今や見る影もない。山内上杉氏の後ろ盾がなければ、北条氏に飲み込まれるしかない。

言ってしまえば、山内上杉氏の傘下に入ったようなもので、そうだとすれば、たとえ河越城を北条から奪い返すことができたとしても、すんなり朝定の手に戻るとは限らない。朝定は引き続き松山城に残り、河越城には山内上杉氏の武将が入ることになるかもしれないのだ。たとえ、そうなったとしても、朝定は黙って従うしかない。逆らえば、松山城からも追われるであろうし、下手をすれば、殺される。

すなわち、山内上杉氏の軍事行動は、表向きは朝定に力添えして河越城を奪い返すことが大義名分になっているが、本音は自分たちのために河越城を奪うということなのだ。そんな露骨な本音が見えるから、冬之助は前向きな気持ちになれないのである。

それだけではない。

純粋に軍事的な観点から見ても、とても北条には勝てそうな気がしない。

もちろん、冬之助が作戦を立案し、すべての兵を好きなように動かしてよいというのであれば話は違ってくるが、そんなことはあり得ない。作戦を指揮するのは山内上杉氏の軍配者である。

（勝てるものか……）

憲政の軍配者は桃風《とうふう》という、中国の吟遊詩人のような洒落《しゃれ》た名前の軍配者である。本来の専門は軍陣における作法や故事礼式に関する知識、占術、陰陽道《おんみょうどう》であり、軍事ではない。山内上杉氏ほどの大名家ともなれば、専門分野に秀でた何人もの軍配者を召し抱えている。桃風も憲政の父・憲房《のりふさ》の頃は軍事には関わっていなかった。

しかし、憲房が没し、養子の憲寛《のりひろ》が後を継いだ頃から、軍事に口を挟むようになり、政治力を駆使して競争相手を蹴落とした。そして、憲政が家督を継ぐや、念願の軍配者筆頭の地位を手に入れた。桃風が専門外の軍事に首を突っ込みたがったのは、北条氏が相模《さがみ》から武蔵に進出してからというもの、絶え間なく争乱が続き、必然的に軍事を司る軍配者の発言力が強まってきたからである。軍事以外の分野を司る軍配者は軽んじられるようになった。それが気に入らず、桃風は軍事に関わろうとしたわけであった。

（馬鹿な話だ）

これまでに何度か、冬之助は桃風の戦《いくさ》のやり方を見てきたが、そこには何の特徴もない。軍配者としての個性がないのだ。極端な言い方をすれば、桃風がいてもいなくても関係ない、誰がやっても同じという当たり前の戦しかしていない。

そんな無能な軍配者が風摩《ふうま》小太郎に太刀打ちできるはずがない、と冬之助は思うのだ。

しかし、口を挟むことのできる立場ではないから黙っているしかない。山内上杉氏の方針に異を唱えるようなことを言えば、命が危ない。命が惜しいわけではないが、自分が死んだら、朝定を支える者が誰もいなくなることが心配だから我慢している。


山内上杉軍は五千、扇谷上杉軍は二千、合わせて七千という大軍が河越城に押し寄せた。

河越城には二千にも足りないほどの兵しかいない。

普通に考えれば、ひとたまりもなさそうだが、実際は、そうではない。

氏綱は万全の手配りをしていた。

元々、河越城は堅固な城だが、その城を氏綱は執拗に補強した。たとえ数倍の敵が押し寄せても、ひと月くらいは、びくともしないほどの鉄壁の防御態勢を構築し、食糧の備蓄も十分すぎるほどにある。その上で、敵が来襲すれば、籠城して、決して城から出てはならぬ、と厳命してある。

籠城している間に江戸城や玉縄《たまなわ》城から援軍が駆けつけるという手筈なのだ。

場合によっては、小田原から氏綱が兵を率いて出陣する。

両上杉軍が河越城を包囲した三日後、氏綱自身が率いる北条軍一万が河越城に迫った。

綱成《つなしげ》の率いる二千が先行し、山内上杉軍の偵察部隊三百と遭遇した。わずか三百ほどの部隊は、綱成の敵ではない。一戦して敗れ、本軍に向かって逃げた。

これを綱成は追走し、山内上杉軍五千に攻めかかった。

氏綱の率いる北条軍の主力は、まだ遠くにいるという知らせを受けていた憲政は大いに慌て、

「どうするのだ、敵が来たぞ」

桃風の顔を見た。

「ならば、兵を退きましょう」

桃風は涼しい顔で答えた。

氏綱が到着するまでに河越城を落とすことができなければ退却する、というのが事前に決めた方針である。

「戦わぬのか？」

若い憲政は不満そうな顔をする。

「死にたいのですかな？　敵兵に首を掻《か》き切られてもよいのなら、ここに残るのもよいでしょう」

「首を……」

憲政の顔色が変わる。

所詮は貴公子である。自分が殺される場面を想像するだけで膝が震える。

「退却じゃ」

憲政と桃風は直ちに陣を払い、鉢形《はちがた》城に向けて引き揚げを開始した。

哀れなのは朝定であった。この退却を知らされなかった。

つまり、置き去りにされた。

山内上杉軍の退却を知ったのは半刻（一時間）も経ってからで、その頃には綱成の軍勢だけでなく、新手の北条軍が続々と河越城の近くに現れていた。

朝定は大急ぎで陣払いして引き揚げようとしたが、北条軍の猛追を受け、ほとんど身ひとつで松山城に逃げ戻った。無残なほどの大敗であった。何よりも、みじめなのは、まともに北条軍と戦ってすらいないということであった。

朝定はさすがに意気消沈し、自室に引き籠もった。従軍を許されず、松山城に残っていた冬之助は、そんな朝定の姿を見て、憲政や桃風に激しい怒りを感じた。

（山内上杉などを頼るからこんなことになるのだ。今に見ていろ。おれの力で扇谷上杉の家を再興して見せるぞ）

そう心に誓った。

三

氏綱が大軍を率いて小田原から河越城にやって来たのは、河越城を救援することだけが目的ではない。それだけであれば、わざわざ氏綱が出陣しなくても、氏康と小太郎に任せれば済むことだった。

本当の目的は別にある。

葛西《かさい》城の攻略である。

河越城を手に入れたことで、北条氏の勢力は武蔵北部にまで広がった。

しかし、そこから更に北に進むのは容易ではない。

松山城には朝定がいるし、その後ろ盾となっている山内上杉の憲政は鉢形城にいる。

扇谷上杉氏は青息吐息だが、山内上杉氏は、そうではない。いまだに強大な力を持つ難敵である。

いずれ山内上杉氏と雌雄《しゆう》を決するときが来ることを氏綱も覚悟しているが、それは今ではない。

氏綱の目は東に向いている。河越城から北に進むのではなく、武蔵東部から下総《しもうさ》に進出し、房総《ぼうそう》半島に勢力を伸ばそうと考えた。

これは氏綱が決めたことではなく、先代の宗瑞《そうずい》の頃からの方針である。宗瑞自身、兵を率いて江戸湾を渡り、房総半島で何度か戦をしている。

宗瑞が房総半島に執着したのは、房総方面に勢力を拡大すれば、江戸湾の海上交易を支配することができるからだ。経済的な旨味が大きいのである。その方針を氏綱も引き継いでいる。

葛西城は武蔵と下総との国境付近に位置している。この城を扇谷上杉氏から奪えば、北条氏が下総に進出する拠点にすることができる。城そのものは小さいが、この城の持つ戦略的な意味合いは大きい。だからこそ、氏綱自身が兵を率いて出てきたのである。

二月初め、氏綱は河越城から葛西城に向けて進軍し、わずか一日で葛西城を落とした。呆気ないほどの勝利であった。

しかし、氏綱は険しい表情を崩さなかった。降伏した兵たちの中に、真里谷武田《まりやつたけだ》氏や里見《さとみ》氏の兵が混じっていることを知ったからである。

それは房総の豪族たちが扇谷上杉氏に援軍を送ったということであり、彼らが北条氏に敵対する姿勢を明確に示したことを意味している。

氏綱も予期していないわけではなかった。

去年の五月、真里谷武田氏で家督を巡る抗争が勃発し、氏綱は当主の信隆《のぶたか》を支援するために大藤信基《だいとうのぶもと》を派遣した。

だが、信隆は弟の信応《のぶまさ》に敗れ、家督を奪われた。

信基は逃げ帰り、信隆も氏綱を頼って亡命してきた。

信応を強力に支援したのは小弓公方《おゆみくぼう》・足利義明《よしあき》と安房《あわ》の里見義堯《よしたか》であった。それ以来、義明は勢力を伸ばし、今では房総三国で義明に逆らう者はいないという状態になっている。

里見義堯は以前から露骨な領土的野心を隠そうとせず、虎視眈々《こしたんたん》と領土拡大の機会を窺《うかが》っていたが、義明を旗頭に押し立てることで、一気に武蔵方面に進出しようと目論んだ。真里谷武田氏が義明側についたことで、その目論見《もくろみ》が現実味を帯びてきた。

だからこそ、里見氏と真里谷武田氏は葛西城に兵を送った。北条氏の下総進出を水際で食い止め、逆に葛西城を武蔵進出の足掛かりにしたいという義明の意向に従ったのである。

氏綱が葛西城の攻略を急いだのは、義明が武蔵に足場を築くのを防ぐという目的もあった。

実際、少数とはいえ、すでに援軍が城に入っていたわけだから、氏綱の攻撃がもう少し遅ければ、里見氏や真里谷武田氏の兵が続々と葛西城に入っていたことであろう。そうなれば城攻めは容易ではなかったはずである。

(危ないところだった)

氏綱が想像する以上の速さで、義明の勢力が伸びていることに冷や汗をかいた。その勢力は、すでに武蔵と下総の国境にまで達していたのである。

北条氏が扇谷上杉氏を駆逐したことで、武蔵東部には一種の空白地帯が生まれている。その空白地帯に乗り込もうと義明は画策しているのに違いなかった。

葛西城を落としても、氏綱はすぐには城から動こうとしなかった。もし義明が国境を超えて攻撃してくるようなら、それを迎え撃って打ち破り、一気に下総に攻め込んでやろうと考えていたのである。

だが、その動きはない。

「どうやら、攻めて来るつもりはないようだな」

氏綱の前には、小太郎と氏康がいる。この二人には自分の考えを事前に伝えてある。

「ならば、こちらから攻め込めばいいのではありませんか？　兵は十分にいるのですから。のう、小太郎、そう思わぬか？」

氏康が小太郎に顔を向ける。

「戦に勝つのは難しいことではないでしょうが……」

小太郎は歯切れが悪い。

「こちらから攻めるわけにはいかぬのだ。よく考えてみよ」

氏綱が諭《さと》すように氏康に言う。

「小弓の公方さまが主筋に当たる御方だからですか？」

小弓公方・足利義明は、第二代古河《こが》公方・政氏《まさうじ》の子で、第三代古河公方・高基《たかもと》の弟である。現在の古河公方・晴氏《はるうじ》の叔父に当たるから、氏康の言うように、義明は北条家の主筋と言っていい。

「もちろん、それもある。しかし、それだけではない……」

氏綱は厳しい表情で、あの御方は鶴岡八幡宮《つるがおかはちまんぐう》と深い縁がある、と口にする。

「ああ、そういうことですか……」

氏康が合点する。

公方家の二男として生まれた義明は、幼い頃に僧籍に入り鶴岡八幡宮の若宮別当《わかみやべっとう》になった。「雪下殿《ゆきのしたどの》」とも呼ばれるこの職は関東の宗教界では別格の存在で、そのまま義明が仏道修行を続ければ、いずれ宗教界の最高指導者になったことであろう。

政氏は、長男を公方に、次男を雪下殿に据えることで政治と宗教の両面で関東を支配しようと目論んだわけである。

だが、政氏と高基が不仲になって、公方の座を巡って争い、その争いが合戦沙汰にまで発展すると、得度して空然《こうねん》と称していた義明も否応なしに争乱に巻き込まれた。

義明は還俗《げんぞく》し、下野小山《しもつけおやま》で自立した。その後、真里谷武田氏の招きで小弓に移った。

その頃、義明は「南の上様」と呼ばれていた。自立した当初から義明が尊敬されたのは、公方家の血を引いていることだけでなく、雪下殿だったことが大きい。

鶴岡八幡宮の再建を悲願とする氏綱にとって、たとえ短い間であったとしても雪下殿の座にあった義明は氏綱が平伏《ひれふ》さねばならぬ尊敬の対象であり、自分の方から刃を向けることなど決してできない至高の存在なのである。

北条氏が房総半島に勢力を伸ばすには義明が大きな障害であり、義明を排除しなければならないが、そのためには義明の方から戦いを挑んできてくれなければ困るのだ。

「では、今回は、このまま兵を退くのですね？」

氏康が訊く。

「そうだな」

「後顧《こうこ》の憂《うれ》いを残すことにならぬでしょうか」

「わかっているが仕方ないのだ」

氏綱が苦い顔になる。

去年の六月から七月にかけて氏綱は駿河に出陣し、今川との合戦に勝利すると、すぐさま武蔵に向かい、扇谷上杉軍を撃破して河越城を奪った。

その頃の氏綱は今川氏と扇谷上杉氏との戦いに全力を注いでおり、房総方面に目を向ける余裕がなかった。そういう氏綱の抱える事情を見透かしたように、まさに、その同じ頃、義明は軍勢を率いて、葛西城の東にある国府台《こうのだい》城に入った。房総の諸大名に檄《げき》を飛ばして更に多くの兵を集めようと試み、関宿《せきやど》城の攻撃を画策した。

氏綱と扇谷上杉氏との戦いは長引き、氏綱は武蔵北部に長く足止めされることになるだろう、と義明は予想したのだ。氏綱の後ろ盾がなければ、古河公方の軍事力は大したことがないと見切った上での作戦である。

関宿城は国府台城の北に位置しており、ここを押さえれば、利根《とね》川や太日《ふとひ》川（現在の江戸川）などの河川交通を掌握することができる。代々、簗田《やなだ》氏の城で、この当時の城主は河内守《かわちのかみ》高助《たかすけ》である。高助の娘は古河公方・晴氏の正室で、高助は晴氏を支える重臣筆頭の地位にある。

高助が拠《よ》る関宿城を攻撃しようというのは古河公方に対する露骨な挑戦であり、古河公方の座を晴氏から奪おうという義明の野心の表れと言ってよかった。

関宿城の更に北には晴氏のいる古河城がある。関宿城を落とすことに成功すれば、その勢いのまま古河城に攻め寄せようというのが義明の算段であったろう。

義明が最も頼りにしていたのは安房の里見義堯で、義堯の軍勢が合流するのを待って関宿城攻撃に向かう計画だった。

ここでふたつの誤算が生じた。

ひとつは、義堯の参陣が遅れたことであり、もうひとつは、氏綱があっさりと河越城を落としてしまったことである。

義堯が義明と合流したのは、河越城を落とした氏綱が扇谷朝定を追って松山城を攻めているときだった。

計画通りに関宿城を攻めれば、氏綱が武蔵北部から兵を退いて、関宿城救援にやって来る怖れがあった。義明と義堯の軍勢を合わせても、氏綱の軍勢には遠く及ばない。氏綱と戦えば、とても勝てないと判断し、義明は関宿城攻撃を中止した。

だが、義明は諦めたわけではない。

だからこそ、密かに葛西城の救援を試みたのであろう。

そういう義明の腹は氏綱にもわかっているが、自分から義明を攻めることはできない。義明と戦うには大義名分が必要なのだ。

「公方さまには何かお考えがあるのであろう」

氏綱の言う公方さまというのは晴氏のことである。義明を討伐せよ、と晴氏が氏綱に命じてくれれば、それが大義名分になる。

しかし、晴氏は沈黙している。葛西城を落とした後、氏綱は晴氏に使者を送り、国府台城攻撃の許可を願ったが、晴氏は首を縦に振らなかった。

「恐らく、簗田殿が何か入れ知恵しているのではないでしょうか」

小太郎が言う。

晴氏にとっても義明の存在は目障りなはずだが、義明の討伐を簡単に許さないのは、北条氏の勢力が房総半島に伸びるのを晴氏が警戒しているのではないか、というのである。義明がいなくなって、そこが晴氏の支配下に収まるのならいいが、義明から氏綱に支配者が変わるだけなら晴氏には何の旨味もない。そういう事情を簗田高助が晴氏に説明し、氏綱に大義名分を与えるのを妨げているのではないか、と小太郎は推測するのである。

「そういうことなら、いっそ、去年、小弓の公方さまが関宿城を攻めてくれた方がよかったかもしれませんね」

何気なく氏康が言う。

実際に関宿城が攻められ、古河城までが危うくなれば、晴氏や簗田高助も悠長なことは言っていられなかったはずであった。

「それを言うな」

氏綱は氏康をたしなめる。

「焦っても仕方がない。時期を待つしかあるまい」

葛西城に兵を置き、城の守りを固めると、氏綱は岩付《いわつき》城に向かって北上した。

岩付城は北条氏と扇谷上杉氏の間で激しい争奪戦が繰り広げられたが、七年前の享禄《きょうろく》四年（一五三一）九月、激戦の末に太田資頼《おおたすけより》が奪って以来、扇谷上杉氏の城になっている。

資頼は五年前に隠居し、今は嫡男《ちゃくなん》の資顕《すけあき》が家督を継いでいる。

その岩付城を氏綱は攻めた。

資顕は籠城に徹し、周辺を北条軍が荒らし回っても無視した。城から出れば負けるとわかっていたからである。

氏綱も無理に城を落とそうとはせず、数日で兵を退き、小田原に帰った。

この半年ほどの間に、氏綱は河越城と葛西城を手に入れた。それによって、武蔵の九割以上を支配下に収めることになった。十分すぎるほどの戦果を得たと言っていい。

四

小田原に戻った氏綱は、とりあえず義明の動きを静観することに決め、河越城や葛西城など新たに手に入れた城の防備を固めたり、兵糧を蓄えたりすることに専念した。いずれ武蔵北部では両上杉と、武蔵東部では義明と決戦する日が来るとわかっているからだ。いつそういう事態になっても、即座に対応できるようにしたのだ。自分から積極的に仕掛けようとしなかっただけである。

そういう氏綱の腹の内を見透かしたように、義明は古河公方の座を奪う計画を着々と進めた。大軍を動かすと氏綱が出てくるとわかっているので、あまり目立たないように少しずつ国府台城に兵を入れた。

その上で、四月頃から積極的に動き出した。

国府台城から、市川《いちかわ》、松戸《まつど》、流山《ながれやま》という太日川沿いの町にたびたび兵を出し、流山の上流にある関宿城を窺う姿勢を見せた。

この動きは、当然ながら、古河公方・晴氏を刺激せずにはおかなかった。古河も関宿も、太日川を利用する河川交通によって潤っており、それが財政の基盤になっている。万が一、太日川の下流に位置する市川や松戸を義明に抑えられてしまえば、晴氏は首根っ子を締め付けられたようなもので、その経済的な損失は計り知れないものとなってしまう。

執拗に兵を出しながら、義明が太日川沿いの町を占領しようとしないのは、葛西城にいる北条軍の動きを警戒しているからであった。すなわち、氏綱がどう動くかを慎重に見極めているわけである。

義明は晴氏など歯牙にもかけていない。北条という後ろ盾がなければ、いつでも撃破する自信を持っている。

晴氏はたびたび小田原に使者を送って泣きついたが、氏綱は無視した。氏綱が欲しているのは義明を討てという命令である。関東の政界で最高の権威を持つ古河公方の命令であれば、氏綱が義明を討つ大義名分になる。単に義明の兵を追い払って、太日川水運の権益を守ってくれという虫のいい頼みなど、氏綱は聞くつもりはない。

晴氏の支配地域を劫掠《ごうりゃく》しても一向に氏綱が動く気配を見せないので、

（よしよし、それならば、まずは関宿城、次に古河城を落としてやろうではないか。氏綱めが慌てて小田原から出てくる頃には後の祭りよ）

義明は味方になることを約束してくれている諸大名に檄を飛ばした。

九月下旬、義明を総大将とする軍勢が小弓城を出た。嫡男・義純《よしずみ》、弟・基頼《もとより》を伴っている。これに里見義堯、土気《とけ》の酒井定治《さかいさだはる》、真里谷武田信応の軍勢が加わり、その数は、ざっと五千。

小弓公方軍の北上を知った晴氏は動転し、氏綱に助けを求めた。氏綱が何を求めているかは百も承知しているので、義明の追討を公に認めた。

たとえ氏綱が義明に勝ったとしても、北条の勢力が房総半島に伸びるだけで晴氏には旨味がないから、今まで追討を承知しなかった。

しかし、義明に関宿城や古河城を攻められる事態になれば、そんなことは言っていられない。自分の首が危ないのだ。

古河公方には大きな権威があるが、独自の武力は大したことがない。五千もの軍勢に攻められたら、一巻の終わりなのである。

義明が読み違えたのは氏綱の動きである。度重なる晴氏の要請を無視したのは、追討命令が出るのを待っていただけのことであり、義明の動きに無関心だったわけではない。それどころか房総方面に数多くの忍びを放って、義明の動きに目を光らせていた。

それ故、義明が各地に檄を飛ばし、小弓に兵を集めていることを知ると、義明の北上が近いと推察し、氏綱も密かに出陣の準備を始めた。

義明が国府台城に入ったのは十月三日だが、その前日の二日、氏綱は五千の兵を率いて、すでに小田原を出ていた。五日には江戸城に入った。道々、各地の兵を吸収しながら進軍したので軍勢は膨れ上がり、江戸城に到着する頃には、その数は優に一万を超えている。小弓公方軍の二倍である。

五

「一万だと?」

報告を聞いた義明は首を捻る。

とても信じられなかった。なぜ、それほどの大軍が江戸城にいるのか、そもそも、なぜ、これほど早く氏綱が小田原からやって来ることができたのか……いくら考えてもわからない。

この報告を聞くまで、国府台城の小弓公方軍は意気盛んだった。軍議でも強気な発言をする者が多かった。すぐにでも城を出て関宿城を落とし、その勢いのまま古河城を落とせばいいではないかと鼻息が荒かったのである。数日中には義明が新たな古河公方になりそうな雰囲気だった。

　しかし、一瞬にして、誰もが暗い顔になった。

　軍議に顔を揃えているのは、義明の他に、嫡男・義純、弟の基頼、里見義堯、真里谷武田信応、酒井定治、逸見山城入道《へんみやましろにゅうどう》といった面々である。

「遠慮はいらぬ。思うところを申すがよい」

　義明が促すと、

「われらは五千、敵は一万。これでは勝負になりませぬ。今回は運がなかったと諦めて矛《ほこ》を収め、次の機会を待つのがよかろうと存じます」

　里見義堯が発言する。

　武田信応、酒井定治が同意するようにうなずく。彼らは実戦経験が豊富な武将たちである。戦というものを、よく知っている。窮地に追い込まれていれば話は別だが、そうでなければ、敢《あ》えて二倍もの敵と戦うのは愚かだと承知している。

「ふうむ、矛を収めるか……」

　義明は思案顔で、弟の基頼に顔を向け、

「どう思う？」

「里見殿の言うことにも一理はあるでしょうが、戦というのは、決着がつくまでどうなるかわからぬものです。敵の数が多いというだけで、むざむざ兵を退くのは、いかがなものでしょう。考えようによっては、ここで北条軍を打ち負かせば、関宿城と古河城だけでなく、江戸城を落とすこともできるでしょう。そうなれば、武蔵が手に入る。武蔵の豪族たちも上様の下知《げじ》に従うでしょうから、うまくいけば、年明けには鎌倉に入ることもできましょうぞ」

基頼が力強く言う。

「おお、鎌倉か……」

義明が遠くを見るような目になる。古河公方の座を奪うために小弓から出てきたが、本音を言えば、義明は古河公方ではなく関東公方になりたいのだ。そのためには鎌倉に腰を据える必要がある。

「わたしも、そう思います。むざむざ、この機会を逃す必要があるでしょうか。馬に乗り、刀を手にした父上の姿を見れば、小田原勢も平伏することでございましょう。叔父上がおっしゃったように、戦は数ではありませぬ。父上一人の力は万人に匹敵するはずです」

義純が膝を乗り出す。

「ふふふっ、万人とは大袈裟《おおげさ》な。それほどでもないわ」

そう笑いながらも、義明は満更でもなさそうな様子である。

義明というのは軟弱な貴公子ではなく、豪傑肌の男であり、小弓にいるときも、日々、剣術稽古に励み、馬を責めることを怠らなかった。兵書や歴史書にも詳しく、己を古代の英雄になぞらえている。先祖である足利尊氏《たかうじ》を好まず、むしろ、源《みなもとのよりとも》頼朝や源義経《よしつね》に親しみを覚えている。尊氏を好まないのは、彼が戦下手で何度も負けているからだ。

さすがに自分では口に出さないものの、政治の才は頼朝ほどもあり、軍事の才は義経ほどもあるだろうと自負している。つまり、自分が政治と軍事の天才だと信じているわけである。だからこそ、見え透いたお世辞を喜ぶのだ。

「……」

里見義堯は視線を落として苦い顔をしている。

（阿呆どもが）

百戦錬磨の義堯の目から見れば、義明など、政治に関しても、軍事に関しても、ただの素人である。これまで順風満帆に成功を重ねてきたのは、里見氏や真里谷武田氏という後ろ盾があったからこそであり、別に義明の力ではない。

実際、国府台城にいる五千も、義明直属の兵は一千にも足りないほどであり、それ以外は、すべて里見氏や真里谷武田氏らの兵である。

それでも義明は小弓公方であり、古河公方になってもおかしくない立場にいるから、義堯も義明にはいくらか気を遣わざるを得ない。

しかし、義純や基頼など、ただのお追従者《ついしょうもの》にしか見えない。偉そうに軍事を口にしているが、この二人には実戦経験もほとんどなく、兵を指揮したことすらない。義明にくっついているだけの存在である。こんな奴らの言いなりになっていたら、大切な兵を失うことになってしまう……そう思うと、義堯もいつまでも黙っていることはできない。

「しかしながら」

義堯が口を開く。

「敵が二千で、こちらが一千というのなら、なるほど、うまいやり方をすれば勝つこともできるかもしれませぬが、一万と五千では、どう足掻《あが》いても戦いようはないのです。こちらにできるのは、守りを固めて籠城することくらいですが、そもそも、われらは籠城するために、ここに来たのではない。関宿城と古河城を落とすために、ここに来たのです。それが難しくなったのであれば、潔く兵を退いて他日を期すべきかと存ずる」

「里見殿のおっしゃることは、至極、もっともかと……」

真里谷武田信応が話そうとするのを、義明は手を振って遮る。

「それは違うぞ。戦というのは、兵の数で決まるのではなく、兵が臆病なのか勇敢なのかで決まるのだ。では、勇敢な兵とは、どういう兵か？　それは上に立つ者が勇敢かどうかで決まる。すなわち、わしが勇敢であれば、わしに従う兵も勇敢なのだ。さっきから話を聞いていると、どうも、その方《ほう》は逃げることばかり考えているようだ。主が臆病では、従う兵も臆病になってしまうぞ」

義明が口を閉ざしたとき、基頼と義純がくすりと笑いを洩《も》らした。その声は、当然ながら義堯の耳に入る。義堯の顔色が変わる。

「上様のおっしゃることはもっともなれど、里見殿の申すことも間違いとは思われませぬ。いかがでございましょう……」

場の空気が緊張してきたのを察して、最年長の逸見山城入道が両者を取りなすように口を開く。

「一万の敵が待ち構えているところに、こちらから飛び込むのは、さすがに危ないでしょうから、まずは城の守りを固めて敵の動きを見るのです。この城は天然の要害であり、そう簡単に落ちることはないでしょう。敵が攻め寄せてきて、そこに勝機があるのであれば決戦すればよし、残念ながら勝機を見出すことができないのであれば、そのときこそ兵を退いてはいかがかと存ずる」

「なるほど、それなら悪くはない。わしとて何が何でも戦おうというのではない。勝つために戦うのだ。しかし、最初から逃げることばかり考えては駄目だと言っているだけなのだ」

義明がうなずいたので、戦の大まかな方針は決まった。城の守りを固めて、敵の動きを見るのだ。

その動きに応じて、臨機応変に対応する。

その後、兵の具体的な配置について話し合いが行われた。

義明の前に大きな絵図面が広げられる。そこには国府台城周辺の地形が書き込まれている。

この国府台という土地は丘陵地帯であり、西側を太日川が流れている。

しかも、そこは二十メートルほどの切り立った断崖になっているので、敵が西側から迫るのは不可能と言っていい。

南側は湿地帯で、多くの馬や兵が移動するのは困難である。

とすれば、北か東から攻めるしかないが、東側は義明の支配地域であり、義明に気付かれずに大軍が移動するのは不可能である。

そうなると残るのは北側だけである。

国府台の丘陵は北の相模台まで続いている。

こういう地形を考えれば、国府台城を守るのは、そう難しいことではない。相模台方面に兵を置いて北条軍の侵入を防げばいいだけなのである。進入口は広くないので、一万の北条軍が一度に攻めかかってくることはない。どうしても縦隊にならざるを得ない。

いくらかでも実戦経験のある者が絵図面を見れば、容易にわかることであった。

当然ながら、里見義堯も真里谷武田信応も逸見山城入道も、そう思った。

が……。

義明の考えは違った。相模台には兵を置かぬ、すべての兵を国府台城に入れる、というのである。

「……」

これには、さすがに義純や基頼ですら黙り込んだ。

しばらくして、ようやく逸見山城入道が、

「それは、なぜでございますか？」

と訊く。

「わからぬのか？」

「教えていただけませぬか」

「よし、教えてやろう。なぜなら、北条軍は相模台からは攻めて来ないからだ」

「なぜでございますか？」

「この絵図面を見よ。容易に城に近付くには、相模台からやって来るしかない。誰にでもわかる」

「はい」

「誰にでもわかるということは、氏綱にもわかるということだ。ならば、氏綱は相模台から来るのか？　いや、来ない。なぜなら、わしが凡庸で、北条軍が相模台から攻めてくると思い込み、相模台に兵を配すると思っているからだ」

「つまり、氏綱の裏をかくと？」

「そういうことだ」

義明が大きくうなずく。

「では、北条軍は、どこから攻めてくるのでございましょうか？」

「ここよ」

身を乗り出して、義明が指で示したのは、国府台城の西、すなわち、断崖絶壁が聳《そび》えている場所である。

「……」

皆が黙り込む。

あまりにも突拍子もない発想であった。

だが、すぐには反論できないのは、突拍子がなさすぎて、どう反論していいかわからないからだ。

それに冷静に考えれば、相模台から侵入して国府台城を攻めるというのは、義明の言うように、あまりにもまともすぎる。氏綱ほどの名将であれば、そんな当たり前の策を取るとも思えなかった。

「各々方《おのおのがた》、どう思われる？」

逸見山城入道が皆の顔を見回す。里見義堯の顔を他の者より長く見たのは、ここにいる者の中で義堯が最も戦上手だからである。

しかし、義堯は口を開こうとはしなかった。

義明から臆病者と笑われたとき、

（もういい。この戦は、わしには関わりがない）

と匙《さじ》を投げたのである。

さすがに兵を連れて城から出て行こうとまでは思わなかったが、この先、義明の下知に従って戦をするつもりはない。戦のことを何も知らない阿呆の言いなりになっていたら、里見兵が皆殺しにされてしまう。自分の兵を守ることだけを考えようと義堯は決めた。だから、相模台に兵を出そうが出すまいが、義堯には、どうでもいいのだ。

誰も発言しようとしないので、義明の案が作戦方針となった。

すなわち、五千の兵は国府台城に立て籠もって、西側から攻めて来るであろう北条軍に備える。相模台には兵を置かない……そういう作戦である。

六

国府台城で義明が軍議を開いている頃、氏綱も江戸城で軍議を開いていた。

大広間に重臣たちがずらりと顔を揃えている。

その重臣たちも、宗瑞の頃から仕えている者は年老いてしまい、代替わりが進んでいる。

宗瑞の幼馴染みで、荏原郷《えばらごう》以来の家臣である多目権平衛元興《ためごんべえもとおき》は去年八十で亡くなり、今は嫡男の長宗《ながむね》が後を継いで氏綱に仕えている。

同じく荏原郷以来の家臣・山中才四郎光顕《やまなかさいしろうみつあき》も亡くなっており、今は嫡男の康豊《やすとよ》が氏綱に仕えている。

江戸城の初代城代を務めた遠山直景《とおやまなおかげ》は五年前に亡くなり、嫡男の綱景《つなかげ》が後を継いでいる。父に劣らず優秀なので、引き続き、城代を務めている。

宗瑞の側近として主に内政面を担当した松田顕秀《まつだあきひで》は今も矍鑠《かくしゃく》としており、小田原で氏綱に仕えているが、遠征に耐えられるほどの体力はなくなっており、この遠征には嫡男の憲秀《のりひで》と次男の康隆《やすたか》が参加している。

遠山綱景や松田憲秀は、後々、氏康の側近として北条家を支える存在になっていく。

宗瑞の同世代だった家臣たちは亡くなったり隠居したりしてしまい、今では、その子供たちが活躍しているのだ。

「どういう戦をするか決めなければならぬ」

氏綱が口を開き、ぐるりと重臣たちを見回す。

軍議に参加する者の数が多いので、絵図面が何枚も用意されており、それらが何ヵ所かに置かれている。どれも同じ絵図面である。

重臣たちが手近に置かれた絵図面に目を向ける。

しばらくは誰も発言しようとはしない。

「御屋形《おやかた》さま」

やがて、根来《ねごろ》金石斎、すなわち、大藤信基が顔を上げる。

信基は氏綱と同世代で、すでに五十を過ぎている。この時代においては老人である。そろそろ代替わりを考えてもおかしくない年齢だ。それもあって、この遠征に末子の政信《まさのぶ》を帯同している。まだ若いが、政信はかなりの切れ者で、後に氏康の側近として活躍することになる。

「あれこれ考えることはないと存じます。絵図面を見ればわかるように、敵城の北、すなわち、相模台の方から攻め込むのが最上の策」

信基が言うと、重臣たちが黙ってうなずく。

西側が切り立った崖、南側が湿地帯、東側が敵地ということになれば、北側から攻めるしかないのである。唯一の難点は進入口が狭いことだが、それでも他から攻めるよりは、ましであろう。

「誰でも、そう考える。つまり、敵も同じように考えて相模台で待ち構えているということだ」

氏綱は難しい顔でうなずく。

「敵の軍勢は、ざっと五千。とは言え、城を空《から》にして出てくることはないでしょうから、相模台には、せいぜい二千、どれほど多くても三千兵がいるくらいのものでございましょう。こちらは一万。ものの数ではございませぬ」

信基が膝を乗り出す。

「そうだな」

「父上、何か気になることがあるのですか?」

氏康が訊く。

「うむ……」

氏綱は腕組みをして首を捻ると、

「あの城は相模台以外から攻めるのは難しい。もし、わしが城を守っていれば、城を空にしてすべての兵を相模台に出すだろう。確かに敵は五千で、われらは一万だが、相模台から敵城に向かうには狭隘《きょうあい》地を抜けなければならず、われらは縦に細長く伸びて進まなければならぬ」

「そこに敵が待ち伏せしていたら、ひとたまりもないということですか?」

「敵が本気で勝つつもりならば、それ以外に策はないのではないかな」

氏綱は小太郎に顔を向け、どう思うか、と訊く。

「はい……」

小太郎は、しばし思案してから口を開く。

「御屋形さまが心配なさるのは、もっともなことだと思います。しかしながら、わたしも相模台から攻めるべきだという考えです。確かに敵が総力を挙げて相模台を守っていれば、われらも苦戦を強いられることでしょうが、相模台以外のどこから攻めても、それ以上の苦戦を強いられるのは間違いないと思います」

「楽はできぬということか」

氏綱がふーっと溜息をつく。

それ以外の重臣たちからも意見が出されたが、誰もが信基や小太郎の言うように相模台方面から国府台城を攻めるべきだという考えだった。

一通りの意見を聞き終わると、

「ならば、皆が言うように、われらは相模台から攻めることにしよう」

と、氏綱が言う。

それで決まりである。

だが、氏綱は浮かない顔をしている。いくらかでも戦について心得のある者であれば、絵図面を見た瞬間に、

「相模台方面から城を攻めるのが最も容易である」

と見抜くであろう。

寄せ集めの小弓公方軍とは言え、そこには百戦錬磨の里見義堯や真里谷武田信応がいる。必ずや彼らは相模台の守りを固め、手ぐすね引いて北条軍の来襲を待ち構えているに違いない。

（飛んで火に入る夏の虫とは、わしらのことだ）

氏綱は自嘲気味に笑う。

まさか、義明が相模台の守りを放棄し、北条軍が西側の崖からやって来ると予想しているなどとは、

氏綱にもわからない。戦の機微というものであろう。

七

十月六日の夜、氏綱の率いる北条軍は江戸城を出て、葛西城に向かった。

葛西城に入り、敵の動きを探ったが、敵軍の主力は国府台城にいて、相模台方面は手薄だという。

その報告を聞いた氏綱は、

(やはり、罠ではないのか?)

と疑った。

敵軍にとっては守りやすく、味方にとっては攻めにくい相模台を敢えて手薄にしているのは、そこに北条軍を誘い込むための罠ではないかという疑念をどうしても拭《ぬぐ》い去ることができないのである。

しかし、この期《ご》に及んで作戦の変更はできないし、氏綱が及び腰になれば士気に関わる。

何が起こっても対処できるように、氏綱は兵力を三つに分けることにした。

もちろん、独断で決めたのではなく、小太郎や氏康とも相談した。

小太郎も敵の守り方に疑問を抱いているらしく、予想外の出来事が起こったら、ためらうことなく退却するべきだと氏綱に進言した。

その場合、氏綱の本隊がまず退却し、残る二隊が本隊を守るという形になる。それを考えた上で、全軍を三つに分けることにしたのである。

左翼は氏綱の弟・長綱《ながつな》を始め、松田憲秀、笠原綱信《かさはらつなのぶ》らを配し、右翼には遠山綱景、大藤信基、多目長宗、山中康豊らを配する。中央が氏綱と氏康の本隊である。

まだ暗いうちに北条軍は葛西城を出て相模台に迫る。

最も重要なことは無事に太日《ふとひ》川を渡ることである。

渡河しているときの軍勢は無防備で、ここを攻められたら手も足も出ない。

暗闇の中で渡河するのも危険だが、夜が明けてから渡河するのも危ない。それ故、氏綱は夜が明けたか明けないかの、空がまだ群青色に染まっている頃合いに渡河を命じた。

そうはいっても一万の大軍である。川を渡るには時間がかかる。ある意味、北条軍が渡河しているときが国府台の合戦における最大の山場であったと言えるであろう。このときの義明の対応が勝敗を分けたといっても過言ではない。

小弓公方軍は、相模台を無防備にしていたわけではなく、三百ほどの軍勢を配置してはいた。

もっとも、わずか三百では一万の北条軍に戦いを挑めるはずもない。

夜が白々と明け初める頃、相模台にいた小弓公方軍は北条軍が太日川を渡っていることに気が付き、直ちに国府台城に急を知らせた。

国府台城は大騒ぎになった。

義明は北条軍が西側の崖から攻めてくると考え、主力を西側に配置している。

その見通しが外れ、本来、誰もが予想していた相模台方面から北条軍はやって来た。北条軍の行動は、ごく常識的なものであり、小弓公方軍の、と言うより、義明の判断が常軌を逸していたのだ。

逸見山城入道、真里谷武田信応らは、

「すぐにでも相模台に兵を出し、敵が川を渡っているところを攻めるべきです。一万もの敵軍が川を渡ってしまったら、もはや勝ち目はありませぬ」

兵を相模台に急行させ、渡河している北条軍を攻撃させるべきではないか、と、義明に進言した。

それが兵法の常識というものだ。

ところが、義明は、

「合戦の勝敗は兵の数によって決まるものではない。心持ちによって決まるのだ。兵が剛勇であれば勝ち、臆病であれば負ける。それだけのことだ。敵が川を渡っているだと？　ふんっ、渡らせればよいではないか。敵は勇んで攻めてくるだろう。氏綱もやって来るに違いない。そこを討ち取れば、われらの勝ちではないか」

と言い放つ。

「では、北条の渡河を許すのですか？」

逸見山城入道が悲鳴のような声を発する。

それも当然で、北条軍が太日川を渡ってしまえば、国府台城まで北条軍を遮るものは何もない。城は包囲され、やがて、自壊するしかないのだ。野外決戦すれば、木っ端微塵《こばみじん》にされるに違いない。

唯一、勝機を見出すことができるとすれば、太日川を渡っている北条軍を攻撃することである。

ところが、義明は、それを放棄するという。

「里見殿、どう思われる？」

逸見山城入道が義堯を見る。

「上様のおっしゃることが、ごもっともかと存ずる」

まったく表情を変えずに、義堯が答える。

「……」

武将たちは呆然とした。

百戦錬磨の義堯の言葉とは思えなかった。

「よう申した」

義明が誉めると、義堯は黙って頭《こうべ》を垂れる。少しも嬉しそうな顔をしていない。苦い顔で奥歯をぎりぎりと嚙《か》んでいる。

義明と義堯の意見が同じなのであれば、もはや誰も、その意見に逆らうことなどできない。唯々《いい》諾々《だくだく》と従うだけのことである。

義明は嫡男・義純と弟の基頼に出陣を命じた。

だが、特に急がせることもなかったので、戦に不慣れな義純と基頼は兵たちに腹拵《はらごしら》えさせ、自分たちも飯を食ってから悠々と国府台城を出た。その数は、ざっと一千五百。

その行軍もゆっくりしたもので、城を出て半刻（一時間）ほどすると、相模台方面に配置されていた三百人が逃げ戻ってくるのに出会った。

すでに北条軍は太日川を渡り終え、一路、国府台城を目指して南下しているという。

それを聞いて、義純の表情が暗くなり、

「どうしますか？」

横にいる基頼に訊く。

わずか一千五百の兵力で一万もの敵軍に戦いを挑むということに本能的な恐怖を感じるらしかった。

「上様がおっしゃったように、戦は数だけで決まるのではない。われらが勇気を出して挑めば、必ずや勝機を見出すことができるはずだ。怖れてはならぬ。ここのまま進むのだ」

「はい」

義純は大きくうなずく。

しかし、体の震えを止めることはできなかった。

相模台と国府台の中間付近に矢切台《やぎりだい》という土地がある。

ここで両軍は激突した。

いや、激突したという言い方は当たっていない。

小弓公方軍は、一瞬にして北条軍に飲み込まれ、そして、殲滅《せんめつ》されたというのが正確であろう。

北条軍は兵力を三つに分けたまま進軍した。

相模台さえ抜けてしまえば、あとは見晴らしのいい土地が広がっているだけなので、そういう態勢を維持することができたのである。

義純と基頼には策など何もない。勇気をふるって敵に立ち向かう、それだけである。

それが義明の指示でもあった。

彼らは北条軍の中央に氏綱がいることを知った。そこに氏綱の旗が翻《ひるがえ》っていたからである。

「進め、進め！　敵の大将を討ち取るのだ」

義純が命ずると、一千五百の小弓公方軍は氏綱の旗を目指して突撃した。

突撃してくる小弓公方軍を、北条軍の左翼と右翼の軍勢が包み込む。

小弓公方軍は完全に包囲された。一万もの敵に包囲されてしまえば、手も足も出ない。

もはや戦いと言えるものではない。

一人の小弓公方軍の兵に、何人もの北条兵が群がって矢を射たり、刀で切りつけたりするのだから、なぶり殺しのようなものであった。

義純と基頼は、呆気ないほどの哀れさで討ち取られた。指揮する者すらいなくなった小弓公方軍は崩壊した。三百人が戦死したというが、大砲のような大量破壊兵器が存在しない時代に、兵力の二割が戦死するというのは、普通では考えられない。空前の大敗北といっていい。当然ながら、その何倍もの負傷者が出たわけで、這々《ほうほう》の体《てい》で国府台城に逃げ帰った者は、わずか五百人ほどに過ぎない。

小弓公方軍が大敗し、義純と基頼が戦死したことを知った義明は激怒し、直ちに出陣を宣言した。

一千の兵を失ったから、義明の手許に残っている兵は四千に過ぎないが、幸いと言うべきか、里見義堯、逸見山城入道、真里谷信応らの強兵は無傷で残っている。

逸見山城入道は血気に逸《はや》る義明を何とか宥《なだ》めようとした。

「敵は勢いに乗って攻めかかって参ります。今日のところは城を固く守り、明日からの戦いに備えるべきかと存じます」

できれば城を捨てて退却してほしいが、頭に血が上っている義明がそんな忠告を受け入れるはずもないとわかっているから、冷静になるための時間稼ぎをしようとしたのである。

「馬鹿者！」

義純や基頼が負けたのは勇気が足りなかったからだ、わしがおのれらに手本を見せてやる、と義明は逸見山城入道を怒鳴りつけた。『北条記』には、こう書いてある。

味方の兵ども臆病にてこそ負けつらん。いで義明が先駈《さきがけ》して、強勢《ごうせい》のほどを汝らに知らせん口先だけで強がっていたわけではなく、義明は本心から合戦の勝敗というのは、個人の武勇によって決まると信じていたのであろう。

ある意味、恐るべき勇者だったと言っていい。

が……。

時代遅れであった。

源平時代であれば、なるほど、武者と武者の一騎打ちが戦いの基本だったから、個人の力が戦いを左右することもあったであろう。

しかし、今は違う。一人一人が勝手に戦うのではなく、大将の指揮に従って集団で進退するのが戦いの基本になっている。そういう集団戦においては、個々人の武勇というのは、それほど大きな役割を果たさない。

英雄は英雄にふさわしい姿で戦場に臨まなければならないというのが義明の考えで、実際、ほれぼれするような出陣支度をした。

赤地の錦の直垂《ひたたれ》に、桐の裾金物《すそがなもの》を打ち付けた唐綾縅《からあやおどし》の鎧《よろい》を着用した。面影《おもかげ》という名を持つ来国行《らいくにゆき》の三尺二寸の太刀と、二尺七寸の先祖伝来の赤銅《あかがね》の太刀二振りを佩《は》き、法城寺《ほうじょうじ》の大長刀《おおなぎなた》の柄を短めに持った。鬼月毛《おにつきげ》という名馬に御紋の梨地の鞍《くら》を置き、紅色の大房をかけた。

すなわち、義明は、誰が見てもあれが総大将だとわかるような派手な格好で城を出た。

すでに北条軍は城に迫っており、義明の目には北条兵の顔が識別できるほどであった。

「突撃」

義明は刀を抜いて大きく振り上げると、馬の腹を蹴って北条軍に向かう。

義明に従うのは、わずか二十四騎に過ぎない。

城に残っている兵は置き去りにされた。

「上様をお守りするのだ！」

逸見山城入道らは悲鳴のような声を発しながら兵を叱咤する。

そんな中で、里見義堯一人だけは表情も変えずに黙りこくっている。他の者たちと同じように配下の兵に出陣支度を命じはしたものの、さして急いでいる様子もなく、まったく慌てていない。

義堯には、この戦いの先が見えている。遠からず義明は討ち取られ、小弓公方軍は壊滅する。

肝心なのは、その敗北の渦に里見軍が巻き込まれないことである。

義明が生きているうちは、この場に留《とど》まるが、義明が死んだとわかれば、即座に退却しなければならない。義堯が頭の中で考えているのは、いかに眼前の北条軍と戦うかということではなく、いかに退却するときの損害を少なくするか、ということであった。軍議の場で、臆病者と義明に罵倒されたとき、義堯は義明を見限ったのである。

それにしても義明の勇猛さは、どうであろう。

義明が一介の武辺者《ぶへんしゃ》であれば、その勇猛さを買われて侍大将くらいにはなったであろうし、これほど頼りになる侍大将もいないに違いない。

しかし、残念ながら、義明は総大将であって、侍大将ではない。侍大将は己の命など顧《かえり》みることなく、兵たちと共に死に物狂いで戦わなければならないが、総大将は命を惜しまなければならない。総大将が討ち取られれば、それで戦いが終わってしまうからであった。

愚か者と言ってしまえばそれまでだが、そんなありふれたひと言で片付けることができないほど、義明の戦いぶりは凄まじい。

北条軍の中に馬を乗り入れると、近付く敵を蹴り飛ばし、切り倒す。

北条軍の方も、これこそ小弓公方軍の総大将に違いないと思うから、何とか討ち取って手柄を立てようと群がってくる。

しかし、動きの素早い駿馬《しゅんめ》に乗っているし、刀や長刀の扱いも上手なので、ついに北条軍の方が後退し始めた。

義明は嵩《かさ》にかかって攻め立て、味方がまったく後ろに続いていないというのに、ただ一騎で敵陣を縦横無尽に走り回る。


敵軍へ駈け入り駈け入り、鐙《あぶみ》のはなへさはるを幸と、踏み倒し切り落とす。これを大将と見てければ、前後より取り籠めに、われ討ち取らんと責めけれども、もとより馬は達者なり、打ち物取りて上手なり。人にすぐれし武勇をや己が心にたのまれけん

と『北条記』にも躍るような筆致で描写されている。

まともに立ち向かっては、とてもかなわないので、北条軍は義明を遠巻きにした。

横井神助《よこいしんすけ》という弓の名人の放った矢が義明の体に続けざまに命中し、義明の手から刀が落ちた。それを見て、松田弥次郎《やじろう》という者の手勢がどっと襲いかかり、義明を討ち取った。

この瞬間、勝敗は決した。

小弓公方軍は総崩れとなり、国府台城に逃げ込んだ。統制を失った者たちは、どうしていいかわからずに右往左往し、頭に血が上った者たちは、上様に殉《じゅん》じて死のうと叫んだ。

そんな者たちを逸見山城入道が宥め、その方《ほう》らは若君を守って城を落ちよ、この場はわしが守り抜く、と説得した。国府台城には義純の他にも義明の子が滞在している。末子の国王丸《くにおうまる》である。まだ元服前なので合戦には出ていない。

「ならば、そうしましょう」

義明の近臣、佐々木源四郎、逸見八郎、佐野藤三、町野十郎といった者たちが国王丸を守りつつ、城から落ちた。その数は百人にも足りないから、北条軍がすぐに追撃すれば、とても逃げ切ることはできないであろう。そのための時間稼ぎを、逸見山城入道がしようというのだ。

しかし、多勢に無勢である。半刻（一時間）も持ちこたえることができず、逸見山城入道の部隊は全滅した。

ならば、すぐに氏綱は国王丸の追撃を命じたかと言えば、そうはならなかった。

里見軍の動きを警戒したのである。

この戦いで、里見軍はまだ何もしていない。義明が先頭に立って城から飛び出していくのを義堯は冷ややかに見送り、出陣支度を急ぐ兵たちにも、

「そう急がずともよい」

と叱った。

ようやく支度を調えて城から出ようとしたとき、義明の戦死の報がもたらされた。

「そうか、お亡くなりになったか」

義堯はうなずくと、すぐにも敵軍が城に攻めてくるでしょう、われらは搦《から》め手《て》を守りますす故、正面の守りをお願いいたす、と他の武将たちに言い残し、さっさと搦め手に向かった。

一万もの北条軍に攻められたら、大して堅固でもない国府台城など二日も持たずに攻め潰されてしまうであろう。

しかも、すでに総大将が戦死している。

とは言え、まだ三千以上の兵がいる。その兵たちが必死に防戦すれば、半日くらいは北条軍の攻撃をしのげるのではないかと義堯は期待した。暗くなれば、闇を味方にして城から逃れ落ちることもできよう、というのが義堯の策である。

ところが、そうはならなかった。

逸見山城入道の部隊が全滅すると、兵たちは完全に統制を失い、ただの烏合《うごう》の衆《しゅう》と成り果てた。門の守りを捨てて逃げたので、表門から北条軍が雪崩《なだ》れ込んだ。

それを知った義堯は、

(やむを得ぬ)

腹を括《くく》って城を出ることにした。

義堯の率いる里見軍は七百人ほどで、小弓公方軍の中では最大の兵力である。この七百人が傍観を決め込んだことが義明の敗北を早めたのは確かであろう。

「よいか、敵が追ってきても、足を止めて戦おうなどと考えるな。ひたすら、南に向かうのだ。わしらは、こんなところでは死なぬ。安房に帰るのだ」

兵たちに告げると、里見軍は城から出て行く。

それを見て、右往左往していた者たちもくっついてきたので、総勢一千ほどの集団になった。

義堯は決して兵を急がせることなく、いつもと同じような行軍速度を守らせた。急がせれば、心に焦りが生まれる。焦りは恐怖心に繋《つな》がる。

生きて国府台の地から逃れるには里見軍が一体になることが必要であった。それぞれが勝手な行動を始めたら、一人ずつ北条軍の餌食《えじき》になるだけのことである。

勝ち戦で勢いに乗る北条軍は、当然ながら、里見軍に襲いかかる。

敵がやって来ると、義堯は一度全軍を止め、密集隊形を取らせて、敵に向かって突撃させる。

そうすると、敵が怯《ひる》んで後退する。

その隙《すき》に、また里見軍は前進して距離を稼ぐ。あたかも尺取り虫のように進んでは退き、退いては進むという運動を繰り返す。

その戦いの間に、里見軍にくっついて城を出てきた者たちは次々に討ち取られた。里見軍が突撃している隙に自分だけさっさと逃げようとするのだが、里見軍から離れてしまうと、北条軍の格好の餌食になったのである。

氏綱は里見軍が城から落ちようとしているという報告を聞き、里見軍がゆるやかに退却しているのは国王丸を逃がそうとするためではないか、そうだとすれば、それは死兵ではないか、と考えた。命を捨てている敵ほど恐ろしいものはない。思わぬ反撃をされ、大きな損害を受けかねない。

あと一刻もすれば日が暮れるという頃になって、氏綱は里見軍への追撃中止を命令し、兵を呼び戻した。義明一党を討ち取り、国府台城も落とした。十分すぎる戦果であった。これ以上、里見軍を深追いしたところで、さして得るところはない。

氏綱は兵を惜しんだ。

そのおかげで、義堯は生き延びたものの、日が暮れたとき、七百の兵は四百に減っていた。大きな痛手である。

(今に見ていろ。この借りは必ず返す)

そう胸に誓って、義堯は夜道を南に急いだ。

こうして国府台の戦いは終わった。

小弓公方軍は、歴史的に見ても例がないほどの大敗を喫した。義明が討ち取られたとき、その場で義明の直属の兵が百四十人戦死したというし、義純や基頼と共に戦死した兵は三百とも言われる。全体では一千人が死んだとも言う。しつこいようだが、これは死傷者ではなく、死者の数である。

五千の小弓公方軍のうち一千人が死んだというのは、さすがに信じられないが、その半分だとしても五百人である。途方もない数である。

氏綱にとっては楽な戦いだったと言っていいが、この勝利は政治的に重要な意味を持っている。

古河公方も、房総の諸豪族たちも一斉に氏綱に頭を垂れることになったからである。

北条氏が房総に進出する大きな橋頭堡《きょうとうほ》を氏綱は手に入れたと言っていい。

八

氏綱が国府台城に入ったのは、合戦の翌日、八日である。一晩かけて、城とその周辺で残党狩りを行い、安全を確保してから入城したのだ。

城に入ると、早速、首実検をした。

幔幕《まんまく》が巡らされた中に、氏綱と氏康が並び、その左右に重臣たちが居流れている。

最初に義明、次いで義純、基頼という順に首が運ばれてくる。

「おいたわしいことよ、雪下殿と呼ばれて尊敬されていたお方がこのような姿に成り果てるとは……」

義明の首を見ると、氏綱は大きく溜息をつき、袖で目許を拭う。氏綱がその再建に全力を傾けている鶴岡八幡宮の若宮別当を務めたのが義明であった。政治的な成り行きから敵と味方に別れて戦いはしたものの、義明に対する畏敬の念を失ってはいない。だからこそ、義明の首を見たとき涙が溢《あふ》れたのであろう。

氏綱が沈痛な表情で涙ぐんでいるので、氏康も重臣たちも押し黙っている。氏綱が現れるまでは、景気のいい戦話に花が咲いていたが、もはや、そういう雰囲気ではない。

「父上、小弓公方さまの御首級《みしるし》は、どういたしますか？」

氏康が訊く。

「その三つの首は、塩漬けにして古河に送るがいい。公方さまも安堵することであろうよ」

氏綱が冷たい声で言う。

それを聞いて、氏綱の感情と政治的な思惑はまったく別物であることを氏康は思い知らされる。

氏綱が感情に流される男であれば、この地で義明を懇《ねんご》ろに弔《とむら》うであろう。

そうではなく、義明たちの首を古河公方・晴氏のもとに送るというところに氏綱の凄みがある。

義明に古河公方の座を脅かされ、何とかしてくれ、と晴氏は大慌てで氏綱に泣きついた。

その要請に応えて、氏綱は出陣した。

晴氏が怖れた義明の軍勢は、わずか一日で氏綱に木っ端微塵にされ、義明は討ち取られた。その首を見れば、晴氏は喜ぶよりも、氏綱に恐ろしさを感じるであろう。それこそ氏綱の狙いなのだ。義明の首を晴氏に見せることが、氏綱の無言の恫喝《どうかつ》となり、北条氏の房総進出に晴氏が横槍を入れることを牽制することになる。

（小弓の公方さまの死を悼《いた》みながら、頭の中の別のところでは、この死をどう生かすかちゃんと考えている。わが父ながら、まったく油断のならぬ御方であることよ）

そういう抜け目のなさを自分も見習わなければならぬ、と氏康は肝に銘ずる。


翌九日、氏綱は軍勢を率いて南下し、義明の本拠・小弓城に入った。この城は、二十年前に恕鑑が原《はら》氏から奪って義明に与えた城である。

氏綱は、小弓城とその周辺の領地を原胤清《たねきよ》に返した。当然ながら、胤清は氏綱に感謝し、子々孫々まで北条氏に忠義を尽くすと誓った。

十日、氏綱は中島《なかじま》（現在の木更津《きさらづ》）まで軍を進めた。近在の豪族たちはこぞって馳せ参じ、北条氏に仕えることを願った。ほんの数日前まで義明に忠誠を誓っていた者たちだが、氏綱は彼らを許し、所領安堵を約束した。

この日、去年の五月に弟の信応に敗れて氏綱のもとに亡命していた真里谷武田信隆が小舟で江戸湾を渡って中島に駆けつけた。

氏綱は信隆を快く歓迎し、信応一派を追い払い、信隆を真里谷武田氏の当主に戻してやった。

信隆も原胤清と同じように北条氏への忠誠を誓った。

こうして氏綱は房総半島全域に支配網を広げることに成功した。北条氏に敵対するのは、わずかに里見氏と土岐《とき》氏だけであった。

九

天文八年（一五三九）八月、氏綱の娘と古河公方・足利晴氏の婚礼が決まった。

晴氏は、すでに梁田高助《やなだたかすけ》の娘を妻として迎えており、幸千代王丸《こうちよおうまる》という子をもうけていた。後の藤氏《ふじうじ》である。

本来なら側室という立場での嫁入りになるところだが、氏綱はそれを認めず、正室の地位を要求した。それを晴氏があっさり承知したのは、やはり、氏綱が国府台の戦いで小弓公方軍を撃破し、義明の首を晴氏に届けたことが大きく影響している。

晴氏は氏綱の武力を怖れたのだ。

表面的にはおとなしく氏綱の要求に従ったものの、晴氏はこの屈辱を忘れず、氏綱を深く恨んだ。氏綱が生きている間は、その恨みを胸の奥深くにしまっていたが、氏綱の死後、氏康の代になってから、その恨みを晴らそうと画策することになる。

この婚姻の成立で、北条家は古河公方家の「御一家《ごいっか》」という地位を得た。

これまで北条氏は、宗瑞、氏綱と二代にわたって着々と領土を広げてきた。今や、その支配地域は伊豆、相模、武蔵の全域、駿河の半国、房総半島の半分にまで及んでいる。堂々たる大大名と言っていい。

しかし、古くからの関東の名家からは、依然として、成り上がり者と蔑視されている。古河公方家の御一家となることで、北条家は成り上がりなどではないと周囲に認めさせる大きな効果が期待できる。これまでは軍事力だけで他国を圧倒してきたが、これからは御一家という権威を背景にして周辺の大名家に対峙することができるのだ。

あとは関東管領という地位を山内上杉氏から奪うことができれば、北条氏は名実共に関東の盟主という座を手に入れることができるであろう。それこそ若い頃からの氏綱の野望であり、その野望の実現に氏綱は一歩ずつ近付いている。


晴氏との婚礼が決まった直後、氏康のもとに小太郎《こたろう》、盛信《もりのぶ》、綱成《つなしげ》の三人が集まった。主従の関係ではあるが、小太郎は三人の師であり、氏康と綱成は義兄弟であり、氏康は盛信の母の乳母子《めのとご》であり、盛信は小太郎の妹・奈々《なな》の夫である。珍しいほど様々な縁で深く繋がっているから、四人の絆は非常に強い。気の置けない関係なので、四人だけでいるときは堅苦しい儀礼も抜きである。

「公方家に輿《こし》入れが決まり、御屋形さまも、さぞお喜びでございましょう」

小太郎が言うと、

「うむ、そうだな。無口な人だから、はっきりとは口にしないが、内心、かなり喜んでいるようだ」

氏康がうなずく。

「めでたいのは若殿も青渓《せいけい》先生も同じではありませんか」

綱成が言う。

この年、小太郎には長女のもみじが生まれ、氏康には次男の松千代丸が生まれている。

「これで太郎衛門にも子ができれば、言うことなしだな」

綱成が盛信を見て、にやりとする。綱成にも三年前に長男が生まれているから、まだ子供がいないのは盛信だけなのだ。

「ちゃんと夫の務めを果たしているのか？」

「ば、ばかなことを言うな。ふざけおって」

盛信が赤くなる。生真面目な男なのである。

「ふざけてなどいるものか。大切なことではないか。わしらは戦に出れば、無事に帰ってこられるかどうかわからぬ。家を守っていくために、できるだけ早く後継ぎを拵えておかなければなるまい」

「孫九郎は、お父上を戦で亡くしてから苦労したのだったな」

小太郎が言う。

「叔父に家を奪われ、わたしたち一家は塗炭《とたん》の苦しみを舐《な》めました。苦労した揚げ句、母は病で亡くなり、わたしたちは駿河を出て小田原にやって来ることになったのです」

綱成がうなずく。

「ひどい目に遭ったが、おかげで今では、ここにこうしているのだから、災い転じて福と成す、といったところかな」

氏康が言う。

「そうかもしれません。小田原に来て本当によかったと思っています。しかし、それでも、時折、父が亡くなったとき、わたしが一人前の男だったら、と思わずにいられません」

「その気持ちはわかる。わたしも幼い頃に父を亡くし、母が苦労する姿を見て育った。母が亡くなってからは奈々と二人で暮らした。野良仕事を手伝ったり、寺の下男をしたりして、かろうじて食いつないだが、楽ではなかったよ」

小太郎がしみじみと言う。

「寺で働いているときに早雲庵《そううんあん》さまに見出されたのでしたね？」

盛信が訊く。

「そうだ。早雲庵さまの教えを受け、足利学校に行かせていただいた。今のわたしがあるのは早雲庵さまのおかげだ」

「ということだ、太郎衛門。父親が死んだとき、子供が幼いと大変な苦労をすることになる。だから、子作りは早いに越したことがないのだ」

「大変な理屈だな」

盛信が苦笑いをする。

「ちょうどいい時期ではないか。しばらく大きな戦はなさそうですよね、青渓先生？」

綱成が小太郎を見る。

「そうだな。扇谷上杉は勢いが衰えているし、山内上杉が後押しする様子もない。小弓公方家が滅んでから房総の方も平穏だ。御屋形さまが動かなければ、敵の方から仕掛けてくるとは思えないな」

小太郎が答える。

「大きな戦が続いて兵も疲れている。しばらくは兵を休めることになるだろう。兵たちを村に返して野良仕事に励ませるべきだ。戦も大事だが、領地を肥やすのも大事だからな。それに鶴岡八幡宮が完成する目処も立ってきた。来年までは、そちらに専念するのではないかな」
氏康が言う。
「御屋形さまの悲願でございますからなあ」
綱成が言うと、小太郎と盛信もうなずく。

十

天文九年（一五四〇）十一月十五日、氏綱は小田原から鎌倉に向かった。鶴岡八幡宮の工事に目処がつき、いよいよ遷宮《せんぐう》の儀式を執り行うことになったのである。神体を仮の安置所である権殿《ごんでん》から、完成した正殿に移すのだ。

八年という歳月と、莫大な資金と労力を費やして、ほとんど一から再建したのである。

儀式は二十一日に行われる予定だったから、氏綱の出発は早すぎるくらいだったが、居ても立ってもいられない気持ちだったのであろう。

氏康を始め、重臣たちも列席することになっているが、彼らの出発は、儀式の前々日である。

当日は神楽や相撲《すもう》などの行事が催され、庶民たちには米や菓子が配られた。この盛大な催しを見物しようと遠くからも人が集まったので、鎌倉は大変な賑わいになった。人々は酒を飲み、踊り唄い、その騒ぎは深夜まで続いた。

翌日も様々な法事が営まれ、鎌倉のお祭り騒ぎは続いた。

もっとも、工事そのものは完全に終わったわけではない。全体の八割程度が済んだに過ぎない。

本来であれば、すべての工事が終わるのを待って遷宮の儀式を行うべきだったであろうが、それができない理由が氏綱にはあった。

体調に異変を感じていたのである。腹部にしこりがあり、それが少しずつ大きくなっている。初めのうちは日常生活に不自由することもなかったが、夏頃から、血を吐くようになった。それを知っているのは医師だけで、氏綱は固く口止めし、氏康にさえ知らせなかった。

無事に遷宮の儀式が終わったことで気が緩んだこともあるだろうが、新年を迎えると、氏綱ははっきりと気力と体力の衰えを感じるようになった。

(もう駄目かもしれぬ)

二月になると、諦めの気持ちが生じてきた。

死を怖れてはいない。

元服してから、数多くの戦場に足を運び、その都度、生きて帰ることはできないかもしれない、と覚悟を決めてきた。氏綱にとって、死というのは、ごく身近に存在するものだったのだ。

その氏綱が今更、病など怖れるはずがない。戦場で死ぬのも病の床で死ぬのも、氏綱にとっては大きな違いはないのだ。

ある日、今までになく大量の血を吐いた直後、氏綱は意識を失った。

目を覚ましてから、

「どれくらい寝ていた?」

と医師に訊くと、半日ほど意識がなかったという。

氏綱はしばらく無言で天井を見つめていたが、やがて、

「新九郎《しんくろう》を呼べ」

と小姓に命じた。

すぐに氏康が駆けつけてきた。

氏綱の体調が思わしくないことは氏康も気が付いていた。

しかし、氏綱が何も言わないので気が付かない振りをしていたのだ。

「父上、どうなさったのですか？」

「そう慌てるな」

「何というひどい顔色をしておられるのですか……」

氏康の目からぽろぽろと涙がこぼれる。

「おまえは心根の優しい者よのう」

氏綱がふーっと大きく息を吐き、何か、つぶやく。

「何とおっしゃったのですか？」

「金時《きんとき》……」

「は？」

「おまえが大切にしていた人形よ。確か、金時というのではなかったか」

「あ……」

氏康がハッとする。金時というのは氏康が大切にしていた人形である。氏康が幼いとき、夜泣きがひどく、乳母のお福《ふく》が添い寝しても泣いてばかりいるので、お福が一計を案じ、あり合わせの布きれで小さな人形を拵えた。

「今夜からは金時が一緒でございますから若君も淋しくございませんね。泣いてばかりいると金時に笑われますよ」

「この子、金時というの？」

「足柄山《あしがらやま》から若君のところに遊びに来たそうでございます」

「ふうん、金時か……」

それ以来、氏康は金時を懐に入れて持ち歩くようになり、夜泣きもしなくなった。

「あの人形を、わしは捨てたことがあったな。覚えておらぬか？」

「そう言えば……」

氏康が遠い目で記憶を辿る。

あるとき、氏康が金時と戯れているのを目にした氏綱は、

「伊勢《いせ》氏の嫡男ともあろう者が人形など持ち歩くとは女々しいことよ」

と怒り、氏康から金時を奪って捨ててしまった。

それを悲しみ、氏康はお福にしがみついて泣き続けたことがあった。

「父上がわしを叱った」

氏綱が溜息をつく。父上というのは、亡くなった早雲庵宗瑞のことである。

「ああ、そうでしたね」

氏康がうなずく。

氏綱が捨てた金時を、大道寺《だいどうじ》盛昌《もりまさ》がこっそり拾った。

しかし、氏綱の怒りを怖れて、それをどうしていいかわからずにいた。それで宗瑞の側近、伊奈《いな》

十兵衛《じゅうべえ》に託した。

十兵衛は宗瑞に事情を話し、金時を渡した。

宗瑞は泣きじゃくる氏康に金時を渡し、氏康を抱き上げて物見台に上がった。その途中で、氏綱に出会い、氏綱は怒りを露わに詰め寄ろうとしたが、

「わしのためと思うて堪《こら》えよ。わしの頼みじゃ」

と、宗瑞が制した。

「あのとき、わしは、父上は何と甘いことをなさるのかと腹が立った。おまえは知るまいが、父上は、実に厳しい御方だったのだ。わしが幼い頃、わしには笑顔ひとつ見せたことがなかった。おまえは伊勢氏の嫡男だ、わしの後を継ぐのだ、しっかり学ばなければならぬ、遊んでいる暇などないのだ、とな。わしがどれほど学問や武芸に励んでも少しも誉めてもらえなかった。弟たちには甘い顔をするのに、なぜ、わしにだけ厳しいのか……夜、眠りに落ちる前、何度となく泣いたものよ」

「そうでしたか」

「その父上が、なぜ、仏のような顔でおまえを甘やかすのか、わしにはわからなかった。わしは父上を真似て、おまえに厳しく接しただけなのに」

「……」

「物見台で父上と何を話したか覚えているか?」

「民に優しくせよ……そんなことを言われた気がします」

「おまえは金時を大切にしていた。金時を大切にするように伊豆や相模に住む者たちを大切にしてやってほしい……父上は、そう言ったはずだ。わしは、後から父上に聞かされたのだ」

「おじいさまから……」

「父上は、こうおっしゃった……」

氏綱は目を瞑《つむ》り、宗瑞が語った言葉を思い起こす。


わしは一代で伊豆と相模を支配する領主となった。

民が安寧に暮らしてほしいという思いから、年貢も軽くしてやった。それを気に入らない者たちもいるから、数多くの戦をした。

わしの後を継ぐのは容易ではないぞ。

わしが死ねば、必ずや箍《たが》が緩《ゆる》む。わしの前ではおとなしくしていた者たちが二代目を甘く見て、私腹を肥やそうと、ずるいことをする。

そうなれば、また民が苦しむ。

そうならぬためには、二代目は、わし以上に厳しく目を光らせねばならぬ。わしよりも多くの戦をしなければならぬ。鬼でなければ伊豆と相模を失うことになる。おまえには申し訳なく思うが、おまえは鬼にならねばならぬのだ。

しかし、二代目が鬼で、三代目も鬼では民の心も離れてしまう。それ故、三代目は鬼では困る。民に優しい者がいいのだ。おまえの倅《せがれ》、わしの孫は実に優しい子じゃ。三代目にふさわしい。それ故、あの優しさを奪うようなことをしてはならぬのだ。わしの言いたいことがわかるか？


「おじいさまがそんなことを……」

「今になると父上の言いたかったことがよくわかる。わしは鬼となって武蔵を征し、下総に攻め込んだ。領地は大きくなった。だが、それだけでは駄目だ。父上がやろうとしたこと、すなわち、民を幸せにしてやらなければならぬ。それは、おまえの役目なのだ、新九郎」

「は、はい……」

「わしは、もう長くはない。ふんっ、そんな顔をするな。誰でも永遠に生きられるわけではない。いつかは死ぬのだ。そのときが来たというだけに過ぎぬ。わしは父上から重い荷を背負わされた。その荷を何とか、ここまで運んできた。次は、おまえが背負う番だぞ。よいか？」

「……」

氏康が黙ってうなずく。

「肩の荷が下りるというのは、こういうことなのだな。わしは、ようやく気楽に眠ることができる」

氏綱がふーっと溜息をつく。

十一

五月二十一日、氏綱は遺言状を認《したた》めた。

世に「氏綱公御書置」あるいは「氏綱公遺訓」と呼ばれるものである。

この頃、氏綱は布団から起き上がることもできない寝たきりの状態だったから、自分で筆を取ることなどできるはずもなく、家臣に口述筆記させた。

骨と皮ばかりにげっそりと痩《や》せこけ、自分の腕を持ち上げるのも辛いほど弱っていたから口を利くのも辛かったはずである。一言ずつ訥々《とつとつ》と言葉を絞り出したのであろう。

それほど長いものではないが、内容はよく練られており、文章もまとまっている。

恐らく、何日もかけて頭の中で推敲《すいこう》を重ね、思案がまとまった頃合いを見計らって起稿したのに違いない。

この遺言書は、

其方儀、万事我等より生れ勝り給ひぬと見付候得は、不謂事なから、古人の金言名句は聞給ひても失念之儀あるへく候、親の言置事とあらは、心に忘れかたく可在哉と如此候

と書き始められている。

すなわち、

おまえはわたしなどより優れた者だと思うから、わざわざ言うまでもないことかもしれないが、古《いにしえ》の金言名句ですら忘れてしまうことがあるものだ。

しかしながら、親が書き残したことであれば、そうそう忘れることもなかろうと考えて、このようにするのである。


というのである。

この書き出しに続いて、以下、五つの戒めが認められている。

一　義を重んじること。
一　身分にかかわらず、役に立たない者などいないのだから、人を大切にしなければならないこと。
一　驕《おご》らず、諂《へつら》わず、分をわきまえること。
一　倹約を心懸けること。
一　合戦に勝ってばかりいると、心に驕りが生まれ、相手を侮《あなど》るようになりがちだから、勝って兜《かぶと》の緒を締めよということを忘れてはならないこと。

最後に、これらの戒めを守れば、当家は繁栄することであろう、と結んでいる。

戒めの四つ目、倹約を心懸けよ、ということは、氏綱自身、先代の宗瑞から口を酸っぱくして諭されたことである。そういう意味では、これこそが北条家にとって最も重要な一条と言えるかもしれない。その点を、氏綱は、こう述べている。

華麗を好む時は、下民を貪《むさぼ》らされは、出る所なし、
倹約を守る時は、下民を痛めす、侍中より地下人百姓迄も富貴也。国中富貴なる時は、大将の鉾先《ほこさき》つよくして、合戦の勝利疑ひなし。

身分不相応な贅沢をしようとすれば、どうしても民から搾取することになる。

しかし、倹約を守れば、民を苦しめることもないし、侍も下々の者も百姓も、誰もが豊かになれる。

国の者たちがすべて豊かであれば、兵も強くなる道理で、だから、合戦に負けることなどない。

更に、

亡父入道殿は、小身より天性の福人と世間に申候、
さこそ天道の冥加《みょうが》にて可在之候得共、第一は倹約を守り、華麗を好み給はさる故也

亡くなった入道殿（宗瑞）は、世間からは天運に恵まれた幸運な人間だと言われている。

確かに天運に恵まれたこともあるだろうが、それだけではない。倹約に努め、贅沢を嫌ったからこそ、家臣たちも民もついてきたのである。


氏康は二十七歳である。すでに一人前で、幾多の合戦を経験し、政《まつりごと》の判断も的確である。

だから、氏綱自身、おまえはわたしなどより優れた者だ、と誉めているのである。

それでも、やはり、氏康のことが心配だったのであろう。親心というものである。

だが、それだけではない。

言わずもがなと知りつつ、それでも言わなければならない切実な事情があったのだ。

この年、関東は天候不順で、それまでなかったほどの不作に見舞われている。どの国でも例年の半分くらいの作物しか収穫できていない。

当然ながら、飢饉が起こる。普通に考えれば、農民の半分が餓死する計算である。

幸い、北条氏の領国は、今のところ、それほどひどい状態になっていない。それは、宗瑞と氏綱が二代にわたって倹約に努めてきたので、国庫に豊富な蓄えがあったからである。年貢を軽くし、各地で炊き出しをするだけの余裕があった。

もし氏綱が贅沢を好む金遣いの荒い領主であったならば、たとえ不作であろうと年貢を毟《むし》り取ったであろうし、そうなれば、多くの者が餓死することになったはずである。

氏綱は自らがやってきたことを誇っているわけではない。宗瑞がやったことを受け継いだだけだと思っている。

しかし、自分にとっては当たり前だからといって、氏康にとっても当たり前だとは限らないから、倹約を心懸けよ、とくどいほど念を押したのである。

実際、領主が好き勝手なことをすると家が潰れかねないのだ。

隣国の甲斐がいい例である。

山国の甲斐には耕作地が少ない。普通の年でも、甲斐に住む者たちが満足に食えるほどの作物を収穫するのは難しい。その不足分を補うために、甲斐を支配する者は、他国に攻め込んで作物を奪わなければならなかった。そういう国なのである。

関東諸国の中でも甲斐の不作が特にひどく、百年に一度あるかないかというほど多数の餓死者が出た。そんな状況にもかかわらず、武田信虎《のぶとら》は信濃《しなの》で軍事行動を起こし、小県《ちいさがた》郡の海野《うんの》氏を攻めた。戦いに勝利し、領地を拡大することに成功したものの、甲斐には不穏な空気が広がった。食うものがなくて、あちこちで人がばたばたと死んでいるのに戦などしている場合ではないだろう、という怨嗟《えんさ》の声が満ちた。信濃以外に攻め込んだのであれば、少しは話も違っていたであろう。

武田氏は信濃の領国化を企図していたので、あまり乱暴な略奪もできなかったのである。それは勝利の戦利品が少ないことを意味する。

その結果、六月二十八日、嫡子・晴信《はるのぶ》（後の信玄）は信虎を駿河に追放して武田の家督を継いだ。

一般的には、野心家の晴信が不仲の信虎を追い払って家督を簒奪《さんだつ》したと解釈されるが、根本的な原因は未曽有の飢饉であった。

飢饉に対処できず、民の望まぬ戦をして、更に民を苦しめた信虎は民から恨まれた。民は信虎の支配に服することを嫌い、その声に押されて晴信が事を起こしたというのが真実であろう。

もし晴信が拒めば、民は武田を見限り、小山田《おやまだ》なり穴山《あなやま》なりを押し立てて新たな領主を選んだはずである。

氏綱は民の怖さを知っている。

普段はおとなしく領主の支配に服しているが、自分や家族の命が脅かされるとなれば、遠慮なく領主にも牙をむくのである。民の怒りが爆発しないようにするには、飢饉が起きて民が苦しんでいるときに気前よく食い物を与える以外にない。そのためには、日々、倹約に努めて国庫を豊かにしておかなければならないのである。

書き置きができると、その翌日、氏綱は氏康を呼んだ。小太郎、綱成、盛信も一緒である。

「よく来た」

氏綱は小姓に手を貸してもらって体を起こし、満足そうな表情で四人の顔を眺める。

この四人が、これからの北条家を支えていくのだ。

そうなるように何年もかけて氏綱が意図したことであった。言うなれば、時間をかけて丹精込めて氏綱が育てた果物が見事な実を結んだようなものだ。その出来映えに氏綱は満足したのであろう。

「わしは、もう長くない。目を瞑るたびに、もう二度と目を開くことはないのではないか、と思う。死ぬことを怖れているわけではない。人は誰でも死ぬ。寿命が尽きようとしているだけだ。わしが死ねば、新九郎が北条の家督を継ぐことになる。わしが願っているのは、早雲庵さまやわしがやって来たことを引き継いでもらいたいということだ。そのための心構えを認《したた》めてみた」

氏綱が目で合図すると、小姓たちが四人それぞれに書き置きを渡す。昨日のうちに筆写させたものである。

「読むのだ」

「はい」

四人は両手で書き置きを押し戴き、深く一礼すると読み始める。

「うっ……」

しばらくすると氏康の口から嗚咽《おえつ》が洩れる。

「泣いてはならぬ」

氏綱が叱る。

「申し訳ございません」

氏康が嗚咽をこらえ、書き置きに目を落とす。

小太郎、綱成、盛信の目も真っ赤だ。

「読んだか？」

「はい」

「どうだ、守れそうか？」

「わが命に代えても、必ずや父上の言いつけを守ります」

「その方ら」

氏綱が小太郎たちに視線を向ける。

「今の言葉をしかと胸に刻んでおけ。わしが死んだ後、万が一、新九郎がこの書き置きに背くようなことをしたならば、その方ら三人が諫言《かんげん》せよ。新九郎が聞き入れぬときは成敗致せ」

「……」

氏綱の言葉の激しさに三人は呆然とする。

「北条家の城も、北条家が支配する土地も、何ひとつとして領主のものではない。すべては民のものだと心得よ。民が安穏に暮らしていけるようにすることが……」

突然、氏綱が咳《せ》き込む。口の周りに血がこびりつく。それで力が抜けてしまったのか、氏綱は倒れるように体を横たえる。右手を持ち上げ、弱々しく振る。もう下がれ、と言いたいらしい。

「養生なさって下さいませ」

氏康が一礼して腰を上げる。他の三人も氏康に倣《なら》う。

部屋から出ようとすると、

「新九郎」

氏綱が呼びかける。

「はい」

氏康が振り返ると、

「後を頼むぞ」

「……」

氏康の目から涙が溢れる。


病状が悪化し、危篤状態に陥った氏綱は、七月四日に出家した。死を覚悟したのである。一度は持ち直したものの、十七日に再び危篤となり、そのまま亡くなった。享年五十五。氏康を始め、子供たちや孫たち、重臣たちに見送られての臨終だった。遺体は直ちに箱根《はこね》の早雲寺に運ばれ、荼毘《だび》に付された。

法名は、春松院殿快翁宗活大居士《しゅんしょういんでんかいおうそうかつだいこじ》。

第三部　三代目氏康

一

北条《ほうじょう》家の新たな当主となった氏康《うじやす》が最初に取り組んだのは自然災害との戦いだった。

二年続けて不作が続き、農民は疲弊しきっていたが、それに追い打ちをかけるように八月から九月にかけて大雨と強風が頻発し、急激に作柄を悪化させたのである。

他国よりはましだとはいえ、伊豆《いず》や相模《さがみ》、武蔵《むさし》の農民も飢えていた。

自然災害をねじ伏せることはできないが、自然災害によってもたらされる被害を小さくすることはできるはずだ……そう考えて氏康は思案を重ねる。

その思案がまとまると、重臣たちを小田原《おだわら》城に呼び集めた。

鎌倉《かまくら》から大道寺《だいどうじ》盛昌《もりまさ》が、江戸《えど》から遠山《とおやま》綱景《つなかげ》がやって来た。今では、この二人が最長老の立場にいる。

盛昌と並んで重臣筆頭の地位にあった松田《まつだ》顕秀《あきひで》が氏綱《うじつな》の死後、家督を嫡男《ちゃくなん》の憲秀《のりひで》に譲《ゆず》って隠居したからである。宗瑞《そうずい》、氏綱の二代に忠実に仕えてきたが、そろそろ身を退く潮時だと悟ったのだ。今は頭を丸め、宗瑞と氏綱の菩提《ぼだい》を弔《とむら》いつつ、日々、熱心に写経に取り組んでいる。

盛昌と一緒に氏康の弟・為昌《ためまさ》もやって来た。

為昌は氏康より五つ年下の二十二歳で玉縄《たまなわ》城主を務めている。氏綱の具合が悪くなり、政《まつりごと》を見ることができなくなってからは、伊豆と相模の仕置きを氏康が、武蔵や下総《しもうさ》の仕置きを為昌が担当するという形を取っている。つまり、北条氏の領国を、氏康と為昌の二人がほぼ半分ずつ支配しているということになる。

誠実で温厚な人柄で、氏綱や氏康、それに重臣たちからも深く信頼されているが、幼い頃から病弱で、何かというと寝込んでしまうので無理が利かない。領国の支配に関しても、実務的なことは大道寺盛昌が処理している。為昌の「昌」という字は盛昌からもらった一字で、そのことからも、この二人の関係の深さを推《お》し量《はか》ることができる。主従の関係とはいえ、実の父子のような間柄なのである。

今回も、あまり体調がよくないにもかかわらず、

「重臣一同を小田原に呼び集めるというからには、よほど大切なお話があるに違いない。弟のわしが行かないということはできぬ」

と無理を押して小田原にやって来た。

そのせいで小田原に着くなり熱を出し、重臣会議が始まるまで寝込んでいた。

その重臣会議が大広間で開かれた。

氏康は、居並ぶ重臣たちに向かい、

「わしは、これから三年、戦《いくさ》を控えようと思う」

と、いきなり切り出した。

どよめきが起こる。

「どういうお考えなのでございましょうか？」

大道寺盛昌が訊《き》く。

「うむ……」

昨年来の度重なる自然災害で民は疲弊しきっている。今は戦などせず、少しでも国を富ませ、民が飢えることのないようにしなければならぬと思うのだ、と氏康は自分の考えを説明する。

「ああ、それは、よきことをおっしゃいます」

盛昌は明るい表情で、実は自分の方から、それを勧めようと考えていたのだ、と言う。

遠山綱景や松田憲秀もうなずく。

「不作で食うものがなく、民が苦しむというのは、これが初めてではない。早雲庵《そううんあん》さまのときにもあったし、父のときにも何度となくあった。もちろん、これほどひどい不作が二年も続くというのは尋常なことではない。どうすればいいか、自分でも考え、早雲庵さまや父がどういうやり方で民を救おうとしたか調べてみた……」

不作の年、早雲や氏綱が戦を控え、蓄えていた米や銭を惜しみなく民に分け与え、餓死する者が出ないように心を砕いたことを氏康は説明し、今現在の苦境は、これまでと比べられないほどひどいから半年や一年くらい戦を控えるのではどうにもならぬ、それ故《ゆえ》、三年は戦を控えて国を富ますことに専念したいのだ、と言う。

氏康は為昌に顔を向け、

「どう思う?」

と訊く。

それまで為昌はひと言も発言していない。

何か不満があるというのではなく、見るからに具合が悪そうで、坐っているのもやっとという状態である。

しかし、氏康に次ぐ地位にある為昌の考えを聞かないわけにはいかない。

「結構なお考えでございます。亡くなった父上も、早雲庵さまも、さぞや喜んでおられることと存じます」

為昌が絞り出すように言うと、重臣たちも口々に賛意を示したので、これから三年は敵に攻められぬ限り、自分の方から戦を仕掛けることはしないという方針が決まった。

「早々に安堵状を出せば、皆も落ち着くことでございましょう」

「そうしよう」

盛昌の進言に氏康がうなずく。

当主が代替わりしたとき、それまでのやり方を踏襲することを、新たな当主が家臣や寺社に対して安堵状の発給という形で表明するのは、よくあることである。

「検地もしなければならぬな」

安堵状の発給と共に代替わり検地をするのも恒例と言っていい。

検地というのは、あまり頻繁に行うと農民から不満の声が上がる。

農民は自らの手取りを少しでも増やそうと、せっせと荒れ地を開墾して田畑を増やそうとする。検地が行われなければ、新たに切り開かれた田畑には年貢がかからないから、収穫をすべて自分のものにできる。

しかし、検地が行われて、その田畑が検地帳に記載されれば年貢がかけられる。だから、検地は嫌がられるのである。

それ故、何かしら大義名分がないと大がかりな検地を実施するのは難しい。代替わりというのは立派な大義名分であり、代替わり検地に異を唱えられることはない。氏綱も、宗瑞から家督を譲られて、最初に手をつけたのは検地であった。

安堵状を出すことで民心の動揺を防ぎ、代替わり検地を行うことで歳入の増加を図る。歳入が増えれば、今まで以上に手厚い飢饉対策を取ることができるようになる……それが氏康の考えであり、重臣たちも賛成してくれたので、これから三年は内政に専念して領国の安定化を図ることができるはずであった。

が……。

世の中は、氏康の思惑通りには動かない。

氏綱の死をきっかけに、氏康は戦を控え、内政に専念しようと考えたが、まったく逆のことを考えた者がいた。

扇谷上杉《おうぎがやつうえすぎ》氏の当主・朝定《ともさだ》である。

四年前、朝興《ともおき》が亡くなったとき、朝定は十三歳だった。政治にも軍事にも何の経験もなく、何から手をつければいいかわからないでいるところに北条氏との戦いが起こった。

朝定は叔父の朝成《ともしげ》に采配《さいはい》を任せたが、朝成も氏綱に対抗できるほどの器ではなかった。合戦に敗れた揚げ句、とうとう本拠の河越城《かわごえ》を奪われた。這々《ほうほう》の体《てい》で松山城《まつやま》に逃げ込んだ朝定は、もはや独力で北条氏に立ち向かう力はなく、その後は山内上杉氏《やまのうち》の後押しを受けて、かろうじて命脈を保っているという有様である。

今もまだ十七歳の若者に過ぎないとはいえ、辛酸を嘗《な》め尽くした四年間の経験が、実際の年齢《とし》以上に朝定を老成させた。

朝定は、命からがら松山城に逃げ込んだときのことを夢に見て、夜中に目を覚ますことがある。それほど恐ろしく、惨めな経験だったのだ。全身にびっしょり寝汗をかいて、荒い息遣いで寝床に身を起こすと、

(あの恨み、わが命ある限り、決して忘れまいぞ)

と唇を嚙《か》む。

何よりも腹立たしいのは、家督を継いだとき、自分が右も左もわからぬ小僧だったことで、だからこそ、口先だけが達者で、からきし戦の下手な朝成に采配を任せるような愚かなことをしてしまった。あのとき、もう少し自分が思慮深ければ、朝成ではなく、朝興を支えていた重臣たちに政を委ねていたであろうに、と悔やまれるのである。

今では、朝定が支配する城は数えるほどしかなく、領地も八割以上は北条氏に奪われてしまった。扇谷上杉氏の当主には違いないものの、山内上杉氏からは家臣のような扱いを受けている。

歴代の当主のうち、自分ほど情けない境遇にいる者はいなかったであろう、と泣きたくなる。いっそ死んだ方がいいのではないか、という気にさえなる。

悶々として楽しむことができず、絶望だけに満ちた日々を送っているところに思いがけぬ知らせが

届いた。

氏綱が死んだというのだ。

それを聞いたとき、

「まことか」

と叫ぶや、朝定は跳び上がった。あまりにも嬉しすぎて、広間の中を踊り回ったほどである。

これこそ天が与えてくれた千載一遇の好機だと思った。憎い敵ではあったものの、氏綱が名将であることは認めざるを得なかった。とても歯が立つ相手ではなかった。

しかし、氏康は、そうではない。氏綱の陰に隠れて目立たない存在で、これまで独力で合戦に勝利したことは数えるほどしかない。特に合戦がうまいという話も聞いたことがない。

幼い頃は、ひ弱で泣いてばかりいるような子供だったという話も伝え聞いている。その氏康が相手ならば、自分にも勝ち目はあるはずだ、と朝定は考え、氏康との戦いを決意した。氏康と戦い、氏康を破り、河越城を取り返そうというのである。

ふと、

（わしらだけで勝てるだろうか）

という不安が兆《きざ》す。

扇谷上杉氏の力は衰えている。動員令を発しても、せいぜい、三千くらいの兵しか集めることはできないであろうし、しかも、それが限度である。朝定にとっては虎の子の三千と言っていい。万が一、氏康に敗れ、その三千を失えば、今度こそ扇谷上杉氏は滅亡することになる。

朝定は冬之助《ふゆのすけ》の意見を聞くことにした。

本来であれば、最初からそうするべきであった。

軍配者《ぐんばいしゃ》に戦の助言を求めるのは当然である。

朝定がそうせず、一人で決断しようとしたのは、

（どうせ反対されるに決まっている）

と考えたからだ。

氏綱が強敵であることはよくわかっていたが、それでも何度か朝定は戦いを挑もうとしたことがある。何としても河越城を取り戻したかったからだ。

その都度、冬之助は、

「我慢なさいませ」

と反対した。

時機を待て、というのである。

その言葉に朝定が逆らうと、

「氏綱には勝てませぬぞ」

と怖い顔で睨《にら》まれた。

氏綱が亡くなった今こそ、冬之助の言う時機ではないかと朝定は思うが、以前と同じように今度は、氏康には勝てませぬぞ、と言われるかもしれない。

（まあ、そのときは、そのときだ）

そう腹を括《くく》ると、朝定は冬之助を呼び、河越城を取り返すために兵を出すつもりだ、と自分の考えを告げた。

「ほう、兵を……」

冬之助は小首を傾《かし》げて、しばらく思案していたが、

「よかろうと存じます」

「え、よいのか？」

「当主が代替わりしたときというのは、何かと国の中が落ち着かないものでございます。そんなときに戦をするのは容易なことではありませぬ。皆の心をひとつにまとめる力があればいいでしょうが、そうでなければ、戦などできませぬ。北条家の新しい御屋形《おやかた》さまの腕を見極めるためにも、一度は手合わせするのがよかろうと存じます」

「そうか、そうか」

冬之助が賛成してくれたので、朝定は思わず笑顔になる。

「但《ただ》し」

冬之助がぴしゃりと言う。

「ふたつのことを肝に銘じていただかなければなりませぬ」

「何だ？」

「ひとつは、北条勢がこちらが思うより早く河越にやって来たときは、城を落とすことを諦めて、すぐに兵を退くことでございます」

「どれくらい早くということだ？」

「城を囲んで三日くらい小田原から兵が来なければ、こちらの勝ちとなりましょう」

「三日だな」

「逆に言えば、三日以内に北条勢が河越に迫ったならば、すぐさま兵を退かなければなりませぬ」

「わかった。もうひとつは、何だ？」

「山内から兵を借りることでございます」

「……」

朝定が黙り込む。

扇谷上杉氏だけでは城攻めに必要なだけの兵を十分に集めることができないことは朝定にもわかっている。三千くらいの兵で河越城のような守りの堅固な城を攻め落とすのは難しい。

しかし、敢《あ》えて山内上杉氏への援軍要請を考慮しなかったのは、山内上杉氏の力を借りて城を落とせば、城を取られてしまうとわかっているからだ。

それを口にすると、

「それ故、われらより多くの兵を借りてはなりませぬ。こちらが二千なら、借りるのは一千、こちらが三千なら、借りるのは二千にするのです」

「そうすれば、城を取られずに済むだろうか」

「それは、殿のお覚悟次第でございましょう」

「わしの？」

「首尾よく城を落とすことができれば、山内上杉は当たり前のように城を我が物としようとすることでしょう。そのとき、殿が一戦も辞さずという覚悟で、祖先の霊が眠る城を余人に渡すことはできませぬ、と山内上杉の御屋形さまに詰め寄るのです」

「そんなことをしたら殺されるではないか」

「それくらいの覚悟がなければ、とても城を取り戻すことはできませぬぞ。それに……」

冬之助がにやりと笑う。

「山内上杉から、われらより多くの兵を借りぬというのは、そこまで見越してのことでございます。戦になったとしても、こちらが三千で、向こうが二千ならば、よもや負けることもありますまい」

「何と、そんなことまで考えていたのか……」

朝定の顔色が変わる。

つまり、冬之助は、北条軍を破って河越城を奪い返したならば、城を返してくれるように山内憲政《のりまさ》に直談判し、その直談判が決裂したなら、今度は山内上杉を討ってしまえ、と言っているのだ。

「もちろん、すべては北条に勝ってからの話でございます」

「勝てるであろうか……」

「先ほども申し上げたように、勝敗を決めるのは速さでございます。小田原の北条勢がやって来るまでに城を落とせるかどうか……」

「落とせぬときは兵を退けばよいのだな？」

「さようでございます」

「退かねば、どうなる？」

「二度と立ち上がることができぬほどの惨めな敗北を喫することになりましょう」

冬之助は表情も変えず、平然と言い放つ。

二

十月初め、扇谷上杉軍が河越城に迫っているという知らせが小田原の氏康のもとに報じられた。

軍勢は、ざっと五千で、扇谷上杉軍が三千、援軍の山内上杉軍が二千である。

氏康は、小太郎《こたろう》、盛信《もりのぶ》、綱成《つなしげ》を呼び、

「明日、出陣する」

と告げた。

「え、明日でございますか？」

盛信が驚く。まだ陣触れもしていない。今すぐ氏康と共に出陣できるのは、せいぜい、五百くらいのものであろう。それを盛信が言うと、

「それでいいのだ」

氏康は大きくうなずき、わしと小太郎は明日、出陣し、道々、兵を集めながら河越城に向かう、おまえたち二人は小田原に残って兵を集め、五千くらいになったら、わしを追ってこい、と命ずる。

「わたしは置いてきぼりなのですか」

綱成が不満そうな顔になる。

「違う。わしが先に行き、おまえは後から来るだけのことだ。留守を命じているわけではない」

「それは、そうですが……」

綱成は、まだ納得できないという表情だ。

「わしは三年は戦をしないと皆の前で誓った。父上の菩提を弔いながら、兵を休ませ、少しでも国を富ませたいと思ったからだ。しかし、両上杉は、わしを腰抜けの役立たずと見くびっているから、父上の死を勿怪《もっけ》の幸いと兵を出してきたのだ。これは由々しきことだ。わしが小田原でもたもたしているうちに、万が一、河越城を攻め落とされるようなことになれば、両上杉だけでなく、武田《たけだ》も今川《いまがわ》も里見《さとみ》も誰も彼もがわしを侮《あなど》って、次々と兵を出してくるであろう。そうなったら一大事だ。よってたかって周りの国々から攻められることになる。三年は戦をしないどころか、絶え間なく戦が続くことになるだろう。そうならぬようにするには、ここで両上杉を叩きのめさなければならぬのだ。北条は代替わりしたが、新しい主もなかなか手強《てごわ》いぞ……そう思い知らせなければならぬのだ。それ故、わしは、できるだけ早く河越城に行き、両上杉を懲《こ》らしめてやらなければならぬ」

　氏康が一気にまくし立てる。顔が赤くなっているのは、よほど腹を立てて、頭に血が上っているせいであろう。

　その顔を見て、

（わしがわがままを言っているときではない）

　と、綱成も反省し、

「承知しました。できるだけ早く兵を集めて、殿の後を追うように致します」

　と頭《こうべ》を垂れる。

「うむ、頼む。ついては今から支度に取りかかってくれ。わしは小太郎と明日の相談をする」

「は」

　綱成と盛信が部屋から出て行く。

小太郎と二人きりになると、

「わしは間違ってはおらぬであろうな？」

氏康が訊く。

「はい。少しも間違ってはおられませぬ」

「それを聞いて安心した」

氏康が安堵したように表情を緩める。

「明日、出陣すると言ったが、実は、何か策があるわけではない。どうすればいいかな？」

「ううむ、そうですな……」

小太郎が首を捻《ひね》る。

「策など、道々、考えればよいのではありませんか」

「それでよいのか？」

「殿がおっしゃったように、今、何よりも肝心なのは速さでございます。少しでも早く河越城に着き、両上杉を叩かなければなりませぬ」

「向こうは五千だというぞ。わしが小田原から連れて行けるのは五百だ」

「心配でございますか？」

「当たり前ではないか。父上が亡くなってから初めての戦だぞ。北条家の主として、わしが臨む最初の戦になる。肩に力が入らぬはずがあるまい。それなのに、わずか五百の兵しか連れて行くことができぬ。心細くないと言えば、嘘になろう」

「今夜のうちに玉縄城と江戸城に早馬を走らせましょう。殿が着くまでに東相模と江戸の兵を集めさせておくのです」

「どれくらい集まるかのう」

「急なことですから、二千くらい集まればよいでしょうな」

「わしの手勢と合わせて二千五百か」

「殿が小田原を発し、河越城に向かっていると知れば、両上杉は城攻めだけを考えるわけにはいかなくなりましょう。殿に背後を衝《つ》かれてしまいますから」

「わしと決戦しようとするかな？」

「恐らくは」

「で、わしは戦えばよいのか？」

「すぐには戦わず、一日でも二日でも時間をかけることです。そのうちに後詰めの兵が追いついてくるでしょう」

「それが間に合わず、両上杉が攻めかかってきたら、どうする？」

「そのときは戦うしかありますまい。しかし、そうはならぬでしょう」

「なぜ、そう思うのだ？」

「向こうは後がないのです。敗れれば滅びることになります。そのような危ない真似はしないでしょう」

「こういうことか。河越城が持ちこたえているうちに、わしが向こうに着き、戦をせずに時間稼ぎをしている間に後詰めの兵が着けば、わしの勝ちだ、と？」

「まあ、そういうことになりましょう」

小太郎がうなずく。

「それで、どうするのだ？」

「それで、とおっしゃいますと？」

「両上杉の兵を追い払って、それで終わりなのか？」

「それだけでは気が済みませぬか？」

「うむ、それだけでは駄目だ。奴らは、わしを侮っているから、ほとぼりが冷めた頃に、また河越城を攻めようとするであろうよ」

「では、どうなさいます？」

「父上に劣らず、わしは恐ろしい男だと思い知らせてやらなければなるまいよ」

うむ、そうしなければならぬ、と氏康は己に言い聞かせるように大きくうなずく。

三

河越城を囲んで二日目、朝定のもとに知らせが届いた。北条軍が接近しているというのだ。

本陣には朝定と山内憲政がいる。二人のそばには、冬之助と桃風《とうふう》という軍配者が控えている。

朝定と憲政の二人が揃って出陣し、河越城を攻めるのは、ほぼ四年振りのことになる。天文《てんぶん》七年（一五三八）の正月、扇谷上杉軍二千、山内上杉軍五千、合わせて七千の兵力で河越城に押し寄せたのである。朝定は十四歳、憲政は十六歳だった。

そのときも、氏綱がやって来るまでに城を落とすことができなければ兵を退くという方針を事前に決めていた。

氏綱は一万という大軍を率いて河越城救援にやって来たので、憲政と桃風は見苦しいほどに慌てて退却した。どれほど慌てたかと言えば、朝定に何の通告もなく、自分だけで引き揚げたのである。取り残された朝定は北条軍の一撃で叩き潰され、身ひとつで松山城に逃げ帰った。氏綱に対する朝定の恐怖は、このとき、心の奥深くに刻まれたと言っていい。だからこそ、氏綱が亡くなるまで、朝定は為す術なく手をこまねいていることしかできなかったのである。

そのときは城攻めを主導したのは山内上杉氏で、朝定が援軍のような格好だった。たとえ城を落としても、朝定の手に入ることはないという戦いだった。

今度は違う。朝定が城攻めを主導し、憲政は援軍という立場に過ぎない。

朝定の援軍要請を、憲政はふたつ返事で承知し、当初、五千の兵を貸してもよい、と言った。それを朝定は婉曲《えんきょく》に断り、二千の援軍をお願いしたい、と重ねて要請した。

「ほう、二千でよいのか。よほど自信があるらしいな」

朝定の腹の内を勘繰ることもなく、憲政は二千の兵を率いて出陣した。

戦を専門とする軍配者がそばにいれば、恐らく、朝定の腹の内を見抜いて憲政に何らかの忠告をしたであろうが、本来、桃風は戦が専門ではない。

「二千でよいのなら、こちらも楽ですな」

と、のんきなことを言った。

同じ軍配者でも、冬之助とは役者が違うのだ。

四人が揃っている本陣に北条軍接近の報がもたらされると、

「殿」

冬之助が朝定を促す。

北条の援軍がやって来るまでに城を落とすことができなければ兵を退くべし、と冬之助は朝定に釘を刺してあるし、そのことは朝定から憲政にも伝えられ、憲政も了解している。

となれば、即座に城の囲みを解いて退却するべきであった。

「うむ、兵を退かねばならぬな」

朝定がうなずく。

ところが、

「まあ、待たれよ」

桃風が横槍を入れた。

「敵が迫っているというだけで、ばたばた逃げ出すのも、みっともないではないですか。北条勢は二千そこそこというではありませんか。それならば、われらの半分にも足りませぬ。そう怖れることはありますまい」

いかがですか、と桃風が憲政に顔を向ける。

「確かに、それくらいなら、どうにかできそうだが……」

憲政がちらりと朝定の顔を見る。

「ああ、いや、それはそうかもしれませぬが……」

朝定が言葉を濁す。

（心に迷いが生じているな）

そう察した冬之助は、

「殿」

と、もう一度、声をかけ、険しい視線を向ける。

「わかっている、わかっているが……」

前回、氏綱が一万の兵を率いてきたように、氏康も一万の兵を率いてきたというのであれば、朝定も迷うことはなかったであろう。

しかし、北条軍は自分たちの半分以下の兵力にすぎないと知り、

（それなら勝てるのではないか）

という気がした。

その迷いを見透かしたかのように、

「五千の兵では心配なのであれば、鉢形《はちがた》城からもう三千の兵を呼べばよいのではないでしょうか」

桃風が憲政に言う。

「おお、そうだな。そうすれば、われらは八千になる。どうですかな、ここで北条勢を叩きのめせば、河越城だけではなく、毛呂《もろ》城や蕨《わらび》城も奪い返すことができましょうぞ」

憲政が朝定に言う。

「毛呂城や蕨城まで……」

朝定の心に欲が出た。

こうなれば、冬之助の忠告など無駄である。

「ぜひ、そのようにお願い致します」

朝定は憲政に頭を下げる。

冬之助は天を仰いで溜息《ためいき》をつく。

河越城を攻めるにあたって、朝定にふたつの忠告をした。城を落とす前に北条勢がやって来たら直ちに兵を退くこと。援軍の山内上杉軍は扇谷上杉軍よりも少なくすること。そのふたつの忠告が踏みにじられようとしている。

この場に朝定しかいなければ、何としてでも朝定を翻意させようとしたであろう。

しかし、憲政と桃風がいる。ここで冬之助が諫言《かんげん》すれば、朝定の顔を潰すことになる。さすがに、それはまずいと判断したから、黙っていた。

この場で当初の方針はあっさり変更された。

五千の両上杉軍は河越城の包囲を解かず、氏康の到着を待ち受ける。憲政は直ちに鉢形城から三千の兵を呼び寄せる、というものだ。

翌朝、氏康の率いる北条軍が河越城の近くに現れた。その数は、ざっと三千である。

最初は二千そこそこという報告だったが、実際には、もっと多かったわけである。それでも両上杉軍の六割程度に過ぎないから、憲政も朝定も余裕を持っている。

北条軍は、城に入ろうとはせず、両上杉軍を攻めようともせず、城から半里（約二キロ）ほど離れたところに陣を構えた。

それを知った憲政は、

「思ったより多かったようですが、それでも、わずか三千」

と、朝定に言う。

「鉢形城から三千の兵が着いたならば、直ちに攻めましょうぞ」

桃風が言う。

「差し出がましいようですが……」

冬之助が口を開く。

「戦うと決めたのであれば、直ちに北条勢を攻めるべきかと存じます」

「は？」

桃風が怪訝な顔になる。

「城の囲みを解いて攻めよ、と言われるのか？」

「はい」

「それは、ない」

桃風が首を振る。

「なるほど、われらは五千、敵は三千。城の囲みを解いて、北条勢と戦になれば、われらが有利であろう。しかしながら、河越城の近くで戦えば、城に籠もっている北条勢に背後を衝かれる怖れがある。それ故、援軍の到着を待つ方がよいと存ずる。そうすれば、われらは八千。城の囲みに一千くらいの兵を残したとしても七千。北条勢の二倍以上ですぞ。それでも今すぐに攻めよと言われるか？」

「そうするべきであると申し上げます。北条勢の援軍もこちらに向かっているはず。われらの兵が増えたとして、北条勢の兵がそれ以上に増えたのでは、援軍を待っても仕方ありますまい。ここで無為に過ごすのは敵を利するだけでございます。五千の兵が一丸となって北条勢を夜襲し、夜明けまでに勝敗を決すれば、河越城の北条勢に背後を衝かれる心配をせずにすみましょう」

冬之助が力説する。

「何を言う」

ははは、と桃風が笑う。

「夜襲というのは、兵力で劣る方が用いるべき策ではないか。われらの方が数で勝っているのに、なぜ、夜襲などしなければならぬのか」

この物知らずめ、という目で冬之助を見る。

「夜襲という策を用いるかどうかは、敵の数が多いか少ないかということだけで決めるものではありませぬ……」

今現在、敵と味方が置かれている状況を踏まえ、その状況で最も適切な策を取り上げるのが軍配者の仕事であり、その適切な策がたまたま夜襲であるに過ぎない、ということを冬之助が説明する。

それを聞くうちに、桃風の表情が険しくなり、額に青筋が浮かび上がる。

「養玉《ようぎょく》殿は、わたしを阿呆だと思っているのですかな？」

「まさか」

冬之助が首を振る。その通りだ、おまえは阿呆だ、黙っていろ、と怒鳴りつけたかったが、まさか、そんなことはできない。

「わしも少しは兵法を知っているつもりだが、夜襲というのは、成功すれば鮮やかだが、失敗すれば、目も当てられぬ大敗を喫することが多いらしい。危ない策だぞ。だからこそ、数で有利な方は、あまり夜襲をせぬのだ。違うか？」

憲政が冬之助に顔を向ける。

「おっしゃる通りにございます」

相手は山内上杉氏の当主である。口答えなどできるはずがない。冬之助としては、何を言われようがおとなしくうなずかざるを得ない。

「明日の昼過ぎには援軍が着くであろう。そうしたら時を移さず、すぐさま敵を攻める。敵の援軍よりも、われらの援軍の方が早く着けば、われらの勝利は疑いなし。のう、そう思いませぬか？」

憲政が朝定に同意を求める。

「そう思いまする」

朝定がうなずく。

（終わったな……）

冬之助は強い失望を感じた。

結局、憲政と桃風に押し切られる形で、鉢形城から援軍が到着次第、北条軍と決戦するということになった。

その後、それぞれの宿所に引き揚げ、朝定と冬之助が二人きりになると、

「もう何も言うな。その方の言いたいことはわかっておる。しかし、わし一人の考えでは、どうにもできぬこともあるのだ。わかってくれ」

朝定が弁解を始める。

「お考えはわからぬではありませぬが……」

「まさか、わしらだけで引き揚げるわけにもいかぬではないか」

「そうですな」

冬之助は浮かない顔をしている。

さすがに口には出さないが、明日の戦には勝てないだろうと思っている。

なぜなら、戦を仕切るのは憲政と桃風なのである。

阿呆二人で勝てるはずがない。

万が一、幸運が味方して勝ったとしても、朝定にとっていいことは何もない。氏康を打ち破った手柄も河越城も憲政のものになってしまうからだ。山内上杉氏が主体となって北条軍に勝っても朝定に利するところはないのである。

「わしを怒るな」

「怒ってはおりませぬ」

決まったことをくよくよしても仕方がない。気持ちを切り替えて、先のことを考えるべきであった。すなわち、いかにして負け戦の被害を小さくするかということであり、何よりも、朝定を無事に松山城に連れ帰ることであった。

四

翌日の昼過ぎ、山内上杉の三千が到着した。これで憲政は五千、朝定は三千、合わせて八千である。朝定の一千の兵を河越城の包囲に残し、七千の兵で氏康と決戦するというのが桃風の作戦である。氏康の軍勢は三千だから、どう転んでも負けるはずがないというのが桃風の見立てなのだ。

すぐさま氏康が布陣している土地に向かって進軍を開始する。

しばらくして先行させた物見の兵たちから知らせが届く。北条軍も動き出したという。しかも、兵の数が増えているというのだ。

「何だと？」

桃風の表情が険しくなる。

「そんなはずがあるか。愚かな者たちめ、ろくに兵の数も見極めることができぬわ」

更に物見を出し、敵の兵力を正確に把握しようとする。依然として進軍を続けたままだ。

やがて、物見が戻ってくる。

やはり、北条軍は増えていた。三千どころではない。八千だという。

「これは、どういうことだ？」

憲政が怪訝な顔で桃風を見る。

「わかりませぬ。いったい、何が起こったのか……」

桃風が首を捻る。

こういう事情であった。

両上杉軍の出陣を知った氏康は、直ちに小田原を出た。そのとき率いていたのは、わずか五百の兵である。小田原から東相模へ、そして、武蔵へと向かう道々、続々と各地の兵が加わったので、河越城近くに来たときには三千になっていた。

小太郎と打ち合わせた通り、氏康は城から離れた場所に布陣し、後詰めの兵の到着を待つことにした。両上杉軍が攻撃してきたら、陣を払って、ゆるゆると退却するつもりだった。時間稼ぎするためである。

幸い、そうはならなかった。その日、両上杉軍は動かず、鉢形城から援軍を呼ぶことにしたからである。

当然ながら、そういう動きを氏康も小太郎も知っている。

北条氏の諜報網《ちょうほうもう》は、この当時、諸国で随一と言っていいほど優れていたのだ。

両上杉軍の兵力が増えそうだと知っても、氏康も小太郎も少しも慌てなかった。山内上杉氏が動員できる兵力は正確にわかっていたので、一日か二日で呼び寄せられる兵力は、せいぜい、二千か三千だろうと見切っていたのである。それくらいなら、自分たちに後詰めの兵が到着すれば兵力は互角になるし、互角の兵力ならば負けようがないという自信を持っていた。

冬之助が進言したように、両上杉氏は直ちに攻めるべきだったのだ。そうすれば、両上杉は五千、氏康は三千だったのだから、どこかで勝機を見出すことも可能であったろう。決戦を先延ばしにすれば氏康を利するだけだと冬之助にはわかっていたが、憲政と桃風にはわからなかった。わずか一日の差が両者の明暗を分けたと言っていい。

小田原で兵を掻《か》き集めた綱成が、五千の兵を引き連れ、昼夜兼行の猛烈な行軍で、この朝、氏康と合流した。これで氏康の兵力は八千になった。

「何と、八千か。われらより多いではないか」

憲政が顔を顰《しか》め、どうする、引き揚げるか、と桃風に訊く。

「それは、まずかろうと存じます」

引き揚げるにしても、すでに双方の距離が詰まりすぎており、ここで慌てて退却を始めれば、北条軍に追撃されることになる。腰を据えて一戦し、その上で退却を考えるべきであった。

「うむ、そういうものか」

憲政はうなずき、その旨、朝定にも知らせた。

知らせを聞いた朝定は、

「大丈夫であろうか？」

心配そうな顔を冬之助に向ける。

「確かに、こうなった上は一戦するしかないでしょうな……」

桃風の策は間違っていない。北条軍に一撃を加え、相手を怯《ひる》ませた上で退却すれば、北条軍の追撃も鈍るはずであった。戦の呼吸というものである。

（なるほど、この策は間違ってはいない。しかし、きちんとやれるのだろうか……）

その場の思いつきで、ころころと方針を変えてしまう桃風と憲政の性格に、冬之助は一抹の不安を感じた。

一刻（二時間）後……。

両上杉軍七千と北条軍八千が激突した。

兵力はほぼ互角だが、綱成の率いてきた五千は夜通し行軍を続けたこともあり、かなり疲れている。

そのせいか、序盤、両上杉軍の方が明らかに優勢だった。

冬之助とすれば、

（今こそ兵を退く好機）

と言いたいところだった。

優勢を保っているときに、一呼吸置いて兵を退けば、北条軍には追撃する余裕がないはずであった。

両上杉軍は安全に引き揚げることができる。

朝定にも、そう伝えた。

「よかろう」

冬之助の説明に納得し、朝定も即座に退却するべきだと考えた。

しかし、憲政から退却の指示がないので、朝定としても勝手に兵を退くわけにはいかなかった。

しばらくすると、北条軍の先鋒が崩れ、じわじわと後退し始めた。

それを見た桃風は、

「殿、ついに敵が崩れ出しましたぞ。今こそ敵の息の根を止めるときです」

と、憲政に進言する。

「そうだな。行くぞ」

憲政もその気になっている。

敵に一撃を加えたら退却する、という方針は憲政の頭からも桃風の頭からも消えている。

直ちに朝定にも突撃命令を伝える。

それを聞いた冬之助は、

「馬鹿な」

と思わず口に出した。

冬之助の目から見れば、北条軍の先鋒が後退したのは、見え透いた罠である。両上杉軍を誘い込み、待ち構えている別の軍勢で包囲しようというのであろう。それを、朝定にも説明する。

「なるほど、そういうことか。しかし、すでに山内勢は突き進んでいる。われらだけが、この場に留まるわけにはいくまいよ。まして、この期《ご》に及んで兵を退くことなどできぬ」

「ならば、できるだけゆるゆると進むのです。いずれ待ち伏せしている北条勢が山内勢に襲いかかります。山内勢は算を乱して逃げ戻ってくるでしょう。それに巻き込まれぬよう、何かあればすぐさま兵をまとめて退くことができるようにするのです」

「任せてもよいか？」

冬之助の説明を聞いていると、いかにも簡単そうだが、北条軍と山内軍が戦っている最中に、しかも、逃げ戻ってくる山内軍の混乱に巻き込まれないようにしながら自分たちが無傷で引き揚げるというのは並大抵のことではできないと朝定にもわかるのだ。己の掌《たなごころ》を指す如くに兵を進退させられる者でなければ不可能であろう。

「承知しました。お任せあれ」

冬之助が大きくうなずく。

ようやく自分の出番が回ってきたのだ。

とは言え、負け戦の中で、兵をまとめて引き揚げるためだけに采配を振るというのは決して楽しいことではないし、やり甲斐を感じることでもない。

半刻（一時間）後、冬之助の予想は的中した。

北条軍の先鋒に誘われて、山内勢が追撃し、その軍勢が縦に長く伸びきったとき、山内勢の左右に潜んでいた北条軍が突如として姿を現した。それほど多くの数ではない。せいぜい、右から一千、左から一千というくらいであったろう。もっと少なかったかもしれないが、それだけで十分すぎるくらいだった。

山内勢は寸断され、大混乱に陥《おちい》った。意気揚々と先頭付近を進んでいた憲政と桃風が危うく敵軍の中に取り残されそうになったほどだ。

憲政と桃風は、供回りだけを引き連れ、馬に鞭《むち》を入れて逃げ出した。兵を見捨てたのである。

こうなったら、もう終わりである。

兵たちも勝手に逃げ出す。

ここぞとばかりに北条軍が追撃する。

「始まりましたな」

前方から聞こえてくる喊声《かんせい》を聞き、待ち伏せしていた北条勢が山内勢を蹴散らしているのだと冬之助は察する。あまりにもわかりやすすぎる展開である。

なぜ、桃風は、こんな子供騙《だま》しのような罠を見抜くことができなかったのだろう、と冬之助は不思議で仕方がないし、無能な桃風の口車に乗って大切な兵を無駄死にさせる憲政の愚かさにも溜息しか出ない。

「どうする、わしらも兵を退くか?」

「いいえ。そうはしませぬ」

冬之助が首を振る。

少しでも早く逃げ出したいのが人間心理というものだが、ここで山内勢と一緒になって逃げ出せば、朝定の率いる兵たちも臆病風に吹かれて蜘蛛《くも》の子を散らすように逃げ出してしまうだろう、と冬之助にはわかるのだ。

「では、どうする?」

「山内勢が北条勢にやられたことを、われらもやり返すのです」

冬之助は五百の兵を預かり、残りの一千五百を朝定の手許に残した。

「わたしが北条勢を攻めるのが見えたら、兵たちを真っ直ぐ北条勢に突っ込ませて下さいませ」

それまではこの場に残り、山内の御屋形さまを迎え入れて下さいませと言い残し、冬之助は五百の兵を率いて姿を消した。

やがて、山内勢が逃げ戻ってくる。

朝定は声を嗄《か》らして兵たちを叱咤し、自分の兵たちが敗残兵の混乱に巻き込まれないようにした。

そこに憲政と桃風が戻ってきた。

「おお、ここにいたか。引き揚げるぞ。北条勢が追ってくる」

憲政が上擦《うわず》った声で言う。

「お待ち下さいませ。ここで一緒になって逃げたのでは敵の思う壺でございます」

朝定が首を振る。

「何を言うのですか。御屋形さまのお命が危ないのですぞ」

桃風が声を荒らげる。

「だからこそ、ここで踏ん張るのです。このまま無事に鉢形城に帰ることができると思いますか？鉢形城どころか松山城に戻ることも難しいでしょう。また敵に待ち伏せされたら、今度こそ命がありませぬぞ」

朝定も必死である。

「どうせよというのだ？」

憲政が苛々《いらいら》した調子で言う。

「まずは、ここで兵をまとめるのです」

「それから？」

「待つのです」

「……」

憲政と桃風が顔を見合わせる。わけのわからないことを言うものよ、と二人とも呆れ顔だが、わずかな供回りを連れただけでは松山城に戻ることも難しいというのは正しい、と納得する。先は長いのだ。その場に山内上杉の旗を立て、逃げ戻ってくる兵たちを集め始める。すぐに二千ほどになった。

とは言え、最初に憲政が率いていたのは五千なのだから、まだ三千もの兵が戻っていない。

「これでよかろう。引き揚げるぞ」

「まだでございます」

「まだか？　敵が来るではないか」

実際、憲政の目には追撃してくる北条勢の姿がはっきり見えている。

「あと少し」

朝定とて恐ろしい。その恐怖心を必死に押し殺して冬之助の合図を待っている。

三千ほどの北条軍が憲政と朝定に迫ったとき、北条軍の背後から冬之助の軍勢五百が現れ、北条軍に遮二無二《しゃにむに》突っ込んでいく。不意を衝かれた北条軍が混乱する。

それを見た朝定は、

「進め、進め！」

と大音声《だいおんじょう》を発し、北条軍への突撃を命じた。

朝定自身、敵に向かって馬を進ませる。

「わしらは、どうするのだ？　攻めるか」

憲政が桃風に訊く。

「いいえ、すぐに北条勢の後詰めがやって来るでしょう。そうなったら、さっきの二の舞です。扇谷勢が防いでくれている間に引き揚げましょう」

桃風は朝定を見捨てることを平然と憲政に勧める。

「いや、それは……」

さすがに憲政もためらう。

「こんなところで命を落としてもいいのですか？」

桃風が睨む。

「そうよのう。それも馬鹿馬鹿しい」

ならば、さっさと引き揚げようではないか、と憲政は河越城の方に馬を進ませる。あっさり朝定を見捨てたわけである。

桃風と二千の兵も憲政に続く。

五

（何という奴らだ）

冬之助の目には山内の旗が遠ざかっていくのが見える。二千の扇谷上杉軍を捨て石にして自分たちだけが助かろうというのだ。

朝定と一緒になって憲政が北条軍を攻撃してくれれば、冬之助の奇襲攻撃で浮き足立っている北条軍は退却せざるを得ないであろうし、そうすれば、朝定も憲政も悠々と引き揚げることができるのだ。にもかかわらず、扇谷勢を置き去りにするというのは、おまえたちは勝手に全滅しろ、自分たちだけが助かればいいのだ、と言われているようなものであった。

（おのれ、そうはさせるか。御屋形さまをこんなところで死なせはせぬ）

激しい怒りが軍配者としての冬之助の本能に火をつける。いかにして、この窮地を脱するか、どうすれば脱せられるか、冬之助の頭脳はめまぐるしく回転して、様々な策を捻り出す。

朝定と合流すると、

「御屋形さま、兵を退きますぞ」

「もう退くのか？」

「ご覧なさいませ。山内勢は、とうに引き揚げにかかっております。われらを置き捨てるつもりなのです」

「何だと？」

朝定の顔から血の気が引く。

「この場に留まれば、いずれ北条勢に囲まれ、われらは助かりようがなくなってしまいます。今のうちに少しずつ退くのです。慌ててはなりませぬぞ。急げば、北条勢が嵩《かさ》にかかって攻めてきましょう。北条勢が攻めかかってきたら陣形を整えて迎え撃ち、北条勢を押し戻したら、その隙《すき》に退くのです。

寄せては引く波のように」

「うまくいくか？」

「うまくいかせるしかないのです」

「……」

青ざめた顔で朝定がうなずく。うまくいかなければ、ここで死ぬことになる、とわかったのである。

六

それから二刻（四時間）……。

朝定と冬之助は必死に北条軍の攻撃をしのぎ、何とか河越城の近くまで戻った。二千の兵が一千四百に減っていた。それほど北条軍の攻撃は激しかったのである。

幸いなことに、ここで河越城を包囲していた一千の兵が加わったので、朝定の兵は二千四百に増えた。しかし、まだまだ油断はできない。

（まだ日が暮れぬか）

冬之助は何度となく空を見上げる。夜の闇を味方にする以外に、無事に逃げ切ることはできそうにない、と考えている。

兵たちは疲れ切っており、いつまでも戦い続けることはできない。

冬之助自身、疲労困憊しており、歩くのも辛い。

朝定もひどい顔色をしている。

ここまでは北条軍の攻撃を受け止め、それを押し戻してから退却するというやり方をしてきたが、それを続けるのは、もう無理だ。そんな力は残っていない。

「御屋形さま、何も考えず、ひたすら松山城まで逃げるのです。直《じき》に暗くなるでしょう。そうすれば、北条勢も諦めるやもしれませぬ」

「そうか。ここからは逃げるしかないか」

朝定が暗い表情でうなずく。

扇谷勢二千四百が一丸となって退却を始める。

ここぞとばかりに北条軍が追撃する。

河越城の北、二里（約八キロ）ばかりのところで、突如として前方に兵が群がり出てきた。

それを見て、

（先回りした北条勢に待ち伏せされたか）

と、冬之助は顔が引《ひ》き攣《つ》る。

しかし、そうではなかった。

山内上杉軍であった。

朝定と冬之助が馬を進めると、

「おお、ご無事で何よりでございました」

桃風が声をかける。

「まったくよ。まあ、戦はうまくいかなかったが、何より大事なのは命を長らえることよ。心配していたのですぞ」

憲政が笑う。

（ふざけたことを言うな）

愛想笑いを浮かべた憲政と桃風の顔を見て、冬之助は、この二人が何を考えているか読めた。

朝定と扇谷上杉軍を置き去りにして逃げたものの、やがて暗くなってしまうし、今日のうちに鉢形城に帰るのは無理である。松山城で足を止める必要がある。

しかし、松山城は朝定の城だ。難波田《なんばた》忠行《ただゆき》が留守を守っている。朝定を見捨てた憲政を忠行が快く受け入れるはずがない……そう考えて、憲政と桃風は、ここで様子を窺《うかが》うことに決めたのに違いなかった。朝定が無事ならば一緒に松山城に入ればいいし、万が一、朝定が戦死したのであれば、扇谷上杉の敗残兵を収容して一緒に連れて行けば、忠行も松山城に入ることを拒むまい、という考えである。

「どうやら北条勢も追って来ぬようだ。松山城に戻り、今後のことなど話し合おうではないか」

憲政が言うと、

「そうですな」

朝定が重苦しい表情でうなずく。また河越城を取り戻すことをしくじってしまったという挫折感、甘く見ていた氏康に苦杯を嘗めさせられたという敗北感、同盟者である憲政に裏切られたという屈辱感、今にも気を失ってしまいそうなほどの疲労感がないまぜになって表情を重苦しくさせている。

「……」

冬之助は朝定の心中を思い遣って胸が痛んだ。

朝定の何が悪かったというのではない。今回は、よくがんばったと言っていい。敢えて何かが悪かったとすれば、憲政のような腰の据わらぬ男が山内上杉氏の当主で、しかも、憲政の軍配者が無能な桃風だということであった。そんな者たちを頼りにしなければならないのが今の扇谷上杉氏の弱い立場を象徴している。

そして、氏綱から代替わりした氏康が、氏綱と同じくらいに、いや、もしかすると氏綱以上に手強いということも不運のひとつであった。

もちろん、冬之助は、氏康を支える軍配者が小太郎であることを知っている。氏康が手強いというのは、小太郎が手強いということなのである。

（山内の御屋形さまもひとつだけいいことを言ったな。何よりも命が大事だということだ。命さえあれば、戦など何度でもやり直しが利く。確かに、その通りだ。いつか北条を倒して、御屋形さまが河越城に戻ることのできる日が必ずや来るであろう。わしの力で、そうしてみせる）

そう冬之助は心に誓う。

七

河越城奪回を目指して来襲した両上杉軍を撃退したことで、代替わりしたばかりの氏康にとって、当面の危機は去った。氏綱の喪に服しつつ、三年は戦をせず、内政に専念するという当初の方針が堅持されることになった。

が……。

思わぬことが起こった。

弟の為昌が亡くなったのである。天文十一年（一五四二）五月三日。享年二十三。

為昌は氏康とは五つ違いのすぐ下の弟である。

幼い頃からあまり丈夫ではなく、特にここ三年ほどは病床から離れることができないような状態だった。

為昌は玉縄城の城主を務めながら河越城の城代を兼務し、三浦《みうら》半島や武蔵、下総方面の領国支配を任されていた。その支配領域は北条家の領国のほぼ半分にあたる。それほど氏綱からも氏康からも信頼されていたということである。

病弱だったせいで、戦場に出たことはほとんどなく、従って、これといった武功は何もない。政に関しても、実務面は大道寺盛昌が担っていた。

では、ただのお飾りだったかというと、そういうわけではなく、盛昌の仕置きが道理にかなっていれば何も口を出さないが、そうではないと感じると、盛昌を叱って仕置きを改めさせた。そういう芯の強さもあるし、温厚で誠実な人柄で、物の道理をわきまえた判断をしたので、盛昌を始め、家臣たちから強い信頼を得ていた。実際、為昌が玉縄城の城主になってから、その支配領域で内政面に関する大きな問題が起こったことがない。よき領主だったと言っていい。

氏綱の後を継いだ氏康だが、いきなり広大な領国を一人で支配するのは、やはり、荷が重いことだった。為昌がいるおかげで、その負担が半分で済むというのは、氏康にとってありがたいことだった。

しかも、為昌は氏康に忠実で、氏康のやり方を全面的に支持してくれていた。

普通、代替わりすれば、先代に重んじられていた近臣たちが新たな主に不満を抱き、少なからぬ軋《あつ》轢《れき》を生ずるものだ。山内上杉氏や扇谷上杉氏では、代替わりするたびに内部抗争が勃発し、時には合戦沙汰にまで発展するのが当たり前になっている。

北条氏では、それがまったくなかった。

宗瑞から氏綱に代替わりしたときも、氏綱から氏康に代替わりしたときも、何の揉め事も起こらなかった。

氏綱の場合は、宗瑞が生きているうちに家督相続が行われたので、氏綱の立場が安定するまで、宗瑞が後見役として目を光らせていた。たとえ何らかの不満を持つ者がいたとしても、宗瑞を怖れて、それを口に出すような者はいなかった。

氏康は、そうではない。氏綱が亡くなってから家督を継いだのである。決して立場が盤石《ばんじゃく》というわけではなかった。

にもかかわらず、さしたる波風が立つこともなく、すんなり代替わりできたのは、為昌の存在が大きかったのである。

その為昌が亡くなった。氏綱が亡くなって一年も経たないうちに頼りにしていた弟が氏綱の後を追うように亡くなったのだから氏康の受けた衝撃は大きかった。

為昌の訃報を伝えたのは綱成である。

去年の秋、河越城に襲来した両上杉軍を撃退した後、氏康は綱成を玉縄城の城代に任じた。

その頃、為昌の具合はかなり悪くなっており、もはや政に関わることができる状態ではなくなっていた。それまでも大道寺盛昌が一人で切り回しているようなものだったとはいえ、盛昌の負担が更に増えたのは事実である。その負担を少しでも軽減するために綱成を残したのである。

もっとも、根っからの武人である綱成に大した事務能力はない。氏康が期待したのは、綱成の軍事的な才能であった。いつまた両上杉氏が出てくるかもしれないし、下総の情勢も不安定だ。

もちろん、重大な事件が起これば、氏康が小田原から大軍を率いて駆けつけることになっているが、小競《こぜ》り合《あ》い程度の衝突で、いちいち氏康が出陣するわけにはいかない。

その点、綱成に一千くらいの兵を預けておけば、敵がよほどの大軍でもない限り、下手な戦をしないだろう、と氏康は安心できるし、盛昌も政務に専念することができるはずであった。

その綱成が早馬を駆って小田原に飛んできた。

氏康の前に出るなり、はらはらと大粒の涙をこぼして為昌が死去したことを知らせた。

綱成と為昌が同じ城で過ごしたのは半年くらいのものだし、その間、為昌はほとんど表に姿を見せず寝込んでいたはずだが、それでも二人の間には主従の絆が生まれていたらしかった。それこそ為昌の人柄というものであろう。

とうに覚悟していたこととはいえ、為昌死去の知らせを受けると氏康は呆然としてしまい、しばらく口を利くことができなかった。

「何の力になることもできず、御屋形さまに申し訳ない、と。今際《いまわ》の際《きわ》に、そうおっしゃいました」

綱成が言うと、氏康の目からどっと涙が溢《あふ》れた。

「馬鹿者め、馬鹿者め」

氏康は何度も繰り返し、握り締めた拳《こぶし》で自分の太股《ふともも》を叩く。重い病を患っている為昌を養生させてやらなかった氏康も大馬鹿者だし、死の床につきながら自分の体ではなく、氏康のことばかり心配していた為昌も大馬鹿者だ、と言いたいらしかった。

しばし氏康と綱成は涙にくれた。

やがて、綱成が、袖で涙を拭《ぬぐ》いながら、

「すぐに玉縄に向かいまするか？」

と訊く。

「いや、少し考えたいことがある」

「……」

綱成は氏康の言葉を待ったが、それきり氏康は口を利かなかった。

葬儀の準備は玉縄城で盛昌が進めている。

氏康もできるだけ早く小田原を発つつもりでいるが、玉縄城に行く前に決めておかなければならないことがある。

今後、誰に玉縄城を預けるか、ということだ。為昌に子供がいれば、話は早い。その子に後を継がせればいい。しかし、病弱だったせいで、為昌は子供には恵まれなかった。

（どうすべきか……）

綱成を下がらせ、氏康は一人で思案を重ねる。ようやく自分なりの思案がまとまると、小太郎に使いを出す。夜になったら城に来るように、と伝えさせた。

八

小太郎が城に氏康を訪ねると、その部屋には氏康しかいなかった。

一瞬、小太郎は訝《いぶか》しげな顔になった。何か密談があるときは、小太郎だけでなく、綱成と盛信も呼ばれることが多いからだ。

綱成が玉縄城に移ってからは、氏康、小太郎、盛信の三人で会うことが多いが、今は綱成も小田原に戻っているのだから、四人で会ってもいいはずであった。その二人の姿がないので、小太郎は怪訝に感じたのであろう。

「明日か明後日には玉縄城に行くつもりでいる」

「わたしもお供してよろしいですか？」

「もちろんだ。ぜひ、一緒に来てほしい」

「お気持ち、お察しします」

氏康の沈んだ顔を見て、小太郎が言う。

「辛いな。わずか一年のうちに父と弟をなくすとは……。しかし、悲しんでばかりもいられぬ。北条の国を守ることを考えなければならぬからな。葬儀の前に玉縄城をどうするか、きちんと決めておかなければならぬ」

「ああ、そうですな」

小太郎がうなずく。

「他の城ならば、そう難しく考えることもないが、玉縄城は、ただの城ではない」

「はい」

氏康の言いたいことが、小太郎にはわかる。

今や北条氏の領国は東西に大きく広がっている。

だから、これまでは西半分を小田原城の氏康が、東半分を玉縄城の為昌が支配するというやり方を取ってきた。

これは氏康が考えたことではなく、氏綱の発案であった。支配領域が拡大するに従って、それを一人で支配していくことの難しさを氏綱自身が実感したからこそ、将来を見据えて、少しでも氏康の負担を軽くしてやろうとしたのだ。

そもそも為昌が玉縄城の城主になったのは、まだ元服《げんぷく》もしていない十三歳のときだった。じっくり時間をかけて新たな支配体制を構築しようという氏綱の考えだったのである。

それから十年が経ち、ようやくそのやり方が軌道に乗ってきたときに為昌が死んだ。

玉縄城がただの城ではない、と氏康が言う意味は、玉縄城は領国の東半分を支配する拠点であり、為昌の後を継いで玉縄城の城主に任じられる者は、その東半分を支配する力を持つことになる、ということなのである。

「ただの城であれば、盛昌に任せればいいだけだ。今までと同じようにせよ、と命ずれば済む」

「しかし、そうはいきませぬな」

「うむ、そうはいかぬ」

盛昌は重臣筆頭の地位にあり、宗瑞、氏綱、氏康と三代にわたって忠実に仕えてくれている。氏康も深く信頼している。

とは言え、あくまでも、盛昌の立場は家臣に過ぎない。家臣に大きな力を持たせすぎるのは災いのもとになる、というのは歴史の教えるところである。

「今までとやり方を変えるという手もある……」

今現在、玉縄城が担っている役割を縮小し、玉縄城、河越城、江戸城の三つで東半分を支配していくことも考えた、と氏康は言う。

権力の分散という点では効果的だが、反面、何か事件が起こったとき、それぞれの城を預かる者たちがいちいち連絡を取り合わなければならず、意思統一に時間がかかり、事件の対応に遅れが生じかねない。その弊害を考慮すると、やはり、今までと同じやり方を続けるのがいいと思うのだが、おまえの考えはどうだ、と氏康が小太郎を見る。

「おっしゃる通りだと思います。今までと同じやり方をするのが一番いいでしょう」

「では、誰に玉縄城を任せるのか、という話になるが……」

「十郎さまでは、いけませんか？」

「もちろん、最初にそれを考えた」

氏康が顔を顰《しか》める。

実は、氏康には為昌の下にもう一人、弟がいる。

それが十郎氏尭《じゅうろううじたか》である。為昌とふたつ違いだから二十一歳である。もう一人前だ。

為昌のように病弱ではない。怠け者でもないし、愚か者でもない。これといって欠点はないが、特に人より秀でたところもない。武将としても凡庸で、これまで何度となく氏綱や氏康と共に戦に出ているが、目立った武功を上げたことはない。

為昌は病弱で戦に出ることはできなかったが、統治者として優れていた。

その点を比較しても、氏尭には為政者として、これといった特徴はない。氏綱や氏康に命じられたことを忠実にこなしてきただけである。もっとも、父や兄に忠実であるということこそ、氏尭の長所であると言えないこともない。

太平の世であれば、氏尭に城を預けることには何の問題もない。軍事も政務も家臣に委ねて、氏尭は好きなことをしていればいい。

だが、世は戦国である。食うか食われるかという時代で、敵が虎視眈々《こしたんたん》と侵略の隙を窺っている。無能な者に城を預ければ、あっさり城を奪われてしまうであろう。

「ご心配なのですか?」

「ああ、心配だな。また両上杉が河越城に押し寄せ、わしが出陣に手間取っている間に十郎が玉縄や江戸の兵を率いて両上杉と戦うのかと思うと、正直、心配でたまらぬ。遠慮はいらぬ、正直に申せ。おまえは心配ではないか?」

「そう言われると……」

小太郎が首を捻り、心配でございますな、とつぶやく。

「そうであろう」

氏康が大きくうなずく。

「できれば玉縄城は身内に預けたい。しかし、十郎には預けたくない」

「そうは言いましても……」

氏堯の他に弟はいない。

氏綱の兄弟、すなわち、氏康の叔父は三人いるが、そのうちの二人、氏時《うじとき》と氏広《うじひろ》はもう亡くなっている。五十歳の長綱《ながつな》だけが達者だが、長綱は幼い頃に仏門に入り、四年前まで箱根権現《はこねごんげん》の別当を務めていた。還俗《げんぞく》したわけではないが、氏綱が亡くなってから、北条氏の重鎮として政に関わりを持つようになっている。普段は幻庵《げんあん》と号している。

氏堯に任せられないとすれば、幻庵しか候補者はいない。

「もちろん、叔父上に玉縄城を預けることも考えた。考えたのだが……」

氏康が言葉を濁す。

はっきり言われなくても、小太郎には氏康の言いたいことがわかる。

幻庵の人柄には何の問題もない。人格者であり、氏綱も、生前、幻庵の言葉には真摯に耳を傾けていた。学識も深く、物事の判断も道理にかなっているので、為政者としては心配ない。

問題は軍事なのである。四年前まで仏門に身を置いていたせいで、実戦経験がほとんどないのである。せいぜい、氏康の出陣中に留守を預かったことがある程度で、まだ合戦の経験がない。

そもそも玉縄城には大道寺盛昌がいるから政務の心配はない。軍事面が心配だから、綱成を配置したのである。

「では、大道寺さまと孫九郎《まごくろう》を玉縄城に残し、その上に十郎さまか幻庵さまを戴《いただ》くという形にしてはいかがでしょう」

と、小太郎は口にするが、氏康はどこか上の空という感じで、何事か思案している。

その姿を見て、

（ああ、もう御屋形さまには何かお考えがあるのだな……）

と、小太郎は察する。

それに気が付いたので、小太郎はあれこれ言うのをやめて、氏康が口を開くのを待つことにした。

やがて、氏康が、

「孫九郎に任せてはどうか、と考えている」

と切り出す。

「孫九郎ですか？　しかし、今も玉縄城にいるわけですし……」

「そうではない」

氏康が首を振る。

「城主に据えようかという話だ」

「……」

咄嗟《とっさ》に小太郎は言葉を発することができなかった。

話が飛躍しすぎているせいだ。

玉縄城を身内に預けたいという氏康の考えは、小太郎にもわかる。そういう点からすれば、綱成も身内には違いないから的外れな人選ではない。氏康の妹を妻にしているから氏康にとって綱成は義弟なのである。

しかし、氏尭や幻庵とは、まるで違う。血が繋《つな》がっていないというだけのことではない。そもそも綱成は父の代まで今川の家臣だったし、現に綱成の叔父を始めとする福島《くしま》の一族は今も今川に仕えている。綱成と弟の綱房《つなふさ》、妹の志乃《しの》は駿河《するが》に身の置き場がなくなって、小田原に流浪してきたのである。かつて宗瑞が綱成の父に書き与えたという一通の手紙だけを頼りに氏綱に助けを求めたのだ。

そのとき氏綱が相手にしなければ、綱成たちはどこかで野垂れ死んでいたに違いない。

幸い、氏綱が目をかけ、引き立ててくれたおかげで、綱成は氏康の学友となり、北条氏の家臣として取り立てられた。ついには氏康の妹を娶《めと》って、北条氏一門に名を連ねるまでに立身した。氏康の信頼も厚いし、戦場では常にめざましく活躍するので、今では北条氏で重きをなしている。

とは言え、例えば、大道寺盛昌といったような老臣と比べれば、新参者の若輩という立場に過ぎない。その盛昌を押しのける格好で玉縄城の城主という地位に収まれば、それを僻《ひが》む者もいるであろうし、もし盛昌が異を唱えれば、家中に不協和音を生じさせることになってしまう。

そういうことを頭の中で整理すると、

「それは、よろしいこととは思えませぬ」

と率直に口に出し、その理由も述べる。

「妹の夫というだけでは、納得せぬ者がいるかもしれぬということだな」

「はい」

「それは、わしも考えた。そこでだが……」

孫九郎を為昌の養子にするという体裁を整えた上で玉縄城の城主に任じようと思うのだが、と氏康が言う。

「ああ、養子に……」

そこまで考えていたのか、と小太郎は驚いた。

なるほど、氏康の義弟というだけでなく、為昌の養子ということになれば、紛れもなく北条氏一門であり、たとえ玉縄城の城主に任じたとしても誰からも異論は出ないであろう。

「それならば、反対する者はおりますまい。大道寺さまも賛成なさるでしょう」

「よし、ならば、早速、孫九郎と太郎衛門《たろうえもん》を呼んで、わしの考えを伝えよう」

この場に綱成と盛信を呼び、改めて四人の意思統一を図ろうというのである。

結果として、氏康の判断は正しかった。

為昌の葬儀の後、綱成を為昌の養子とし、玉縄城の城主に任ずる旨を発表したが、事前に大道寺盛昌ら重臣たちの賛同を得ていたおかげで、これに反対する者はいなかった。

その後、綱成が城主として周辺に睨みを利かせたおかげで、両上杉氏も挑発を控え、ほぼ二年間というもの、北条氏は大がかりな戦をせずに済んだ。

氏康は内政に専念することができた。東相模や武蔵南部では着々と代替わり検地が進められ、その進展に伴って氏康の経済的な基盤が固まった。

度重なる天変地異による不作で、農民たちは飢饉に苦しみ、国力も大きく減じていたが、次第に国力も増してきた。

北条氏の三代目として、氏康は、まずまず無難な船出をしたと言ってよかろう。

九

為昌の葬儀が終わり、綱成が新たな城主として玉縄城に腰を据えてしばらく経った頃、小田原城下に凄まじい姿をした乞食が現れた。全身が泥と垢《あか》にまみれ、悪臭を撒き散らしている。足が悪いらしく、木の枝を杖代わりにしてよたよたと歩いている。口から獣のような呻《うめ》き声を発し、行き交う者を血走った目で睨みつける。その姿や目付きだけでも人を驚かすに十分すぎるほどだが、その上、二目と見られぬほどに醜い顔をしている。顔全体にあばたがあり、しかも、蒸し上げた蟹《かに》のような赤ら顔である。右目は肉が盛り上がってほとんど潰れており、肉が盛り上がった分だけ頬の肉が引っ張られているので右の口の端が攣《つ》っている。これほど醜悪な形相を持つ者は滅多にいるものではない。四郎左《しろうざ》であった。

小太郎と別れ、小田原を後にしたのは、かれこれ十八年も昔のことである。

その後、四郎左は軍配者として召し抱えてもらおうと関東の大名家に自分を売り込んで歩いた。

しかし、買い手は現れなかった。醜悪すぎる容貌と意固地な性格が災いしたのである。

やむを得ず、関東だけに絞らず、東日本全体を旅して回ったが、やはり、仕官はかなわなかった。

甲斐の武田家では何とか当主の信虎《のぶとら》に目通りがかなったものの、信虎は四郎左を一目見るなり、

「あばた面《づら》は好かぬ」

と席を立ってしまった。

さすがに四郎左も落ち込み、自分を召し抱えてくれるならどこでもいい、西日本にも行ってみようかとまで考えた。

そんなとき、駿河の今川家で内紛が起こったという噂を耳にした。花蔵《はなくら》の乱である。

四郎左が胸を弾ませたのは、新たに今川家の当主になった義元《よしもと》と多少の縁があったからである。義元と、その後見役の太原雪斎《たいげんせっさい》がかつて建仁寺《けんにんじ》で学び、四郎左の師・栄橋《えいきょう》から教えを受けたことを知っていたのである。面識こそないものの、四郎左と義元は形としては相弟子ということになる。その縁に期待した。

もっとも、不安がないではなかった。

元々、四郎左は駿河の生まれである。故郷なのだ。

だが、二度と帰るまいと心に誓った土地でもある。

四郎左を恨んでいる者もいる。

迷いはしたものの、三十代半ばを過ぎてもどこにも仕官できないという焦りが勝った。

四郎左は駿府《すんぷ》に向かった。

雪斎は四郎左を好意的に迎えてくれた。義元に推挙し、軍配者として召し抱えようとしたが、四郎左を恨む者たちが反対し、四郎左の引き渡しを要求した。殺すつもりなのだ。

義元は思案し、四郎左を召し抱えることを諦め、四郎左の引き渡しを承知した。

但し、殺してはならぬ、と釘を刺した。建仁寺で相弟子だった者を殺させるわけにはいかぬ、という理由であった。

四郎左は駿府郊外の村で軟禁生活を強いられた。

その生活は、四郎左が四十三歳になるまで六年続いた。

この時代、人生五十年と言われる。

平均寿命が短く、六十過ぎまで生き長らえられる者は稀である。だからこそ、還暦を盛大に祝ったのだ。四十を過ぎれば、人生の晩年なのである。

働き盛りの六年間を無為に過ごした四郎左は、ついに意を決して駿府から脱出した。追っ手の手を逃れ、小田原まで辿《たど》り着くことができたのは、ほんの少しだけ運がよかったからに過ぎない。十中八九は死んでいるはずだったのだ。

小田原に着いたとき、四郎左は、ほとんど死にかけていたと言っていい。山野に生えている山ぶどうや木の実を生で食ったせいで下痢ばかりして体力が落ちていた。栄養失調状態である。目がかすみ、意識が朦朧としている。

ひたすら、

「風摩《ふうま》小太郎の屋敷はどこにある」

と繰り返したが、誰も相手にしてくれなかった。醜悪な四郎左を怖れて誰も近付こうとしなかったのだ。

たまたま親切な物売りに出会い、

「風摩さまのお屋敷を探しているのか。近くに用があるから連れていってあげよう」

と案内してくれた。

この物売りの名前は伝わっていないし、歴史に顔を出したのも、このとき限りだが、もし四郎左がこの物売りに出会わなかったら、戦国時代の歴史が大きく変わったことは確かである。なぜなら、山本勘助《やまもとかんすけ》という軍配者が武田家に存在しなければ、武田信玄《しんげん》の辿った道はかなり違ったものになっていたに違いないからだ。

「さあ、ここが風摩さまのお屋敷じゃ」

「ここが……」

門前に立ち、屋敷を見上げて、四郎左は呆然とした。堂々たる構えの武家屋敷である。その豪壮さに気後《きおく》れした。今の自分の姿があまりにもみじめだったからである。

（こんな姿を見られるくらいなら死んだ方がましだ。ああ、わしは何だって、小田原なんかに来たのだろう。あのまま駿府で死ねばよかったのに……）

肩を落として立ち去ろうとする四郎左に、

「もし」

と声をかけた者がある。

振り返ると、利発そうな顔をした少年が大きな目でじっと四郎左を見つめている。思わず四郎左は、

「小太郎ではないか」

と呼びかけた。が、すぐにそんなはずはないと気が付いた。六つ年下の小太郎は今では三十七歳のはずである。少年のはずがない。

「小太郎は、わたしの父でございますが……」

「ああ、さようか。小太郎殿は、お父上か」

「父のお知り合いの方でございましょうか？」

「いや、そういうわけではない。名を教えてもらえるかな」

「かえで丸と申します」

「かえで丸殿か。よいお名前じゃ。いくつになられる？」

「十でございます」

「ほう、十歳か……。いかにも賢そうな子じゃ。お父上のような立派な御方になられるであろうな」

「あの……。やはり、父のお知り合いなのでは？」

かえで丸が訊いたときには、もう四郎左は踵《きびす》を返している。

（冥途《めいど》へのいい土産ができた）

小太郎に会うことはできなかったが、息子に会うことができた。思わず「小太郎」と呼びかけてしまったほど、よく似た息子である。かえで丸の姿を見て、足利《あしかが》学校で共に学問に励んだ頃の記憶が四郎左の脳裏に甦った。四郎左の人生で最も幸福だった頃の思い出である。その思い出を胸に抱いて死

ねるのは幸せだと思った。

十

かえで丸が、母上、母上、と叫びながら廊下を走ると、

「何ですか、やかましい。男の子が見苦しく騒ぎ立てるものではありません」

「あ、母上、表に……」

「落ち着くのです。静かに話をなさい。いつも父上から言われていることでしょう」

かえで丸の母・あずみである。その背後から顔を覗かせて、くすくす笑っているのは、もみじだ。四歳の妹である。

「はい」

かえで丸は大きく深呼吸した。それから、

「表におかしな人がいて……」

と、かえで丸は四郎左に会ったことをあずみに話した。

「父上の知り合い……。いらっしゃい」

あずみは、かえで丸を奥に連れて行った。

奥の書院で小太郎が読書をしているのだ。

「旦那さま」

「どうした、二人がいたずらでもしたのか？」

「いいえ、あの……」

あずみは、かえで丸を促して、さっきの話を繰り返させた。話を聞くうちに小太郎の表情が変わる。

「かえで丸！」

「は、はい」

「おまえを叱っているのではない。その人に会わなければならないんだよ。どちらに向かった？」

「え～っと、それは……」

かえで丸が答える前に、小太郎は廊下に飛び出している。

往来に出ると、小太郎はかえで丸が追いつくのを待って、どっちだ、と訊く。四郎左が歩き去った方角をかえで丸が指差すと、小太郎はまた走り出す。四つ辻を曲がって、しばらく走り続けると、道端に人だかりができているのが見える。

「すまぬ、通してくれ」

小太郎が人だかりをかき分ける。そこに人がうつ伏せに倒れている。

「父上、その人です」

追いついたかえで丸が言う。

小太郎は四郎左の傍《かたわ》らにしゃがみ込み、四郎左の体を抱き起こす。

「四郎左さん……」

小太郎の目に涙が溢れる。

十一

四郎左は昏々《こんこん》と眠り続けた。助かるかどうかは運次第でしょう、と医師が匙《さじ》を投げるほど具合が悪かった。四日目の明け方、意識が戻った。助かったのだ。

「今までどこにいらしたんですか？」

「駿河にいた」

「え、駿河に？　今川家に仕えていたんですか」

「そうじゃない。そんなはずがないさ……」

水を飲んで喉の渇きを癒《い》やすと、小太郎と別れてからの十八年、どんな風に過ごしてきたか、ぽつりぽつりと語り始めた。

目許を押さえ、時には口から嗚咽《おえつ》を洩《も》らしながら四郎左の話に耳を傾けていた小太郎が、不意に顔を上げて厳しい表情になったのは、四郎左が武田信虎の名前を口にしたときである。

（ほう、さすがに北条の軍配者だな）

と、四郎左は感心した。

今の北条氏は周囲に敵を抱えている苦しい状況である。西の今川、北の武田、東の両上杉という国々が隙あらば北条氏を倒そうと虎視眈々と狙っているのだ。

小太郎が武田信虎の名前に強く反応したのは、去年、武田氏で大きな動きがあったからである。わずか二十一歳の嫡男・晴信《はるのぶ》（後の信玄）が父である信虎を駿河に追放して家督を奪ったのである。

その噂を伝え聞いた小太郎と氏康は、

「恐らく、実際に計画したのは宿老どもで、大膳大夫殿《だいぜんだいぶ》（晴信）は神輿《みこし》に担がれただけであろう」

と想像した。

武田氏には板垣信形《いたがきのぶかた》、甘利虎泰《あまりとらやす》、飯富虎昌《おぶとらまさ》などといった一筋縄ではいかない百戦錬磨の重臣たちが揃っている。政治や軍事の経験に乏しい若者が彼らを御していけるとは思えなかったので、重臣たちが自らの手で武田氏を牛耳るために、扱いにくい信虎を追い出し、晴信を陰から操るつもりなのではないか、と推測したわけである。

もちろん、そんなことがうまくいくとも思えないから、いずれ重臣たちが争い始め、甲斐は内乱状態になって分裂するのではないかと期待した。

敵国である武田氏が弱体化するのは、北条氏にとってありがたいことなのである。

が……。

そうはならなかった。

若い晴信を侮り、小笠原《おがさわら》氏、村上《むらかみ》氏、諏訪《すわ》氏、木曾《きそ》氏らの信濃勢が合力して甲斐に攻め込もうとしたが、瀬沢《せざわ》の合戦であっさり返り討ちにされた。

その後、今度は逆に武田氏が信濃に攻め込み、今では諏訪全域を手中に収めているという。

そういう成り行きだけを見ていれば、武田氏の勢いは信虎時代よりも増し、家中の結束も強まっているように思えるし、当主の晴信の手腕は大したものだと認めざるを得ない。

それを小太郎が口にすると、

「無人斎《むじんさい》（信虎）が言うには、力のある宿老たちの言いなりになっているだけだそうだ。今は宿老たちが互いに牽制し合っているから、傍目《はため》には家中がまとまっているように見えるが、いずれ穴山《あなやま》か小山田《おやまだ》あたりが国主の座を狙うに違いないと話していた」

と、四郎左が言う。

「それはいいことを聞きました。今のことを城で話しても構わないでしょうか？」

「ああ、いいさ」

早速、小太郎は登城し、四郎左は横になって体を休めた。

十二

数日後、城から戻った小太郎は、

「御屋形さまに四郎左さんのことを話したら、一度会ってみたいとおっしゃいました」

と言ったから、四郎左は驚いた。

小太郎は氏康に四郎左を軍配者として召し抱えるように勧めたのに違いない。

「北条の家臣になれと言いたいのか？」

「これまで四郎左さんがどれほどの辛酸を嘗《な》めてきたかを知り、十八年前に四郎左さんを引き留めなかったことを悔やみました。同じ過ちを繰り返したくないのです。どうか小田原に留まって下さい。すぐに決めてくれというのではありません。この屋敷でのんびり養生しながら、ゆっくり考えて下されればいいのです」

「おまえは優しいなあ。昔も今も少しも変わっていない。この世に別れを告げるとすれば、最後に会いたいのは小太郎一人だけだという思いで駿府から旅してきたが、それは間違っていなかったよ」

四郎左がごしごしと荒っぽい仕草で目許をこする。目に滲《にじ》んできた涙を見られるのが恥ずかしかったのであろう。

「決めたぞ、小太郎」

「御屋形さまに会ってもらえますか?」

「いや、明日、ここを発つ」

「え? なぜですか? てっきり四郎左さんが喜んでくれるものと思って……」

「嬉しいさ。嬉しくて嬉しくて、たまらない。この世に、たった一人でもわしのことを気にかけてくれる者がいるとわかっただけで、今まで生きてきた甲斐があったというものだ。駿府で死ななくてよかったよ。正直に言えば、わしは見栄を捨てておまえに仕官を世話してもらおうと考えていた。昔と違って、今では北条と今川は不仲だ。わしは駿河・富士《ふじ》郡の生まれだから、地理にも通じているし、あのあたりの豪族どもの繋がりも知っている。治部大輔《じぶのたいふ》や雪斎にも会っているし、雪斎とは同じ建仁寺で兵法を学んだから、雪斎のやり方も想像できる。わしは北条の役に立つ自信がある」

「それならば、ぜひ、わたしと共に……」

「待ってくれ。言うな。もう言うな。この土地は居心地がよすぎる。子供たちと遊んでいると、わしは好々爺《こうこうや》にでもなった気がする。この屋敷で隠居して孫と遊んでいるような、そんな幻を見てしまうのだ。牙を抜かれた狼になった気がして、ちょっと背筋が寒くなった。こんな情けない姿をさらしながら何をほざくのかと嗤《わら》われそうだが、わしにはまだ夢がある。とっくに捨てたつもりになっていたが、どうやら火が消えていたわけではなく、灰を被って燻《くすぶ》っていただけらしい。その夢がまた燃え上がりそうになっている」

「夢ですか……。足利学校にいるとき、わたしに聞かせてくれましたね。好きな学問をして、その学問を生かして、見かけだけで馬鹿にした連中を見返してやるのだと、そう語ってくれました」

「よく覚えているな、そんなことを」

「忘れるはずがないでしょう」

「学問だけは思う存分やった。足利学校でも建仁寺でも学ぶことができた。しかし、その学問を生かしたことがない。わしを友として遇し、わしを足利学校への道連れにしてくれたのは勘助だ。そのおかげで今のわしがある。亡き友への供養のつもりで山本勘助という名前を背負って生きることにしたのに、わしは軍配者にもなれず、この名前を世に知らしめることもできていない。人生五十年と考えれば、わしの人生は八割方終わったことになるが、まだまだやり残したことがある。それに挑んでみようと思う。そんなことができるのも、これが最後だろう」

「小田原で夢をかなえることはできないんですか」

「ここは居心地がよすぎると言っただろう。ぬるま湯に浸かっていたのでは夢などかなえられない」

「どこに行くんですか？　当てがあるんですか」

「足利学校に行く」

「え、足利学校に？」

「関東では絶え間なく戦が起こっている。昔よりも、ずっと戦が多い。戦が多くなれば軍配者も必要とされる道理だ。以前は自分から売り込みに歩いたが、それが間違いだったのかもしれぬ。足利学校には諸国から様々な噂が入ってくるから、そういう噂に耳を傾けていれば、本当に軍配者を必要としている領主が誰なのかわかるかもしれない」

「本気なんですね」

「いつも勝手なことをして、おまえに迷惑ばかりかけてきた。すまぬ、許してくれ」

四郎左が小太郎に深々と頭を下げる。

「いいんです。仕方ありませんよね。こうして四郎左さんにまた会えただけでも望外の喜びです。それ以上のことを望むと罰《ばち》が当たるかもしれません」


翌朝、夜が明けて間もなく四郎左と小太郎は屋敷を出た。

小太郎は馬を引いている。北条氏の領国では駅馬制度が完備しているので、通行手形さえあれば、通り道にある宿場で次々と馬を替えて旅することができる。馬や通行手形だけでなく、旅支度はすべて小太郎とあずみが整えた。四郎左へのはなむけだ。

「四郎左さん、くどいようですが……」

「もう言うな。わしの心は決まった」

「わかりました」

小太郎が淋しげに溜息をつく。

「わしもやり直しが利かない年齢だ。おまえの顔を見て、この世に思い残すこともなくなったし、これが最後という覚悟で自分の夢を追ってみるつもりだ」

「うまくいくことを願っています」

「もし夢がかなったら、おまえが耳にするのは四郎左という名前ではないからな」

「はい。山本勘助という名前ですね」

「小田原にまで山本勘助の名前が聞こえたら、わしの夢は半分かなったことになる」

「あとの半分は何ですか？　四郎左さんを馬鹿にした連中を見返すことですか」

「そんなことは、どうでもいい。あとの半分の夢は、軍配者として、戦場でおまえと相見《あいまみ》えることだよ」

「望むところです。その日が来ることを願っています。言うまでもないことですが、そのときは容赦しませんよ」

「こいつ、それは、わしの台詞だぞ」

二人は声を合わせて笑う。

ふと、養玉は、どうしているのかな、と四郎左がつぶやく。

足利学校で共に学んだもう一人の仲間、曾我《そが》冬之助のことである。

朝興から朝定に代替わりしてから扇谷上杉氏の勢いが急激に衰え、北条氏に圧倒されて、今では山内上杉氏の後押しがなければ立ち行かないほど追い込まれている現状を小太郎は語り、扇谷上杉氏そのものがあれだけ衰えてしまえば、養玉さんも軍配者として力を振るうのは難しいでしょう、と付け加える。

「養玉ほどの軍配者ならば、どこの国でも引く手数多《あまた》であろうに、上杉との縁が深すぎて、そう簡単に暇乞《いとまご》いなどできないのだろうな。不自由なことだ」

「四郎左さんが関東のどこかの国で軍配者になれば、養玉さんと戦うことになるかもしれませんよ」

「あるいは、養玉と手を組んで、おまえと戦う……そんなことだって考えられるぞ。今の北条家は四面楚歌だし、扇谷上杉には単独で北条と戦う力はないだろうからな」

「それは手強いですね」

「ここでいい。切りがないから」

「そうですか」

小太郎が四郎左に手綱を渡す。

「さらばだ、小太郎。また会おう、戦場でな」

四郎左は馬に跨《また》がると、馬の腹を強く蹴る。

そのまま振り返らずに馬を走らせる。涙に濡れた醜い顔など見せたくなかったからだ。

十三

四郎左は無事に足利学校に着いた。二十三年振りの再訪である。

夜明け前から学生たちと共に農作業に励んだ。講義を覗いたり、学生たちの議論に耳を傾けたりしながら、諸国から集まってくる情報に耳を澄ませた。

野良仕事と学問を繰り返すという規則的な生活を送るうちに、四郎左の体力と気力は充実してきた。

様々な情報を分析して、思案を重ねているうちに、

（甲斐に行ってみようか）

という気持ちになってきた。

老練な信虎から若い晴信に代替わりしたばかりの武田家は、盛んに信濃に兵を出して領土拡大を図

っている。すでに諏訪を制圧しているが、晴信はそれに満足せず、どうやら信濃全域を支配下に置くという野望を抱いているようだが、信濃の豪族たちもおとなしく従うわけがない。

当然ながら、これからも戦が続くであろう。

後世の軍師が戦だけを専門とするのとは違い、この時代の軍配者には様々な役割がある。軍陣作法に関する知識、観天望気《かんてんぼうき》、陰陽道《おんみょうどう》、占星術……兵法というのは軍配者が果たさなければならない役割のひとつに過ぎない。

もちろん、人によって得手不得手があるから、力のある大名家であれば、それぞれの分野に秀でた軍配者を何人も抱えるのが普通だ。

武田家には駒井高白斎《こまいこうはくさい》という名高い軍配者がいるが、高白斎が得意とするのは観天望気であり、戦陣における作法にも詳しい。

だが、戦はさして得意ではない。

四郎左の得意分野は兵法である。今の武田家で最も必要とされる業であろう。

（おれを売り込んでやる）

そういう意気込みで、天文十二年（一五四三）の正月、四郎左は足利学校から甲斐に向けて旅立った。この旅立ちが、後世、四郎左が武田の軍配者・山本勘助として歴史に名を残すことになる第一歩であった。

十四

内政に専念していた氏康が満を持して大がかりに兵を動かしたのは、天文十三年（一五四四）四月である。氏康自身が大軍を率いて小田原を発つというのは、二年以上もなかった。

氏綱が亡くなり、北条家の家督を継いだ直後、

「三年は戦をせず、国を富ますことだけを考える」

と、氏康は重臣たちに宣言した。

実際には、両上杉氏が若い氏康を侮って兵を出してきたため、氏康の思惑通りにはならなかったものの、それでも去年と一昨年は大きな戦をせずに済んだ。

もちろん、敵も黙っていたわけではなく、盛んに挑発してきたし、局地的な小競り合いは散発したものの、氏康は動かなかった。

その氏康がついに動いた。

扇谷上杉氏の当主・朝定は松山城に腰を据え、たびたび河越城周辺に兵を出している。堅固な河越城には歯が立たないので、その周辺の村々を襲って作物を奪ったり、豪族たちの砦《とりで》を焼き討ちしたりしているのだ。北条氏にとっては大した痛手ではないが、いつまでも放置していると、豪族たちや農民たちの間に、

「小田原さまは、われらのためには何もして下さらぬ」

という不満が溜まってくる。

（そろそろ何とかしなければならぬ）

そう氏康も考えて兵を出すことにしたが、どうせなら松山城を奪い、朝定を上野《こうずけ》に追い払ってしまおうと考えた。松山城という棘《とげ》があるために、武蔵と上野の国境付近が不安定で、そのあたりにいる豪族たちが北条氏と扇谷上杉氏に対して、どっちつかずの態度を取り続けているのである。

松山城を奪ってしまえば、上野を支配する山内上杉氏と直《じか》に対峙《たいじ》することになるが、それは覚悟の上である。目障りな朝定を退治してしまえば、河越城周辺は安定するのだ。

氏康は五千の兵を率いて小田原を出た。小太郎と盛信も従っている。道々、兵が増え、玉縄城に着く頃には七千になっていた。ここで江戸衆が加わったので、氏康の兵力は一万に膨《ふく》れ上がった。

「いよいよ奴らと決着をつけるわけですね」

氏康を迎えた綱成がにやりと笑う。

「うむ、そういうことになるな」

氏康がうなずく。

「楽しみですな。実に楽しみだ」

「城を預かる身になったというのに、まるで一騎駆けの武者のようだな」

盛信が呆れたように言う。

「仕方あるまい。わしは戦が好きなのだ」

「青渓《せいけい》先生、叱ってやって下さい」

盛信が小太郎を見る。

「御屋形さまが出陣なさるような大きな戦いで、おまえが張り切るのはいい。だが、家臣に任せておけばいいような小競り合いにまで出て行くのはやめておくことだ」

小太郎が諭《さと》すように言う。

「あ、ご存じでしたか」

綱成がハッとする。

今や玉縄城の主であり、東相模と武蔵、すなわち、北条氏の領国の東半分に目を光らせる立場にいるにもかかわらず、扇谷上杉の兵がどこそこの村や砦を襲ったという話を耳にするや、槍を手に持ち、馬に跨がって城から飛び出していくのである。

敵の数も、せいぜい、百人や二百人という程度だから、わざわざ綱成が出て行くことはない。家臣に退治を命ずればいいだけのことだと自分でもわかっているが、どうにも我慢できないのである。

「まあ、あれは大きな戦に備えての鍛錬のようなものでして」

綱成が恥ずかしそうに頭をかく。

「鍛錬で死んでは仕方あるまい」

「お言葉ですが、今まで負けたことはありませぬぞ」

「そんな小競り合いで勝った負けたもあるまい。敵を追い散らせばいいだけのことではないか。わしが言いたいのは、もし流れ矢にでも当たって深手を負うようなことになったら、どうするのか、ということだ。何のために、御屋形さまが汝《なんじ》に玉縄城を預けたか、よく考えなければなるまいよ」

「はい」

綱成ががっくり肩を落とす。綱成にとって、小太郎は学問と兵法の師である。小太郎に叱責されるのは何よりも辛い。

「城を預かるようになれば、何かと不自由なことが多くなるのだ。今のおまえの気持ちは、誰よりも、わしがよくわかる。しかし、つまらぬ小競り合いで死なれては困る。これからは慎めよ」

氏康が言うと、

「申し訳ございませぬ」

綱成が蚊の鳴くような声で詫びる。

そんなしょげかえった綱成の姿を見て、

「敵から地黄八幡《じきはちまん》と怖れられる孫九郎も、御屋形さまと青渓先生には頭が上がらぬものと見える」

盛信が笑い出す。

氏康と小太郎も笑う。

つられて綱成も笑う。

十五

松山城。大広間。

朝定、冬之助、それに難波田忠行の三人が顔を揃えている。

忠行は扇谷上杉氏の重臣で、ずっと松山城を預かってきた男である。今は河越城を北条氏に奪われた朝定がいるので、忠行は城代という立場になっている。

「北条勢は一万という話ですぞ」

忠行が言う。

「一万か……」

朝定が暗い顔になる。

扇谷上杉氏の勢力は衰えており、すぐに集められる兵力は、せいぜい、二千くらいのものである。河越城周辺の村を襲ったり、さして力のない豪族の砦を攻めたりするには十分だが、とても北条軍には太刀打ちできそうにない。

「籠城《ろうじょう》は難しいでしょう」

忠行が溜息をつく。一万もの北条軍が攻め寄せてきたら、松山城は攻め潰されるだけであろう。

「かといって、山内上杉に頼むのも、どうでしょうか……」

「うむ」

頼みの綱は山内上杉氏だけだが、援軍の山内上杉軍を松山城に迎え入れれば、そのまま居座られてしまう怖れもある。

傍《はた》から見れば、今の扇谷上杉氏は山内上杉氏の配下になっているようなものだが、朝定とすれば、依然として対等の関係だという矜持《きょうじ》だけは持っている。その矜持の支えが、この松山城なのである。最後の拠《よ》り所《どころ》である松山城まで山内上杉氏の支配を受けることになれば、朝定は山内上杉氏の家臣に成り下がってしまうであろう。

「どうすればいい？」

朝定が冬之助に顔を向ける。

「確かに、籠城はよくないでしょうし、援軍を頼むのも考えものでございますな」

「では、城を捨てて逃げるのか？」

朝定が青ざめた顔で訊く。

「そうではありませぬ。城に籠もるのはよくないと申し上げただけで、別に逃げるのがよいと言ったつもりはありませぬ」

「籠城もよくない、逃げたりもせぬ……では、どうするのだ？」

「言うまでもありますまい。戦うのです」

冬之助の言葉には迷いがない。

「戦うと言ってものう……」

朝定が溜息をつく。敵は一万、味方は二千、勝ち目などあるはずがない。

「山内勢の応援を頼みましょう」

「しかし、それでは……」

朝定がごくりと生唾を飲み込む。それでは、たとえ北条軍を撃退したとしても、山内勢に松山城を乗っ取られてしまう怖れがあるではないか。

「そうではありませぬ。山内勢は松山城には入れませぬ」

「わからぬことを言う。はっきり言わぬか」

忠行が舌打ちする。

「山内の御屋形さまに、こう申し上げればいいのです。すなわち、われらが北条勢を引きつける故、その隙に、玉縄城を攻められてはいかがか、と。北条勢は大軍で松山城を攻めるために玉縄城にはわずかの兵しか残さないでしょう。そんな城を落とすのは難しくないはず。しかも、玉縄城を落とせば、鎌倉まで手に入るのです」

「ふんっ、そううまくいくものか」

忠行が鼻を鳴らす。

「さよう。うまくはいかぬでしょう。なぜなら、山内勢が玉縄城を攻めると知れば、北条勢はすぐさま引き返すに違いないからです」

「わけがわからぬ」

「そうですかな？　わたしには、至極、簡単な話に思えます。北条勢が引き返したら、われらは、それを追って決戦を挑めばいいのです」

「ほう……」

朝定が興味を示し、膝を乗り出す。真正面からぶつかったのでは勝ち目はないが、退却している北条勢を追撃するというのであれば、そこそこ勝負になりそうだという気がするのだ。

「北条勢が引き返さなければ、どうなる？」

忠行が疑わしそうに訊く。

「そのときは山内勢が玉縄城を落とすでしょう」

「一万の北条勢が松山城を目指し、玉縄城にわずかの兵しか置かぬということであれば、そうなるかもしれぬ。しかし、北条勢が七千か八千で、玉縄城に二千とか三千の兵を残したら、どうなるのだ？　山内勢は玉縄城を落とすことができず、こっちは松山城を失うという最悪の結果になるかもしれぬではないか。そのときは、どうする？　何か手はあるのか」

「ありませぬな」

冬之助が涼しい顔で首を振る。

「ないのか?」

朝定が驚いたように冬之助の顔を見る。

「そんなうまい話はありませぬ。弾正忠《だんじょうのちゅう》さま(忠行)がおっしゃったようなことになれば、われらは手も足も出ませぬ。城を枕に討ち死にするか、潔く城を捨てて上野に逃げるか、どちらかを選ぶしかないでしょう」

「……」

朝定は言葉を失い、忠行も苦い顔で黙りこくっている。

「北条勢は玉縄城に多くの兵を残すことはないだろう、というのがわたしの考えです。一万もの大軍を集めたのは玉縄城を守るためではなく、松山城を落とすためでしょう。つまり、今度こそ不退転の覚悟でこの城を落としてやろうという意気込みの表れなのです」

「わしらを侮っているということか? わずか二千の兵しかいないとわかっているから一万の兵で踏み潰してやろうということか」

忠行が訊く。

「いいえ、それは違うでしょう。まさか、わたしたちが自分たちだけで戦うとは思っていないはずです。山内勢に援軍を頼むと考えているはず。われらの兵に山内勢が加わることを考えた上で一万の兵を集めたのでしょう」

「なるほど、もし山内勢が五千の援軍を送ってくれれば、われらは七千になる。七千の兵が松山城を拠り所にして戦えば、同じくらいの兵では歯が立たぬと北条は考えるということだな」

「そういうことです」

「そうだとすれば、もし山内勢が八千の援軍を送ってくれれば、われらは一万になり、北条勢と互角になる。そのときは、どうなるのだ？」

朝定が冬之助に訊く。

「そのときは、北条にではなく、山内に松山城を奪われることになりましょうな」

「……」

また朝定が黙り込む。

冬之助の言う通りなのだ。山内上杉氏を頼りすぎると、たとえ北条勢を撃退したとしても、その後に手痛いしっぺ返しを食うことになる。

山内上杉氏が朝定に肩入れするとすれば、それは親切心からではなく、大きな見返りを期待してのことなのだ。前から攻めてくる北条氏も恐ろしいが、後ろから助けに来る山内上杉氏も恐ろしいという話なのである。それが戦国時代というものである。

それ故、たとえ味方であっても、うまく距離を保っておかないと、いきなり背中を刺されるという事態が起こりかねないのだ。

そういうことを考えると、たとえ山内上杉氏の力を借りたとしても、松山城には近づけないという冬之助の策は悪くない、と朝定には思える。

「山内が承知するかのう」

忠行が首を捻る。

「わたしは承知すると思います」

「なぜ、そう思うのだ？」

「なぜなら……」

冬之助がにやりと笑う。

「山内の御屋形さまは欲の深い御方だからでございますよ」

朝定が北条の大軍を引きつけている間に、手薄な玉縄城を攻められよ、と提案すれば、憲政は飛びつくに違いない、と冬之助は思うのだ。

憲政は朝定よりふたつ年上の二十二歳である。

わずか九歳で山内上杉の家督を継いだので、最初のうちは重臣たちが話し合って政を取り仕切った。ようやく、ここ何年か、憲政も独り立ちして、名実共に山内上杉氏の当主として振る舞うようになっている。

しかし、冬之助の耳に、いい噂はほとんど聞こえてこない。酒色に溺れて政治に興味を持たず、媚《こ》びへつらう佞臣《ねいしん》たちの言いなりになっているというのだ。政治や軍事も、己の信念に従うというのではなく、損得勘定で動き、自分が贅沢をするために領民に重税を課しているともいう。

（戦というのは生身の人間がやるものだし、人間というのは欲に動かされやすいものだ。そこをつついてやれば、面白いように簡単に動く）

古来、兵法の聖典と言われる『孫子』も、その神髄を突き詰めれば、人間心理の綾《あや》をいかに利用するか、という点にある。それ故、優れた軍配者に最も必要とされる資質は、敵と味方の心理状態を正確に読み解くことができるかどうか、ということになる。

そう考えると、冬之助は実に優秀な軍配者であったし、その冬之助の目から見れば、憲政のような人間は扱いやすいのである。

十六

「何かおかしい気がするのです」

小太郎が氏康に言う。

すでに北条軍は河越城に入っている。

明日、まだ夜が明けないうちに河越城を出て、松山城に向かうことになっている。

「どこかに罠を仕掛けて、わしらを待ち伏せしていると思うのか？　その心配はないぞ。この城と松山城の間、つまり、わしらが進む先には何ら怪しいところはない。多くの人手を割《さ》いて入念に調べさせている」

「だからこそ、気になるのです」

「どういう意味かな？」

「松山城には二千くらいの兵しかおりませぬ」

「うむ」

「われらは一万、向こうは二千となれば、まともに戦って勝てるはずがないのですから、普通は籠城するでしょう。しかし、籠城の支度をしている様子もありませぬ」

「そう聞いている」

氏康がうなずく。北条の忍びが松山城に関する正確な情報を手に入れているから、扇谷上杉氏が籠城準備をしていないことを知っているのだ。

「われらを迎え撃つつもりなら、どこかに罠を仕掛けていなければおかしいのに、その様子がまったくないのが腑に落ちないのです。まるで……」

「何だ？」

「まるで、どうか好きにしてくれ、とおとなしく首を差し出しているように見えるのです」

「籠城しても、決戦を挑んでも、どちらにしても勝ち目がないから、こちらに首を差し出すというのか？　いやいや、それはないだろう。それなら、今頃、降伏の使者がやって来ているはずだ」

「そうなのです。そんなことはあり得ません。とすれば、やはり……」

「しかし、罠などなさそうだぞ。扇谷上杉の兵は松山城に籠もっている。わしも白子原《しらこはら》の二の舞は御免だから、松山城から兵が外に出ればわかるようにしてあるが、そういう動きはない。つまり、二千が城に籠もっているということだ。考えられるとすれば、山内上杉の援軍がやって来ることだろうが、それもない。松山城と鉢形城の間にも多くの忍びを放っているから、松山城に援軍が近付けばすぐにわかるはずだが、今のところ、その様子はない」

「それもまた解せぬのです」

　小太郎が首を捻る。

「案外、わしらが城を囲むのを待って降伏するつもりなのかもしれぬぞ。向こうにも見栄があるから、そう簡単に降伏もできまい。少しは意地を見せたいのではないかな。扇谷上杉も今ではすっかり力が衰えてしまった。必死に二千という兵を掻き集めたものの、その采配を振ることができる者もいないのではないのかな」

「……」

小太郎がじっと考え込む。

（いや、そんなはずはない。養玉さんがいる。それとも具合が悪くて床に伏せているのだろうか……）

冬之助ほどの軍配者が扇谷上杉氏を見限って暇乞いすれば、当然、小太郎の耳に入るはずである。

しかし、そんな噂を聞いたことはない。

とすれば、今も扇谷上杉氏に仕えているはずだし、そうだとすれば、松山城にいるに違いないのだ。

何らかの事情で冬之助が軍事に口を挟むことができないのであれば、扇谷上杉氏の不可解な対応も
わからないではないが、そうではなく、これが冬之助の企《たくら》みだとしたら、きっと、どこかに恐ろしい
罠が仕掛けてあるに違いないと思うのである。

だが、氏康の言うように、今のところ、何の罠も見付けることができない。

「小太郎にそう言われると、わしも気になる。明日は戦をしない方がいいと思うのか？」

氏康が訊く。

「いいえ、そこまでは……」

小太郎も歯切れが悪い。嫌な感じがするし、胸騒ぎもするのは事実だが、何か明確な根拠があるわけではない。にもかかわらず、松山城攻めをやめた方がいい、とは言えるはずがない。

尚も二人があれこれ話していると、廊下を激しく踏み鳴らす音がして、御屋形さま、御屋形さま、
という大きな声が聞こえる。

「あれは……」

「孫九郎ですな」

小太郎がうなずいたとき、綱成が部屋に走り込んでくる。その後ろに盛信も続いている。

「落ち着け。何をそんなに慌てている。御屋形さまの前だぞ」

小太郎が叱る。

「申し訳ございませぬ。しかし、しかし……」

綱成は慌てすぎて、うまく話すことができない。

「飲め」

氏康が水差しを差し出す。

「はい」

綱成がごくごくと喉を鳴らしながら水を飲む。水差しが空になると、ふーっと大きく息を吐き、

「山内上杉の軍勢が玉縄城に向かっております」

「何だと？」

氏康が驚き、素早く小太郎に視線を向ける。おまえの嫌な予感が的中したな、という顔である。

「話せ」

「玉縄城から早馬が来たのです……」

こういうことであった。

松山城を落とすべく、氏康は総力を挙げて北上した。そのため玉縄城にはわずかの守備兵しか残していない。とは言え、警戒を怠ったわけではなく、周辺の状況には油断なく目を光らせていた。

その偵察網が山内上杉軍の動きを察知した。

山内上杉軍は、鉢形城から一直線に玉縄城を目指すのではなく、河越城の西にある毛呂城を大きく

西側に迂回《うかい》し、つまり、その動きを北条氏に察知されないように細心の注意を払って、玉縄城に迫りつつあるという。

北条軍が警戒していたのは、山内上杉軍が援軍として松山城に向かうことである。それ故、鉢形城から松山城に向かう道々は厳しく警戒していたものの、それ以外の方面に関しては警戒が手薄であった。まさか山内上杉軍が松山城ではなく、玉縄城に向かうとは、氏康も小太郎もまったく予想していなかったのである。

「玉縄城に着くのは、いつ頃になる？」

小太郎が訊く。

「遅くとも明日の昼までには……。もっと早いかもしれませぬ」

「して、その兵力は？」

氏康が険しい表情で訊く。

「ざっと七千とか」

「何と、七千か……」

氏康がふーっと大きく息を吐く。

その表情に大きな変化はないが、内心、かなり動揺しているのが小太郎にはわかる。恐らく、盛信もわかったであろう。

綱成は、他の誰よりも自分自身が動揺しているから気が付かなかったかもしれない。綱成の気持ちが小太郎にはよくわかる。

河越城にやって来た北条軍は、実は一万よりも多い。正確には一万一千五百くらいなのである。

なぜかといえば、綱成が玉縄城に残す守備兵力をできるだけ少なくし、その分、氏康の兵力を増やそうとしたからである。今度こそ松山城を落として扇谷上杉氏の息の根を止めてやろうという氏康の意気込みを知っていたから、少しでも氏康の力になろうとしたのだ。それが裏目に出た。

普段と同じ程度の兵力を玉縄城に残しておけば、綱成も、これほど慌てることはなかったのだ。ところが、今現在、玉縄城に残っている兵は、わずか六百程度に過ぎない。元々、それほど堅固な城というわけでもないから、七千もの大軍に攻められたらひとたまりもないであろう。

「まさか、こんなことになるとは……。申し訳ございませぬ」

綱成が床に額をこすりつけて氏康に詫びる。

「顔を上げよ。おまえのせいではない。こんなことは誰も想像していなかった。わしも小太郎もだ」

氏康は小太郎に顔を向けると、さあ、これから、どうする、と訊く。

「まだ城攻めを始めていなかったのが不幸中の幸いでした。夜が明けたら、直ちに玉縄城に引き返しましょう」

小太郎が言うと、氏康がもっともだというようにうなずく。

「し、しかし、それでは……」

綱成が膝の上でふたつの拳を強く握り締めている。よほど力が入っているのか、綱成の肩が小さく震えている。

「間に合わぬ、と言いたいのか？」

氏康が訊く。

「は、はい」

綱成がうなずく。

夜が明けるのを待って河越城を出発したのでは、玉縄城に着くのは夕方になってしまう。よほど急いだとして、そのくらいである。

山内上杉軍は明日の昼には玉縄城に着くという。

北条軍が玉縄城に着く頃には、玉縄城は山内上杉軍に落とされているであろう。

「気持ちはわかるが、夜更けに大軍を動かすのは危ない。あらかじめ、その支度をしていたというのであれば話も違うが、今はそうではない。大慌てで出発すれば、何が起こるかわからぬ。わしも何とかしたいのは山々だが、迂闊《うかつ》なことをすれば取り返しがつかないことになりかねぬ」

氏康がじっと綱成を見つめ、諭すように言う。

それでなくても夜の行軍というのは危険を伴うものだ。万が一、敵に待ち伏せ攻撃されたら、たとえ、それが少数の敵だとしても、北条軍が大混乱に陥るのは必至である。総大将である氏康が危険を避けたいと考えるのは当然であった。

「その通りだと思います」

綱成が大きくうなずく。ふたつの目からは大粒の涙がはらはらとこぼれている。

「しかし、それだと城が落ちてしまいます。わたしを信じて城に残った者たちを見殺しにすることになってしまうのです。伏して、お願い申し上げます。どうか、わたしが出発することをお許し下さいませ」

「これから出発するというのか？」

「今から発てば、山内上杉より先に玉縄城に着くことができましょう。わたしは城に籠もり、御屋形さまが来るまで、何としてでも城を守り抜きます。それ故、どうかお許しを……」

「ううむ……」

　氏康が困惑顔で小太郎を見る。

「孫九郎のことだ。いくら止めても行く気なのでしょう」

「わしが止めてもか？」

「御屋形さまの命令に逆らって出発すれば、後から腹を切って詫びるつもりなのではないかと思います。違うか、孫九郎よ？」

　小太郎が綱成に顔を向ける。

「……」

　綱成は思い詰めた表情で黙り込んでいる。

「孫九郎に腹を切らせるわけにはいかぬな。どうしたものか……」

　氏康が溜息をつく。

「どれくらい連れて行くつもりでいる？　正直に答えろ」

　小太郎が訊く。

「五十騎ばかり、をと」

「なるほど、五十騎か。騎馬武者だけを連れて、少しでも道中を急ぎたいということだな」

「はい」

「御屋形さま」

　小太郎が床に手をついて、氏康に頭を下げる。

「こうなったからには、どうか孫九郎を玉縄城に行かせてやって下さいませ。全軍が夜行するのは危なすぎるので、御屋形さまは夜が明けてから出発するべきだと思いますが、それでは玉縄城が落とされてしまいます」

「しかし、わずか五十騎馬では、どうにもなるまい」

「それ故、孫九郎には五百騎を与えてほしいのです」

「五百騎？」

氏康の表情が引き締まる。

一万を超える軍勢を率いているといっても、そのほとんどは徒歩の兵である。騎馬武者一人が数人の従者と徒歩の兵を率いるのが普通だから、北条軍全体でも、馬は一千頭くらいしかいない。そこから五百頭の馬を引き抜けば、北条軍の機動力は半減する。

「……」

氏康が思案する。

何もせずに夜明けを待てば、恐らく、玉縄城は山内上杉軍に落とされることになる。綱成が五十騎率いて駆けつけたところで焼け石に水であろう。五百騎ならば、玉縄城に残してきた兵と合わせて、綱成の兵力は一千を超える。それだけの兵力があれば、たとえ七千の敵が相手でも、綱成ならば半日くらいは持ちこたえられるであろう。

逆に、氏康の率いる北条軍は機動力だけでなく、攻撃力もかなり削《そ》がれることになる。それだけ馬が持つ戦術的な価値が大きいということである。

万が一、その状態で、玉縄城までの道々、敵と戦うことになれば、氏康も苦戦を免れないであろう。

（玉縄城を敵に渡すわけにはいかぬ。そんなことになれば、鎌倉まで失ってしまう。山内上杉は玉縄城を落とすことにすべての力を注ぐであろうから、わざわざ、兵を分けて、わしらを待ち伏せすることはあるまい）

氏康の思案には、山内上杉軍のことしかなく、松山城の扇谷上杉軍のことはまったく頭になかった。わずか二千で松山城に閉じこもっている扇谷上杉軍に何かができるなどとは考えなかったのである。見くびっていたわけである。

それは小太郎も同じで、綱成を先行させた後、いかに素早く北条軍が玉縄城に戻ることができるかということばかりを思案している。

軍配者ですら扇谷上杉軍を無視したのだから、氏康の思慮がそこまで届かなかったのは無理ならぬことだったのである。

「孫九郎、行くがよい。五百騎を率いて、すぐに発つのだ。玉縄城に入り、わしが着くまで城を守り抜け」

「命に代えて、城を守りまする」

綱成は、まだ泣いているが、これは嬉し涙であった。

それから一刻（二時間）ほどして、綱成の率いる五百騎が河越城を出た。

河越城では煌々《こうこう》と松明《たいまつ》が燃やされ、兵たちが慌ただしく出陣準備を始める。

夜が明けきるのを待つことなく、いくらかでも東の空が明るくなってきたら、氏康は出発するつもりでいる。

十七

河越城の外から、その様子を窺っている者たちがいる。冬之助の放った忍びであった。河越城で動きがあれば、すぐに松山城に知らせることになっている。綱成が城を出ると、忍びはすぐさま松山城に注進した。

そのおかげで、深夜、冬之助は五百くらいの騎馬武者の集団が河越城を出て、南に向かったことを知った。わずかな情報から、冬之助は氏康や小太郎が何を考え、何をしようとしているか、たちどころに見抜いた。己の掌を指す如く、敵の動きが容易に理解できるのである。ほんの一瞬、自分が神になったかのように錯覚してしまうほどである。

（ふふふっ、山内上杉より先に玉縄城に入ろうという考えなのだな。となれば、率いているのは地黄八幡であろうな。ありがたい。あの男がいないだけで北条の力は、かなり落ちる……）

冬之助は朝定の部屋に向かう。

朝定は起きていた。

明日、戦になるだろう、と冬之助から言われていたので、とても眠ることができなかったのだ。

「殿、出陣ですぞ」

「うむ」

朝定が青白い顔を冬之助に向けてうなずく。

「北条が動いたのか？」

「地黄八幡が五百を率いて河越城を出ました」

「ふうむ、五百か。思ったより少ないな」

「騎馬武者だけで、徒歩の兵は連れていないようです。数よりも速さを取ったということでしょう。それは間違ってはおりませんな。山内上杉が玉縄城を攻めれば、城は半日とは持ちこたえることができないでしょうが、地黄八幡が玉縄城に入れば、山内上杉の城攻めは難しくなるでしょうから」

「わずか五百が抜けただけでは、まだかなりの数の敵が河越城に残っているということだな？」

「一万以上は間違いなくいるでしょう」

「……」

朝定の顔色が更に悪くなる。

「わしらは二千だぞ。しかも、松山城をほとんど空にしなければ二千の兵を出すことはできぬ」

「ご心配には及びませぬ。城を空にしたところで、それを攻めようとする者は周りにおりませぬ。北条軍は引き揚げていくのですから」

冬之助が涼しい顔で答える。

「そうかもしれぬが……」

「打ち合わせた通りにやっていただけまするな？」

「おまえが五百の兵で北条軍の鼻面を叩き、残りの一千五百でわしが北条軍の尻尾を攻め立てるというのだな？」

「はい」

「本当にそれでうまくいくのだろうか？　そんな単純なやり方で……」

冬之助が北条軍の進路を先回りして待ち伏せ、北条軍の先鋒部隊に奇襲攻撃を仕掛ける。それで北条軍が混乱しているところに、朝定の軍勢が攻めかかるという作戦なのである。朝定の言うように、極めて単純な作戦であろう。兵力にそれほど差がなければ、かなりの打撃を北条軍に与えられるかもしれないが、北条軍は扇谷上杉軍の五倍以上である。北条軍の頭と尻尾を叩いたところで大した効果はないのではないか、という疑念を朝定が持つのも無理はない。

何より恐ろしいのは、退却しようとしている北条軍を挑発することで、怒った氏康が方向を転じて、再び松山城を攻めようとすることであった。

そうなったら終わりである。

「何度も申し上げたではありませんか。そうなれば、潔く松山城を諦めるしかないのです」

「……」

「その代わり、北条は玉縄城を失うことになるのです」

「わかっているが……」

「北条の御屋形さまが愚かであれば、腹立ち紛れに松山城を攻め、玉縄城を見捨てるような真似をするかもしれませぬが、あの御方は愚かではないし、そばにいる軍配者も優れた者です。ですから、決して玉縄城を見捨てないでしょう。わたしたちが攻めれば、山内上杉軍を助けるために時間稼ぎをしているのだと考えるでしょうから、松山城に戻ろうとするのではなく、先を急ごうとするのではないか、とわたしは考えます」

「そううまくいくかのう」

朝定が溜息をつく。

もし冬之助の思惑が外れれば、朝定は松山城を失うことになる。行き場を失った朝定は山内上杉の当主・憲政に膝を屈して頭を垂れ、憲政の家臣として生き延びるしかなくなってしまう。朝定にとっては悪夢のような未来図であろう。

「殿」

「わかっておる」

朝定がまた溜息をつく。さっきよりも重苦しい溜息である。

そう、わかっているのだ。氏康が小田原を発ってから、朝定は冬之助の策に従って、できることをすべてやって来た。そのおかげで、山内上杉軍の大軍が玉縄城に向かっているのであり、玉縄城を守るために北条軍は松山城攻めを諦めて河越城を出ようとしている。何もせず、手をこまねいていたならば、今日か明日には北条軍に松山城を奪われていたはずなのである。

それは、わかっている。

だが、なぜ、退却する北条軍を放置してはいけないのか、という疑問が朝定の頭にこびりついて離れない。松山城を奪われることなく、朝定は延命に成功したのだから、それで満足すればいいではないか。

なぜ、わざわざ五倍もの敵軍に追いすがらなければならないのか？

そういう朝定の不満を察したかのように、

「ここでわれらが動かなければ、山内上杉の怒りを買うことになります。約束を違《たが》えたという理由で、玉縄城攻めの軍勢が松山城に押し寄せてもおかしくないのです」

冬之助が言う。

「うむ」

「たとえ、そうならずとも、北条が玉縄城を守りきれば、今度は周到な手配りをした上で、改めて松山城を攻めようとするでしょう。それ故、これで終わりにしてはならないのです。ここでもう一撃、北条に鉄槌を下して、われらの力を示し、北条に怖れを抱かせなければならないのです」

「うむ、うむ」

朝定がうなずく。

（北条がわれらを怖れる……。そんなことがあるのだろうか。恐ろしいのは、わしの方だというのに……）

朝定が黙りこくっていると、

「殿、覚悟なさいませ」

冬之助が焦《じ》れたように声を荒らげる。

「わかった。もう言うな。その方の言うとおりにやってみよう」

「必ずや、うまくいくでしょう」

冬之助がにやりと笑う。

十八

一万一千の北条軍は、夜明け前に静かに河越城を後にした。一刻（二時間）ほど経ち、空もすっかり明るくなった頃、北条軍は荒川《あらかわ》にさしかかった。そのとき、北条軍の先鋒に前方の森から矢が射かけられる。待ち伏せしていた冬之助の五百人である。

北条軍は、その場で戦闘態勢を取る。

冬之助の方は矢を射ながら、喊声を上げはするものの、北条軍に向かっていこうとはしない。それも当然で、わずか五百人が突撃したところで、北条軍に飲み込まれて殲滅《せんめつ》されるとわかっているからだ。森に姿を隠しているのは、自分たちがどれほどの数か北条軍に悟られぬようにするためだ。わずか五百人だと知られれば、北条軍が攻めかかって来るであろう。数がわからないうちは、北条軍も警戒し、すぐには動かないだろうという読みである。

氏康と小太郎は中軍にいる。ようやく馬が二頭並んで進めるくらいの道幅しかないので、北条軍の兵たちは三列で進んでいる。それ故、隊列は縦に長く伸びきっている。氏康がいるあたりから先鋒まではかなりの距離があるので、突然、行軍が止まった理由が氏康にはわからない。

やがて、前方から兵が駆けてきて、敵の待ち伏せ攻撃を受けている、と知らせる。

「敵だと？」

氏康が怪訝な顔を小太郎に向ける。

「敵とは、山内上杉ということか？」

「……」

小太郎も咄嗟に答えることができない。

情報が乏しすぎるのだ。

しばらくすると、今度は後方から、

「敵に攻められている」

という知らせが届いた。

それを知ると、小太郎にはわかった。

(そういうことか)

何が起こっているか、小太郎にはわかった。

「これは扇谷上杉に違いありませぬ」

と、小太郎が氏康に言う。

「扇谷上杉？　それは、ないだろう。わずか二千の兵で松山城に閉じ籠もっていたのだぞ。わしらを攻める力などあるまい……」

わしらを足止めするために山内上杉軍の別働隊が待ち伏せていたのではないか、と氏康が言う。

「そうかもしれませぬ。今のところ、はっきりしたことはわからないのですから。ただ、ひとつだけ、はっきりしていることがあります」

「それは？」

「どちらが攻めて来たにしろ、大した数ではないということです」

扇谷上杉軍のすべてが松山城を出てきたとしても二千に過ぎない。山内上杉軍なら、もっと多くの兵を割くことができるだろうが、そうすると、玉縄城を攻める兵が足りなくなってしまう。それを考えると、攻めてきたのが山内上杉軍だとしても、一千くらいであろう、というのが小太郎の予想だ。

「こんなことは考えたくないが、玉縄城を攻めるというのが見せかけで、実際には七千の山内上杉軍がこちらに方向を転じて待ち伏せしていたということはないか？」

「つまり、前方にいるのが山内上杉の七千で、後ろから追ってきたのが扇谷上杉の二千ということですか？」

「うむ」

「それは、ないでしょう」

小太郎が首を振る。

「それだけの大軍が方向を転じて動けば、夜のうちに河越城を出た孫九郎から知らせがあるはずです。何も気付かないということは考えられませぬ」

綱成は、戦に関しては恐ろしく鼻の利く男なのである。玉縄城に向かう途中で何らかの異変に気が付けば、すぐに氏康に知らせるはずだ。しかし、綱成からは何の知らせもない。

「とすると、敵の数は、あまり多くなさそうだな。とは言え、こちらも長く伸びきっているから、このままでは、とても戦うことはできぬな」

もっと広い場所に移動して改めて戦闘態勢を取るか、と氏康が小太郎に顔を向ける。

「それは、よろしくありませぬ」

なぜなら、敵の狙いは北条軍を足止めして、山内上杉軍の玉縄城攻めを側面から援護することに違いないからだ、と小太郎が反対する。

「では、どうする？」

「敵を相手にせず、このまま突き進むのがよろしいかと存じます」

「こっちが相手にしたくなくても、向こうが放っておいてはくれまい」

「わたしが殿《しんがり》を務め、敵の攻めをあしらいまする。その隙に殿は先へ進んで下さいませ」

「確かに、こんなところで時間を無駄にするのは惜しい。わかった、わしは先を急ぐ。後のことは、おまえに任せよう。敵が二千なら、おまえにも二千の兵を預ける。それで何とかするがよい」

「承知しました」

小太郎が恭《うやうや》しく頭を下げる。

十九

この日、北条軍と扇谷上杉軍の間で行われた戦いを荒川端《あらかわばた》の合戦と呼ぶ。

合戦と呼ぶには奇妙すぎる合戦であった。

北条軍は一万一千、扇谷上杉軍は二千。

圧倒的に北条軍が有利で、まともに戦えば負けようがないほどの兵力差である。

ところが、現実には、北条軍はまったく扇谷上杉軍と戦おうとせず、ひたすら行軍を続けた。南下する北条軍に扇谷上杉軍が追いすがるという、何とも奇妙な合戦になったのである。

氏康が指揮する九千は、前方の森に身を隠して矢を射かけてくる五百の扇谷上杉軍を蹴散らすと、そのまま突き進んだ。その九千が去ると、その殿付近に小太郎の指揮する二千が陣取り、扇谷上杉軍の追撃を封じた。敵も味方も二千だから、兵力は互角である。

一進一退の攻防を繰り返しながら、小太郎はじりじりと兵を退き、扇谷上杉軍が図に乗って深追いしてくると、そこで反転して猛烈な反撃を加えた。

一気に決着がつくような戦いではなく、時間の経過と共に双方が疲弊するという戦いであった。

そうは言っても、退こうとする北条軍と、それを追撃する扇谷上杉軍では心の持ちようが違っており、どうしても北条兵の方が心理的な負担は大きい。万が一、敵に突き崩されて北条兵が浮き足立つようなことになれば、一気に二千が崩壊しかねない危険を孕《はら》んでいる。それを指揮する小太郎とすれば、慎重に兵を動かさなければならないし、かといって慎重なだけでは駄目で、時には大胆な用兵を試みる必要がある。

そういう意味では、他の誰よりも小太郎が心身共に疲労困憊していたと言っていい。

荒川端で始まった戦いは、そこから一里半（約六キロ）南の小用《こよう》まで延々と続いた。

そのまま戦いが続けば、どちらが勝ったかわからないし、小用までは、どちらかと言えば、扇谷上杉軍が優勢であった。

だが、そこに新手の北条軍三百が現れ、扇谷上杉軍の脇腹をついたことで、この奇妙な合戦にケリがついた。ずっと戦い続けて、疲労の色が濃くなっていた扇谷上杉軍が崩れたのである。

小太郎の二千が反撃すれば、扇谷上杉軍の敗北は必至だったが、小太郎にも、もはや反撃する力は残っていなかった。扇谷上杉軍が混乱している隙に南下を急いだ。

しばらくすると、その三百の軍勢が追いついてきた。指揮しているのは盛信である。

「おお、太郎衛門、助かったぞ」

小太郎が疲れ切った顔で微笑みかける。

「御屋形さまが許して下さったのです。こんなところで小太郎を死なせるわけにはいかぬ、無事に連れ帰るのだぞ、とおっしゃいました」

「強がる元気もない。来てくれて助かった。あのままでは、あと半刻（一時間）も持ちこたえられたかどうか……」

「急いで追いつこうとしなくてもよい、ともおっしゃいました。玉縄城は、わしと孫九郎で守り抜くから、と」

「うむ、御屋形さまと孫九郎がいれば心配はあるまいよ」

小太郎がうなずく。

二十

荒川端の合戦が行われた同じ日、山内上杉軍が玉縄城に攻めかかった。

この攻城戦の勝敗を分けたのは、綱成が間に合うかどうかという一点であった。

山内上杉軍が接近していることを玉縄城の守備兵は知っており、七千という数を知ると、恐慌状態に陥った。十倍以上もの敵が相手では戦いようがないのである。籠城する以外に道はないが、それほど堅固な城というわけでもないので、城を守りきれるかどうかは城兵の士気次第といってよかった。兵の数も少なく、頼りになる綱成もいないというのでは、どうにもならない……降伏するしかないのではないか、という暗い空気が漂っていた。

そこに綱成が戻ってきた。山内上杉軍が現れる一刻（二時間）ほど前である。

これで士気が大いに上がった。綱成の五百騎が加わっても劣勢であることに変わりはなく、依然として七倍もの敵の来襲を待ち受けなければならない。

だが、城兵は落ち着きを取り戻した。もはや降伏を口にする者はいなくなった。

城兵の間には、

（殿が何とかして下さるだろう）

という綱成に対する絶対的な信仰がある。

綱成が間に合わなければ、恐らく、玉縄城は落ちていたであろう。綱成が間に合ったことで玉縄城は息を吹き返したのだ。

城に入った綱成が命じたのは、

「飯を食え。腹一杯、食え。食ったら、寝ろ。今のうちに少しでも体を休めておけ」

ということだけである。

綱成自身、立ったままで茶漬けを何杯かかき込むと、着替えもせず、板敷きにごろりと横になり、すぐにいびきをかき始めた。

他の者たちも、それを真似る。

やがて、敵が来た。

敵の大軍がすぐそばに迫っているというのに、玉縄城には兵たちのいびきが響き渡った。

憲政は悠々と城を包囲し、降伏を勧告する使者を城に送った。

綱成は使者の口上を聞くと、

「帰って、山内殿に伝えよ。戦場でお目にかかりましょう、とな」

と告げ、使者を追い返した。そして、また寝た。

綱成の返答を聞いた憲政は、

「ならば、力攻めして城を落とすまでよ」

城攻めの支度を命じた。

玉縄城は山や川を背にしているわけではない。その気になれば、憲政は四方から攻めることができるし、城兵が少ないから、四方のすべてを防御することはできない。七千の山内上杉兵が群がり寄せれば、どこかの隙間から城内に侵入することができようし、そうなれば、城は持ちこたえることができないであろう。

憲政は、そうすればよかった。

しかし、兵力に大きな差があるために、かえって大胆さを失った。兵を惜しんだということもある。一度か二度、大がかりな攻めを敢行すれば、それに怖れをなして降伏するのではないか、という期待もあった。

それがうまくいかなければ、そのときに四方から総攻撃を仕掛ければいい、と悠長に考えた。

なるほど、城にいるのが綱成でなかったならば、憲政のやり方は成功したかもしれない。

この時代、城を守り抜くために城を枕にして皆が討ち死にする、などということは滅多にない。城など器に過ぎず、器の中にいる兵の命の方が器よりも大切だという発想があるせいである。

それ故、憲政のやり方は間違っているわけではなかったし、普通の状態であれば、うまくいったかもしれない。

そう、今は普通の状態ではなかった。

普通の状態でないというのは、

(あと半日、長くても一日くらい敵の攻めをしのげば、御屋形さまがやって来る)

と、綱成にはわかっていたということである。

氏康の率いる大軍が玉縄城を救うために急行しているのだ。氏康が来るまで、何としても玉縄城を守り抜く、と綱成は決意している。

綱成の凄まじいところは、昼寝から目を覚まし、むっくり起き上がるや、

「出陣するぞ。支度せよ」

と命じたことであり、河越城から連れてきた五百騎と共に表門から打って出た。五百騎が一団となって山内上杉軍の陣地に向かって突撃し、陣地の奥深くまで攻め込んだ。

城からの攻撃を予期していなかった山内上杉軍は混乱し、兵たちが逃げ回った。

綱成の目には、憲政の本陣に翻る「竹に雀」という山内上杉氏の旗が見えている。

「くそっ、もう五百騎いれば、山内殿の首級《しるし》をあげられたものを」

と、綱成は悔しがった。まさか、これほど呆気なく、憲政の本陣近くまで攻め込むことができるとは思っていなかったのである。

とは言え、山内上杉軍は数が多い。彼らが冷静さを取り戻して反撃してくれれば多勢に無勢である。包囲されたら身動きが取れなくなってしまう。

「もう、よかろう」

散々、敵兵を蹴散らすと、綱成は、さっさと城に戻った。その進退は見事なばかりに颯爽としている。北条側の死傷者は皆無で、一方の山内上杉側には数十の死傷者が出た。何より、心理的な打撃が大きかった。

危うく本陣に攻め込まれそうになった憲政は肝を冷やし、震え上がった。幼い頃から山内上杉氏の跡取りとして大切に育てられた憲政は豪胆さとは無縁の柔弱な貴公子である。自ら太刀を振るって敵と戦うなどということは間違ってもできない。そんなことをすれば、あっさり討たれるだけであろう。

憲政自身、それはわかっている。

だからこそ、綱成たちが間近に迫ると、床几《しょうぎ》から転がり落ちそうなほど動転した。死の予感で背筋が寒くなった。

憲政は綱成の突撃を怖れ、玉縄城を四方から攻めるという考えを完全に捨てた。兵を広く展開すれば、当然ながら、厚みがなくなる。そこを衝かれれば、簡単に綱成に突破され、今度こそ本陣に攻め込まれるかもしれないと不安になったのである。それを防ぐために、城の正面に兵力を集中し、特に城と本陣の間には幾重にも陣を張った。こうすれば、たとえ綱成が突撃してきても、本陣に辿り着くまでに無数の山内上杉兵と戦わなければならない。

すなわち、憲政は自らの安全を確保するために、城攻めのやり方を変えたことになる。

もっとも、そのやり方が間違っているわけではないし、むしろ、城攻めの正攻法といっていい。ただ、それは時間に余裕のある場合のやり方である。短時間で落とすというやり方ではない。

しかも、圧倒的な兵力差を考えれば、やはり、四方から一度に攻めるべきであった。そうなれば、さすがの綱成も窮したであろう。憲政が城の正面に兵力を集中させてくれたおかげで、綱成は守りやすくなった。

綱成の勇猛果敢な突撃が、この状況を作り出したのであり、決して偶然にそうなったのでもないし、幸運に恵まれたわけでもない。敢えて言えば、綱成と憲政の、武将としての力量の違いが、こういう形で現れたと言ってよかろう。

この段階で、双方の力関係にかなりの違いが出てきている。

綱成が玉縄城にいないとき、城兵の気持ちは降伏に傾いていた。綱成が戻ったことで、抗戦の覚悟を固めたものの、兵力の違いを考えれば、それでも圧倒的に山内上杉軍が有利だった。

ところが、綱成の突撃によって憲政が弱気になったせいで、まだ五分五分とは言えないにしても、北条軍がかなり盛り返したことは確かである。少なくとも七倍もの敵と対峙して萎縮したり怯《おび》えたりしているということは、まったくなくなっている。

つまり、時間の経過と共に山内上杉軍の優位が少しずつ失われていくという流れになっている。

それだけではない。

迂闊というしかないが、憲政は氏康の急行軍を知らなかった。まだ河越城にいると思い込んでいたのだ。

夕方になり、そろそろ野営の支度を命じようか、城攻めは明日の朝から始めればいい……そんなのんきなことを憲政が考えているところに、

「北条の大軍が玉縄城に迫っている」

という報告を受けた。その数は一万にもなるという。

「嘘だろう」

最初は信じなかった。

だが、続々と知らせが届き、もはや疑う余地はなくなった。

（一万か……）

憲政は優れた武将ではないが、愚かな武将ではなかった。愚かであれば、進退に迷い、なし崩しに氏康との決戦に引きずり込まれてしまったであろう。

愚かではなく、単に平凡な武将だったから、

（わしは氏康にはかなわぬ）

と素直に認めることができた。

玉縄城を攻める気になったのは、氏康を河越城に足止めすると朝定が約束したからで、氏康がいないときに、わずかの兵が守るだけの玉縄城を落とすのは容易であろう、と甘く考えたのである。憲政の頭には氏康と決戦するという計画は最初からない。

だから、もたもたしていると氏康と戦うことになると悟るや、

「わしは帰るぞ」

わずかばかりの側近たちを連れて、さっさと戦線を離脱した。置き去りにされた兵たち、すなわち、七千の兵のほとんどということだが、彼らは何が起きたか知らされないまま、陣を払って引き揚げなければならなかった。そのうちに北条の大軍が迫っているという噂が流れた。兵たちは驚き慌て、我先に逃げ出そうとした。すでに御屋形さまはいらっしゃらない、という噂が広がり、その噂が事実だとわかると、混乱に拍車がかかった。総大将が逃げ出すということは、その戦は負けと決まっているからである。

（おかしな話だ）

この奇妙さに首を傾《かし》げた者も多かったであろう。

何しろ、まだ戦らしい戦をしていないのだ。

確かに綱成の突撃は効果的だったが、単発の短時間の攻撃に過ぎず、山内上杉軍が受けた被害は大したものではない。

にもかかわらず、憲政は逃げた。

詳しい事情はよくわからないが、恐らく、途方もない北条の大軍が間近に迫っているのであろう、と山内上杉兵は想像した。

敵の動きを玉縄城から眺めていた綱成は、

「ほう、御屋形さまが来るのを知って、山内の奴らめ、逃げ出そうとしているぞ」

と直ちに出陣支度を始めた。

またもや五百騎を率いて打って出る。

今度は、さっきとは違う。

さっきは、一応、陣構えしていた敵に突撃したのである。今度は、そうではない。統制を失い、怯えて我先に逃げようとしている敵を追撃するのである。これほど容易な戦はない。

北条側の被害はまたもや皆無で、山内上杉側はおびただしい被害を被った。

荒川端の合戦では苦戦した北条軍だが、同じ日に起こった玉縄城攻防戦では大きな勝利を得た。言うまでもなく、その立役者は綱成であった。

二十一

その夜、朝定と冬之助は松山城に戻った。

朝から戦い続け、帰城したのは深夜だったから、朝定も冬之助も兵たちも誰もが疲労困憊しており、ろくに飯も食わずに、皆が泥のように眠りこけた。

冬之助が起きたのは、かなり日が高くなってからだったが、それでも他の者たちよりは早い方で、朝定もまだ寝ていた。

昼過ぎになって、ようやく朝定が起き出し、冬之助を呼んだ。朝定は飯を食っている。

「何とか生きて帰ることができたな」

朝定がぼそりとつぶやく。

「よくお働きになりました。見事でございます」

冬之助が頭《こうべ》を垂れる。

「それは世辞か？」

「とんでもない。本心でございます」

「ろくに北条勢を足止めすることもできず、大した痛手を与えることもできなかったのだぞ」

「そうではありませぬ」

冬之助が首を振る。

「北条勢は、われらと同じくらいの数の殿軍を残さざるを得なかったではありませんか。恐らく、二千数百かと思われます。ということは、小田原殿が率いていったのは八千から九千というところでしょう。われらは山内殿に大変な馳走をしたことになります」

「ふうむ、そうであろうか……」

「たとえ山内勢が玉縄城を落とすことができなかったとしても、山内勢は七千もいるのですから、ろくに眠らず、ろくに飯も食わずに疲れ切っている北条勢に決戦を挑めば互角以上の戦いをすることができましょう」

「なるほど」

二人がそんな話をしているところに玉縄城方面に放っている忍びたちが戻ってきた。彼らの報告が朝定と冬之助を驚愕させた。山内上杉軍はろくに城攻めもしないうちに退却を始め、それを北条勢に追撃されて大敗を喫したというのである。

「残念ながら、やはり、氏康にはかなわなかったようだな……」

さもあろう、と朝定がうなずく。

その後、続々と新たな報告が届き、戦いの詳細がわかるにつれて、朝定と冬之助の驚きは更に大きくなった。

山内上杉軍は氏康とは戦っておらず、氏康の接近を知って退却を始めたのである。それを追撃したのは玉縄城にいた北条軍であり、その数は一千にも足りぬほどだったという。

つまり、山内上杉軍は接近する氏康の影に怯えて逃げ出そうとし、七千もの大軍を擁しながら、わずか数百の北条軍に打ち破られたということである。

しかも、北条軍の追撃を受けたとき、すでに憲政は玉縄城から遠く離れたところにいたという。兵を見捨てて、自分だけが逃げたということである。

それを知って、さすがに朝定も冬之助も言葉を失った。

「信じられぬな」

ぼそりと朝定がつぶやく。

「考えようによっては、われらにとっては最善の成り行きと言えるかもしれませぬ」

「なぜだ？」

「山内勢が玉縄城を落としていれば、これから先、山内勢は武蔵で力を振るうようになり、われら扇谷を侮るようになったことでしょう。しかし、このような無様な戦をしたのでは、そう大きな顔もできますまい。それに、敗れたとはいえ、小田原殿とは決戦していないわけですから、それほど大きな痛手でもないでしょうし、しばらくすれば力を取り戻すでしょう。われらは松山城を守り抜き、大勝とは言えぬまでも北条勢を苦しめることができました。得をしたのはわれらだけではありませんか」

「だが、北条勢は大した痛手を受けていない。すぐにまた、こちらに向かって来るかもしれぬぞ。次は山内勢を当てにはできぬしのう」

「そうならぬように、いろいろ手を打ったのではありませぬか。うまくいくことを祈りましょう」

「うまくいかぬときは、どうする？」

「そのときは……」

冬之助がにやりと笑う。

「また戦うまでのことでございまするよ」

二十二

氏康が玉縄城に着いたときには、もう山内上杉軍との戦いは終わっていた。

独力で山内上杉軍を打ち負かした綱成を賞賛し、玉縄城を守り抜いた兵たちに労《ねぎら》いの言葉をかけはしたものの、どことなく氏康は浮かない顔をしている。

その理由を小太郎は察したが、余人のいる席では口をつぐんでいた。

夜、大広間で祝勝の宴が開かれた。

もっとも、それほど大がかりなものではない。

山内上杉軍を追い返すことに成功したとはいえ、松山城を落とすという当初の目的は果たすことができなかったし、氏康が得たものは何もない。大軍を率いて小田原から出てきたにもかかわらず、氏康がやったことと言えば、河越城まで出向き、そこから玉縄城に引き返してきただけのことである。

しかも、荒川端では扇谷上杉軍に苦しめられ、一歩間違えれば、甚大な被害を被るところだった。

氏康が不機嫌なのは無理もなかった。

あまり酒を口にせず、早々に宿所に引き揚げると、小太郎を呼んだ。

「どうにも面白くない。勘違いするなよ。孫九郎のがんばりには感謝しているし、城兵もよくやった。そのことではない。わしの話だ。扇谷や山内にいいように鼻面を引きずり回されたような気がして腹が立つのだ」

「お気持ちはわかります。敵の策略を見抜けなかったのは、軍配者としてのわたしの力が足りなかったせいです。お詫びいたします」

小太郎が深々と頭を下げる。

「扇谷上杉の軍配者は、なかなか侮れぬのう。確か、足利学校で一緒に学んだ仲だったな？」

「亡くなった曾我兵庫頭《ひょうごのかみ》殿の孫で冬之助という者です。足利学校では養玉と名乗っておりました」

「白子原でわしらを打ち破った男だな？」

「はい」

「敵ながら見事な戦をするわ」

「優れた軍配者でございます」

「わしは、小田原に戻らず、もう一度、松山城を攻めたいと思うのだ。どうだろう?」

「今すぐというのは難しいでしょう。いろいろ支度を調え直さなければならぬこともありますし、農作業が忙しい時期でもありますので」

「そうなると、小田原に戻って、兵たちを村に帰さなければならぬな。夏頃にまた出直すということになるか」

「はい。それがよかろうと存じます」

氏康と小太郎は、そんな打ち合わせをし、夏になったら改めて松山城攻めを行うことを決めた。

が……。

思いがけぬ事態が発生し、その再征計画は頓挫《とんざ》することになる。

六月、下総の匝瑳《そうさ》氏から、敵の間者三人を捕らえたという知らせがあり、その間者たちが江戸城に引き渡された。城代の遠山綱景が取り調べると、恐るべきことがわかった。

その間者たちは安房《あわ》の里見氏が山内上杉氏に送った者たちで、山内上杉氏から提案された作戦を了承するという内容の書状を携えていた。

その作戦というのは、房総《ぼうそう》半島における北条氏の支配地と、北条氏に協力する豪族たちの領地を、里見氏が南から、山内上杉氏が北から同時に攻撃し、北条氏の勢力を房総半島から駆逐しようというものだった。

しかも、それが成功したら、今度は里見氏が東から武蔵に攻め込み、山内上杉氏と扇谷上杉氏が北条氏から武蔵を奪い返すのに力を貸すという。

壮大な計画である。

言うまでもなく、これほどの計画を凡庸な憲政が立案できるはずもなく、これは朝定と冬之助が捻り出した計画である。房総方面で争乱が起これば、北条氏も松山城のことばかり考えてはいられないだろうという狙いなのである。

ならば、扇谷上杉氏が中心になって計画を実行すればよさそうなものだが、今の扇谷上杉氏は松山城の周辺領域を守る程度の力しかなく、とても房総半島に兵を送ることなどできない。それは里見氏にもわかっているから、扇谷上杉氏の提案では里見氏が承知しない。だから、山内上杉氏を巻き込まなければならなかったのである。

今や房総半島における最大勢力といっていい里見氏にとって、何よりも目障りな存在が北条氏である。北条氏がいなければ、里見氏が安房から北上して房総半島全域を支配下に置くこともあながち不可能ではないのだ。それ故、北条氏を追い払うことに力を貸そうという山内上杉氏の申し出に、里見氏が飛びつくのは当然なのである。

では、山内上杉氏には、どんな旨味があるのか？

北条氏の勢いが増し続けており、扇谷上杉氏は力が衰えているという現状で、山内上杉氏は独力で北条氏と対決しなければならなくなっている。

しかも、劣勢である。うかうかしていると、北条氏が松山城を落とし、その勢いを駆って上野に攻め込んでくる怖れすらある。

形勢挽回《ばんかい》するために、里見氏と手を結ぶことは大いに役に立つ。まずは里見氏に力を貸して房総半島から北条氏を追い出し、次に里見氏の力を借りて武蔵から北条氏を追い出す。そこまで成功すれば、次は鎌倉を奪取し、相模に攻め込む。

そう簡単に実現できそうな計画ではないが、里見氏の動きは氏康も軽視することができない。

六年前、氏康は亡くなった氏綱と共に国府台《こうのだい》で小弓公方《おゆみくぼう》・足利義明《よしあき》と戦った。その合戦に勝利したことで、北条氏は下総に基盤を築いた。六年かけて、その勢力を上総《かずさ》方面に伸ばそうとしているが、里見氏の頑強な抵抗に遭い、思うように進んでいない。北条氏による支配がしっかり根付いてきた武蔵に比べると、下総や上総における支配力は、まだまだ脆弱《ぜいじゃく》である。そんなところで里見氏や山内上杉軍が大がかりな軍事行動を起こし、万が一、北条軍が敗れるようなことになれば、苦労して築いてきた足場を一挙に失うことになりかねない。

北条氏にとって何の脅威にもなっていない松山城を攻めることよりも、房総半島の支配地を守る方が、氏康にとっては、はるかに重要で、急を要する事態であった。

氏康は松山城への再征を中止し、房総半島への渡海計画を小太郎と検討し始めた。

最初、氏康は自分が軍勢を率いて渡海するつもりだったが、小太郎が反対した。里見氏との戦いがそう簡単に決着するとも思えず、戦いが長期化して、氏康の不在が長引いた場合、内政に支障をきたす怖れがある、という理由であった。

相談の結果、綱成を渡海させることにした。下総や上総の豪族たちとの折衝で、いちいち小田原の氏康の指示を仰ぐのでは時間がかかりすぎるから、独断ですべて決められるほど大きな権限を与えなければならず、それには、よほど信頼できる者でなければならないし、それに何よりも戦がうまい者でなければならない。今の北条氏で、綱成ほどの戦上手は他にいない。

命を受けた綱成は、九月、兵を率いて房総半島に渡った。

九月の終わり頃には、里見氏の支配領域である安房に侵攻し、十月初め、里見軍と戦った。この戦いには勝ったものの、綱成の強さを知った里見軍が綱成との直接対決を避け、北条軍の補給部隊を襲うようなやり方を始めたので、戦いは膠着《こうちゃく》状態に陥った。小競り合い程度の戦いは頻発したものの、双方の主力が対決するような大規模な決戦は行われなかった。

結局、綱成は、この年を房総半島で越すことになる。

氏康の目を松山城から逸《そ》らすために房総半島で争乱を起こすという朝定と冬之助の狙いは、とりあえず、成功したと言っていい。

二人が企図した謀略は、これだけではなかった。

もっと壮大で大がかりな計画が進んでいた。

それは、この二人だけが考えたのではない。

山内上杉氏や扇谷上杉氏、それに里見氏以外にも、北条氏の勢力伸長を喜ばない者たち、例えば、甲斐の武田氏や駿河の今川氏、古河《こが》公方・足利氏などが、何とか北条氏に鉄槌を下してやろうと様々な思惑を巡らせていた。北条憎しという一点で彼らの思惑が奇跡のように一致し、憎悪の炎が燃え上がり、ついに北条氏を滅亡の瀬戸際に追い込むことになるのは、綱成を渡海させた、わずか一年後のことである。

憎悪の炎を発火させたのが、朝定と冬之助であることは間違いない。

（『北条氏康　河越夜襲篇』へ続く）

初出　Ｗｅｂサイト「ＢＯＣ」二〇二〇年八月〜二〇二一年六月

富樫倫太郎

1961年、北海道生まれ。98年に第4回歴史群像大賞を受賞した『修羅の跫』でデビュー。『早雲の軍配者』『信玄の軍配者』『謙信の軍配者』の「軍配者」シリーズ、『北条早雲』全五巻、『土方歳三』全三巻をはじめ著書多数。歴史時代小説と同時に、「SRO 警視庁広域捜査専任特別調査室」「生活安全課0係」「スカーフェイス」などの警察小説シリーズでも人気を博している。

北条氏康《ほうじょううじやす》

——大願成就篇《たいがんじょうじゅへん》

2021年7月25日　初版発行

著　者　富樫倫太郎《とがしりんたろう》

発行者　松田陽三

発行所　中央公論新社

〒100-8152　東京都千代田区大手町1-7-1
電話　販売 03-5299-1730　編集 03-5299-1740
URL http://www.chuko.co.jp/

ＤＴＰ　嵐下英治
印　刷　大日本印刷
製　本　小泉製本

Published by CHUOKORON-SHINSHA, INC.
Printed in Japan　ISBN978-4-12-005449-5 C0093

富樫倫太郎の本

〈単行本／北条氏康シリーズ〉

北条氏康

二世継承篇

偉大なる祖父・早雲、その志を継いだ父・氏綱。関東制覇という北条一族の悲願を背負う三代目は、いかなる道をゆくのか。信玄・謙信との死闘に彩られた生涯を描き出す新シリーズ第一弾！

〈中公文庫／北条早雲シリーズ〉

北条早雲1 青雲飛翔篇

一代にして伊豆・相模を領する大名にのし上がる風雲児の、知られざる物語が幕を開ける！ 備中での幼少期から、幕府の役人となり駿河での密命を果すまで。

北条早雲2 悪人覚醒篇

再び紛糾する今川家の家督問題を解決するため、後の「北条早雲」こと伊勢新九郎は、駿河への下向を決意する。型破りな戦国大名の原点がここに！

北条早雲3 相模侵攻篇

この世の地獄を減らすため、相模と武蔵も自分が支配するべきではないか——僧になった〝悪党〟が、途方もない夢に向かい、小田原城奪取に動く緊迫の展開！

北条早雲4 明鏡止水篇

宿敵・足利茶々丸との血みどろの最終戦と悲願の伊豆統一、再びの小田原城攻め……己の理想のため鬼と化した男にもはや安息はない。屍が導く関東への道！

北条早雲5 疾風怒濤篇

相模統一に足踏みする伊勢宗瑞が、苦悩の末に選んだ最終手段。三浦氏との凄惨な決戦は、極悪人にして名君の悲願を叶えるか。人気シリーズ、ついに完結！